以知为力　识见乃远

作为发现的世界文学

扩展世界文学的经典

WORLD LITERATURE AS DISCOVERY

Expanding the World Literary Canon

张隆溪 著

中国出版集团 东方出版中心

图书在版编目（CIP）数据

作为发现的世界文学：扩展世界文学的经典 / 张隆
溪著. -- 上海：东方出版中心，2025.5. -- ISBN 978-
7-5473-2727-2

Ⅰ. I0

中国国家版本馆CIP数据核字第2025TU2937号

上海市版权局著作权合同登记：图字09-2025-0239号

作为发现的世界文学：扩展世界文学的经典

著　　者　张隆溪
丛书策划　朱宝元
责任编辑　刘玉伟
封扉设计　安克晨

出 版 人　陈义望
出版发行　东方出版中心
地　　址　上海市仙霞路345号
邮政编码　200336
电　　话　021-62417400
印 刷 者　山东韵杰文化科技有限公司

开　　本　890mm×1240mm　1/32
印　　张　8.75
插　　页　2
字　　数　180千字
版　　次　2025年7月第1版
印　　次　2025年7月第1次印刷
定　　价　78.00元

给我的家人：薇林、幼嬛、睿嬛

名家推荐

Drawing on his deep knowledge of both Chinese and European literary traditions, Zhang Longxi advances a bracing vision of a non-Eurocentric canon of world literature, one that would build on the self-understandings of the world's literary cultures rather than imposing Western values and concerns on them. *World Literature as Discovery* proposes both an expansive discovery of the world's distinctive traditions and a rediscovery of the aesthetic pleasures that great works offer their readers.

David Damrosch, Ernest Bernbaum Professor of Literature and Chair of the Department of Comparative Literature at Harvard University, author of *What Is World Literature?* and *Comparing the Literatures*.

张隆溪以其对中国文学和欧洲文学传统深厚的认识为基础，提出了一个令人耳目一新的非欧洲中心之世界文学经典的愿景。这个愿景建立在世界各文学文化传统的自我理解之上，而不是把西方价值和西方关注的问题强加给它们。《作为发现的世界文学》提出要广泛发现世界各个独特的传统，同时也重新发现伟大的作品带给读者的审美快感。

戴维·丹姆洛什，哈佛大学厄内斯特·伯恩鲍姆文学讲座教授，比较文学系主任，著有《什么是世界文学？》和《比较诸文学》。

A brilliant reconceptualization of world literature by a scholar that over the past 40 years has been one of the most active, erudite, and at the same time common sensical contributors to the field. Arguing the need for a wider inclusion of non-Western works in world literature while at the same time refusing to side-step the issues of translation and value judgments, Zhang's volume is a must-read for all scholars and students of literature wanting to keep abreast of what really is at stake in our fast-changing world.

Theo D'haen, Professor Emeritus of English, KU Leuven, author of *A History of World Literature* and *World Literature in an Age of Geopolitics*.

这是在过去四十年来在这一领域作出贡献的学者当中，最积极、最渊博，同时又最坚持常识的一位学者，对世界文学精彩的重新构想。此书提出世界文学需要扩大范围，包括非西方的文学作品，同时又绝不避讳讨论翻译和价值判断问题。对所有研究文学的学者和学生们说来，若要跟上步伐，了解在我们这个急速变化的世界上，什么是真正重要的东西，张隆溪这部新著都是一本必读之书。

特奥·德恩，鲁汶大学英国文学荣休教授，著有《世界文学史》和《地缘政治时代的世界文学》。

Zhang's *World Literature as Discovery* is bound to invigorate the current debate on the importance of value judgements in the discourse of world literature. His is an impassioned and erudite intervention that urges us to reopen the question of the canon and argues for a truly plural world literature that draws its own sustainability from a body of texts far beyond the Western tradition.

Galin Tihanov, George Steiner Professor of Comparative Literature, Queen Mary University of London, author of *The Birth and Death of Literary Theory: Regimes of Relevance in Russia and Beyond.*

张隆溪著《作为发现的世界文学》，必将给当前世界文学中关于价值判断之重要性的争论注入新的生气。他的论述充满激情又有渊博的学识，促使我们重新审视与经典相关的问题，建立一个真正多元的世界文学；从远远超出西方传统的文本汇合中，去吸取自身可持续性的资源。

加林·提哈诺夫，伦敦玛丽女王大学乔治·斯坦纳比较文学讲座教授，著有《文学理论的诞生与死亡：俄国及之外理论合理性的机制》。

Is it possible to have a worldly conversation about literary value — to free discussions of literary merit from their Eurocentric confines and to open our minds to multiple standards of literary judgement? The question is an important one for readers in our time, and Zhang Longxi, equally at home in the European and Chinese traditions (and beyond), is just the scholar to lead us towards an answer.

Alexander Beecroft, Jessie Chapman Alcorn Memorial Professor of Foreign Languages, University of South Carolina, author of *An Ecology of World Literature: From Antiquity to the Present Day.*

有可能展开关于文学价值的一场实在的对话吗？——一场使有关文学品质的讨论摆脱欧洲中心的限制，使我们的头脑更加开放，可以接受文学价值判断有不同标准的对话？对我们时代的读者而言，这是一个重要的问题，而张隆溪对欧洲和中国传统（以及其他传统）都非常熟悉，就正是可以引导我们去寻求答案的学者。

亚历山大·比克洛夫特，南卡罗来纳大学外语学科杰西·查普曼·阿尔科恩纪念教授，著有《世界文学的生态学：从远古到当代》。

Zhang's model obligates us to translate what we learn into an ethical praxis that enlarges the humanity of others as much as our own.

Daniel Simon, "Editor's Note," Nov.-Dec. 2024, *World Literature Today.*

张隆溪提出的模式促使我们把我们认识到的转化为伦理的实践，扩展他人的，也包括我们自己的人性。

丹尼尔·塞门，《今日世界文学》2024年11—12月号，"编者的话"。

目 录

中文版引言

在最近两年，英国劳特里奇（Routledge）出版社出版了我的两本英文书。*A History of Chinese Literature*（《中国文学史》）出版于2023年，*World Literature as Discovery*（《作为发现的世界文学》）出版于2024年。这两本书虽然内容不同，但其写作却互相关联。我写中国文学史，是深感在当今世界上广泛流通的文学作品中，真正可以称之为世界文学的作品，大多是欧洲或西方文学的经典；而中国文学最重要的经典，虽然在审美价值上可以与西方的经典相比，却在中国之外，很少为人所知。全世界的读者都知道莎士比亚，但在中国家喻户晓的李白、杜甫、苏东坡、陶渊明等，在中国之外，却几乎没有人知道。在此之前，我参与一个国际合作计划，撰写了 *Literature: A World History*（《文学的世界史》）中国文学史的部分。这部《文学的世界史》分为四卷，2022年由威立－布莱克维尔（Wiley-Blackwell）出版公司出版；全书已由湖南师范大学外语学院的老师们合作译成中文，不久将由四川人民出版社出版。从19世纪到20世纪，曾有一些西方人从西方观点出发撰写世界文学史，但这些书都显然体现出西方中心主义的偏见，其中欧洲文学占据绝大部分篇幅，而非西方文学则被压缩甚至忽略了。这部国际合作的《文学的世界史》可以说是第一部超越西方中心主义、由不同国家学者参与写作的文学史。但限于篇幅，中国文学有许多内容不能详述，所以当劳特里奇出版社的编辑向我约稿时，我就写了更为详尽的《中国文学史》。

　　我用英文写了《中国文学史》，主要目的是向国外读者展示中国文学悠久的历史和丰富的作品，使他们了解中国文学最重要的作家、诗人和经典著作。如我在上面已提到的，写《中国文学史》在观念上的背景，是我认为世界文学不应该只是欧洲或西方文学的经典，而必须包括中国文学和其他非西方文学中的经典之作。如果按照戴维·丹姆洛什（David Damrosch）很有影响的重新定义，世界文学就是"超出其文化本源而流通的一切文学作品"，[1] 那么就当前的实际情形看来，除西方主要的文学传统之外，目前世界上大部分的文学都并未在全球广泛流通，都尚未为人所知，是我称之为尚待发现的世界文学。《作为发现的世界文学》这本书，就是阐述我对当前世界文学的观察、思考、意见和看法。劳特里奇出版了这两本英文书之后，东方出版中心的朱宝元副总经理认为应该有中文本，并约请了黄湄女士翻译了《中国文学史》。黄湄女士的译文忠实而流畅，译本也颇受好评。朱宝元先生要我自己翻译《作为发现的世界文学》，于是此书也有了中译。撰写此书的原委，我在英文原版的序言里，已经有简略的说明，在此就不必

1　David Damrosch, *What Is World Literature?* (Princeton: Princeton University Press, 2003), 4.

赘述；只希望此书能够引起读者和学者们的兴趣，有益于中国比较文学和世界文学的研究和发展。

张隆溪

2025 年 2 月 14 日

原版序言

在近二十余年中，世界文学的兴起可以说是文学研究中一个突出的现象。不仅在欧美，而且在中、日、韩、印度、土耳其、埃及、巴西以及其他许多国家和地区，都有不少学者在从事世界文学的教学和研究。各种学术会议、讲座、培训班和课堂教学有力地支撑了世界文学稳定的兴起，并且在研究和出版方面有了不少成果。诺顿（Norton）、朗文（Longman）和贝德福（Bedford）等都出版了几部新版的世界文学选本，劳特里奇（Routledge）则出版了世界文学伴读、读本、学科历史等书。博睿（Brill）、威立－布莱克维尔（Wiley-Blackwell）、布鲁姆斯伯里（Bloomsbury）和沃索（Verso）等对出版与世界文学相关的书籍，都颇感兴趣，好几个大学出版社也是如此。《世界文学学刊》（*Journal of World Literature*）2016年由博睿出刊，现在已经建立起名声，为这个方兴未艾的领域之研究和出版提供了一个重要的平台。出版的兴盛无疑证明了世界文学的兴起。

出版物也并不仅止于英语，而且有其他许多语言，使世界文学越来越成为真正全球性的现象。现在不仅有大量德语和其他欧洲语言的著作，也有非欧洲语言的学术著作。例如2012年在首尔

创刊的韩文《全球世界文学》(《지구적세계문학》)，已经成为韩国一份主要的文学研究杂志。中文的《世界文学》则自1953年创刊以来，就把许多外国文学作品翻译过来，介绍给中国的读者；中国许多重要刊物也发表了大量世界文学的研究论文。早在20世纪80年代初，几位中国学者就已经提出一个重要的意见，认为全部现代中国文学，即自20世纪初五四新文化运动以来以现代白话而非以文言写成的文学，经历了"一个由古代中国文学向现代中国文学转变、过渡并最终完成的进程，一个中国文学走向并汇入'世界文学'总体格局的进程"。[1] 自进入21世纪以来，世界文学在世界各地的文学研究中，都越来越受重视，正如特奥·德恩（Theo D'haen）所说，"在新的千年纪里，没有哪一种文学研究方法像叫作'世界文学'的那样，获得了如此令人瞩目的成功"。[2] 什么是世界文学？它何以成为一股新的潮流，在我们这个时代推动世界各地的文学研究，使之具有蓬勃的生气？世界文学要讨论的是哪些重要问题或主题？世界文学对非西方文学传统有什么特别意义？世界文学未来的前景如何？这些就是本书将要讨论的主要问题。

世界文学的概念不能简单按字面意思来理解，因为世界文学不是也不可能是世界上所有文学作品的总和，也没有哪一个人可以读这样的世界文学。世界文学的概念在19世纪初开始引起注意，因为德国诗人歌德在几处地方都提到，并呼唤世界文学的到来；

---

1 黄子平、陈平原、钱理群：《二十世纪中国文学三人谈》，北京：人民文学出版社，1988年，第1页。

2 Theo D'haen, *A History of World Literature* (London: Routledge, 2024), 1.

但歌德并未作出明确的定义，他心目中那个具有全球意义的概念被他同时代欧洲的，尤其是法国的学者们，都视而不见地曲解为仅指欧洲文学。歌德构想的世界文学超越了民族文学的局限，19世纪的确有超越单一语言的民族文学建立的文学研究学科，但那是比较文学，并不是世界文学。虽然比较文学在语言的把握上设立了很高的标准，要求比较学者以原文文本去作比较，不能依靠翻译；但比较文学的工作语言全都是欧洲语言，于是使比较文学在19世纪和20世纪的大部分时期都是以欧洲为中心。世界文学的概念被认为太过模糊，在文学研究中未能产生什么影响，所以必须重新定义，才可能成为一个可以实际操作的概念。

　　进入21世纪以来，在越来越全球化的世界里，世界文学的概念在不同地区都逐渐引人注意，不少学者都试图重新定义这一概念。戴维·丹姆洛什的重新定义大概最成功，他把超出本身文化的范围而广泛流通（circulation）作为一部文学作品进入世界文学领域的主要标准。这一重新定义的概念，就把原来数量大得不可能操作的模糊概念，缩小到一个相对而言比较少而可控制的范畴。有了这样重新定义的概念，再加上许多学者出色的研究著作，世界文学于是有了蓬勃发展，成为文学研究中一个充满生气的领域。许多学者回归到全球范围内的文学研究，扩展了世界文学的范围，使之包括非西方文学，也包括了较少为人所知的欧洲"小"语种的文学。世界文学现在为所有的文学传统，特别是非欧洲文学和欧洲"小"的文学传统，都提供了一个绝好的机会，可以把它们具有很高审美价值的经典作品在全球范围内去流通，那也正是我认为世界文学在当今世界具有的重要意义。但是，现实却远非平等的理想状态，并不是各个文学传统中的伟大作品都能在全球流通，作为世界文学的作品相互自由交往。诗人和作家们可以在天堂里展开灵魂的对话，那不过是一种美好的幻想。

文学的世界和地缘政治的世界一样，并不是一个平等竞赛的场地。非西方的文学作品，甚至欧洲"小"文学传统的作品，仍然大多被西方文学的主要作品所遮蔽，只在其自身的语言和文化疆域之内流通；而真正闻名全球、在全世界流通的作品，基本上都是西方主要文学传统中的经典著作。在西方和非西方之间，显然存在知识的不平衡，因为欧洲和北美文学中的主要作品通过大量的翻译，在非西方国家都非常著名；但很少有非西方文学的作品通过翻译在西方成为名著，更不必说在研究中成为经常被学者们提到的作品。本书之撰著就是要针对这种不平衡的问题。因为我认为在我们这个时代，世界文学必须超越欧洲中心主义，扩展世界文学的经典，使之包括非欧洲文学和甚至欧洲"小"文学传统中的重要作品，即在自身文化之外尚不为人知、尚待我们去发现的文学。

扩展世界文学经典有效的途径是通过翻译，尤其是翻译成当今世界实际上最通用的英语。然而有些学者却颇具反讽意味地用英语撰文，反对英语的"霸权"。但在我看来，任何一种语言都没有什么内在具有的"霸权"。我们可以把尚不为人知的世界文学经典翻译成英语，用英语评论其价值，使更多人可以认识这些著作，欣赏其价值，也就可以最有效地介绍这些尚待发现的世界文学。反对翻译成英语，坚持文学作品的不可译性——虽然看起来似乎很激进，好像政治上很"进步"——实际上这种主张只会保持西方经典不可动摇的真正霸权，使之成为唯一在全球流通的世界文学经典，同时又阻止了非西方文学，使它们不可能超出自身语言和文化的范围被发现、被翻译从而得到更多读者的欣赏。当非西方文学作品还完全未能超出自身文化的范围广泛流通时，用英语写出洋洋洒洒的文章，滔滔不绝地反对英语"霸权"，这种不切实际的荒唐论调，就好像据传法国革命时，老百姓因为吃不饱而造反，皇后玛丽·安托万涅特（Marie Antoinette）却说："让他们去吃奶油面包呀！"（*Qu'ils mangent de la brioche!*）在我看来，用英语写作来反对英语"霸权"，这种说法既虚假又完全脱离实际；而我则强烈主张，我们应该利用英语实际上是世界通用语言的便利， xiii 使尚未为人所知的非西方文学和欧洲"小"语种文学通过译成英语，得到广泛流通，也得到更多读者的阅读和欣赏。在这个意义上，我提出"作为发现的世界文学"这样一个新概念，因为世界上大多数的文学精品现在仍然不为人知，尚待发现。

　　本书包含的许多想法当然早已萦回于胸，有些也于近年来以不同形式得以发表；但在写成此书时，我把这些想法更系统地组织起来，形成一个结构上更完整的论述。只有其中两章曾见于过去书中，但也有不少修订。第九章最先发表在艾米丽娅·迪·罗科（Emilia Di Rocco）编辑的《惊艳：献给皮埃罗·博伊坦尼论奇妙的论文集》（*Astonishment: Essays on Wonder for Piero Boitani*），2019年在罗马文史出版社（Edizioni di Storia e Letteratura）出版；我用中文重写出来的论文题为《从比较的角度说镜与鉴》，发表在《文学评论》2019年第2期。第十章是2005年我在加拿大多伦多大学所做亚历山大讲座（Alexander Lectures）当中的一讲，收在 2007 年多伦多大学出版社出版的《不期而遇：论跨文化阅读》（*Unexpected Affinities: Reading across Cultures*）一书中；此书 2006 年由江苏教育出版社出版了中文本《同工异曲：跨文化阅读的启示》。这两章都经过修改，并获得允许重收入此书。许多编辑和杂志及书籍的出版社为我提供了极好的渠道发表我的想法，我在此对他们表示深切的谢意；多年以来，我与许多朋友讨论学术、交流思想，获益匪浅，在此不可能一一列举。但我特别希望感谢戴维·丹姆洛什、特奥·德恩、加林·提哈诺夫（Galin Tihanov）、阿尔弗雷德·霍侬（Alfred Hornung）、亚历山大·比克洛夫特（Alexander Beecroft）、皮埃罗·博伊坦尼（Piero Boitani）、哈瑞希·屈维蒂（Harish Trivedi）、杰拉尔·卡迪尔（Djelal Kadir）、安德斯·彼得生（Anders Pettersson）、苏源熙（Haun Saussy）、迪迪埃·柯斯特（Didier Coste）、露西娅·波尔迪尼（Lucia Boldrini）以及奥米德·阿扎迪布伽（Omid Azadibougar）等朋友，感谢他们多年来的友谊与不懈的支持。我很高兴能以我的艺术家朋友王川的一幅水墨画用作封面，他以抽象画的风格表现出一种道家的观念。我也要感谢我的贤妻薇林，她总是伴随在身旁，耐心见证此书的成型，等待其最终完成。

我希望此书将参与到世界文学的讨论和争辩之中，能抛砖引玉，使更多人参加讨论书中提到的诸多问题，使我们能共同努力，发现尚不为人知的世界文学，扩展世界文学的经典。

张隆溪

2023 年 3 月 2 日

第一章

歌德与世界文学

关于世界文学的讨论大多会提到德文的 *Weltliteratur* 这个词，而且把这个概念追溯到德国大诗人歌德。虽然这个词并非歌德新创，也不是他最先使用，但在 18 世纪末和 19 世纪初，歌德在欧洲已有很高的声誉和影响，正如约翰·皮泽尔（John Pizer）所说，"就创造出一个新的模式，在文学批评和文学教学中意义重大、引起广泛争辩而言，这都应该归功于歌德"。[1] 皮泽尔把歌德的概念放回到历史语境中，帮助我们认识到那时德国在政治上并未统一；在经过拿破仑战争之后，欧洲各国都亟须相互了解，和平共存。在某种意义上，这种情形与当今世界地缘政治的局势相去并不远。在我们这个时代，一方面有世界经济、通信和科技发展的全球化趋势；另一方面却又有许多国家和群体越来越强调种族和民族的

1　John Pizer, "Johann Wolfgang von Goethe: Origins and Relevance of *Weltliteratur*," in Theo D'haen, David Damrosch, and Djelal Kadir (eds.), *The Routledge Companion to World Literature* (London: Routledge, 2012), 3.

认同，甚至有民粹主义和顽固的部落主义沉渣泛起。世界文学的
兴起或复兴对当前世界的情形必定有相关的意义，至少世界文学
观念包含的人文精神和普世观念，都是当今世界非常需要的。

世界文学这个词看似简单，却不能按字面去理解，因为世界文
学并非全世界所有文学的总和。世界上产生的文学作品数量之多，
就使之不可能成为任何人可以把握的学习或研究对象。克劳迪
奥·纪廉（Clandio Guillén）评论歌德的世界文学概念时，就认为
这个概念太模糊。"我们怎么理解这个概念呢？难道是所有民族文
学的总和吗？"纪廉提出这样的问题，然后立即否定了这一概念，
认为那是个"实际上做不到的荒谬想法，不值得一个真正的读者
去考虑，只有发了疯的文献收藏家而且还得是亿万富翁，才会有
这样的想法"。不过纪廉接下去就寻求这个术语可能具有的其他意
义，其中一个是指"那些超出其原来国家的界限，得到读者阅读
和欣赏的作品"。但在实际上，这一可能的意义被欧洲的，尤其是
法国的学者和文学史家们曲解，认为所指只是欧洲文学。纪廉便
拒绝了这样的理解，认为这"不可苟同"，是"势利眼"的看法，
而且这一看法"是过去时代的遗迹而令人不快，是坚持影响研究
老派的比较学者那种旧习气"。[2] 另一个可能的意义，即"第一流或
很高标准的作品"或"普世性的经典"，其实并非普世性的，而是
局限于欧洲文学，甚至仅仅是法国文学。纪廉问道："能够把'七
星派'的诗集称为普世意义的经典吗？"他否定了这一"高卢中
心"的概念，要我们去"重读或注意艾田朴（René Étiemble）的

2　Claudio Guillén, *The Challenge of Comparative Literature*, trans. Cola Franzen (Cambridge, Mass.: Harvard University Press, 1993), 38.

论著，因为在艾田朴看来，'世界'或'普世'这类字眼大多都言过其实"。[3] 我们将会看到，世界文学这些可能的意义——"那些超出其原来国家的界限，得到读者阅读和欣赏的作品""第一流或很高标准的作品"——都包含了一点真理或合理性的内核，只是在世界文学被等同于欧洲文学，未能超出欧洲而走向全世界时，才变得不合理了。甚至在今天，这样目光短浅的欧洲中心主义也依然存在，给世界文学的观念带来种种问题。

纪廉认为，对世界文学那些欧洲中心主义的曲解"与歌德很少甚至完全没有关系"，歌德的世界文学观念"从一些民族文学的存在开始——于是可以形成本土与普世之间、一与多之间的对话，从他那个时代起直到现在，正是这种对话不断给最好的比较研究灌注了生气"。[4] 纪廉说，歌德的出发点"是民族文学，但不是民族主义。'没有什么爱国主义的艺术，也没有什么爱国主义的科学。'民族文学只是开端，很快就会显露出其缺陷来"。[5] 作为一个重要的欧洲的，更特别是德国的诗人，歌德的确最终把古希腊人视为文学艺术的典范或模式。他说：

> 我们固然看重外国的东西，但我们绝不能把自己束缚在某个具体的东西上，把它视为模范。我们绝不能把这种价值给予中国人或塞尔维亚人、卡尔德隆或《尼伯龙根之歌》；如果我们真要一个模范，那就必须回到古希腊人那里去，他们的作品

3　Guillén, *The Challenge*, 39.

4　Ibid., 39-40.

5　Ibid., 41.

随时都表现出人类之美。[6]

在歌德对古希腊人的尊崇背后，有18世纪新古典主义美学的整个传统，尤其是温克尔曼（Johann Joachim Winckelmann）的影响。他把古希腊艺术理想化，在德国思想界撼动了许多人，从莱辛到赫德尔，从康德到黑格尔，从歌德到荷尔德林，无一例外。但重要的是，就在说"回到古希腊人那里去"之前，歌德正与爱克曼在谈论他阅读一部中国小说，也正是读一部非欧洲小说的经验，既如此不同，又如此熟悉而完全可以理解，才使歌德作出他对"普世性诗歌"的评论，产生出世界文学的观念。在关于世界文学的讨论中，歌德与爱克曼那部分谈话是经常被提到的，却没有在评论中得到足够注意。我相信我们需要更仔细观察，看歌德究竟说了些什么话，他又是在什么环境中说出那些话的。

爱克曼听歌德说在读一部中国小说，他的反应大概颇能代表当时大部分人的思想："中国小说！"爱克曼对歌德说，"那看来一定很奇怪吧。"可是歌德告诉他说，中国人"并不像你设想得那么奇怪"，因为"中国人的思想感情和行为举止，几乎和我们完全一样；我们很快就发现，我们也很像他们，只不过他们在各方面做得都比我们更干脆、更纯洁、更合情理"。[7]歌德也讲出了中国

6　Johann Wolfgang von Goethe, "Conversations with Eckermann on *Weltliteratur* (1827)," trans. John Oxenford, in David Damrosch (ed.), *World Literature in Theory* (Chichester: Wiley Blackwell, 2014), 20.

7　Goethe, "Conversations with Eckermann," in Damrosch (ed.), *World Literature in Theory*, 18.

人和德国人之间一个关键性的区别，那就是"在他们，外在的自然总是与人物有所关联"。他接下去就举出中国小说描述的几个细节："金鱼在池塘中戏水，小鸟总是在树枝上歌唱……有许多地方说到月亮……房内的陈设如他们的绘画中那样整洁而优雅。"还有一段情节写到"一对恋人相识很久，但互相之间的关系却非常纯洁。有一次两人不得不在同一个房间里度过一夜，他们就一直交谈，始终没有相互靠近"。总而言之，歌德说："他们还有无数其他传说，最终都归于符合道德和礼仪。"[8]

在那部中国小说里，歌德敏锐地发现了"外在的自然总是与人物有所关联"，那在中国传统的文评里，就是情与景交融的重要观念。但如果我们把歌德说的这些话放回到18世纪德国美学中关于理想之美的讨论中去，他对中国小说中人化的自然景色之敏感，就能更清楚地显示其意义。伽达默尔（Hans-Georg Gadamer）在讨论18世纪德国美学，尤其是康德的观念时，引康德的话说："有一种理想的美是只和人的形体相关的，是'道德之表现'，没有它，那个物体就不可能普遍地令人感到愉悦。"尽管康德认为美是无目的的，他却不会把纯客体的事物——"一幢美的房屋、一棵美的树、一个美的花园等"，视为理想美的显现；因为这类事物没有人的形体，没有"道德之表现"。伽达默尔说：

我们不能想象这些事物的理想状态，"因为这些事物的概念没有充分决定其目的；因此它们的目的性（Zweckmäßigkeit）

8　Ibid., 19.

几乎和一般意义上的美一样自由"。只是与人的形体相关的美才是理想的美，恰好是因为只有这样的美才可以是由目的性的概念所规定的美！由温克尔曼和莱辛提出的这一理论，后来在康德美学的基础理论中，占据了一个关键的地位。[9]

因此，在康德看来，理想的美与人的形体相关联，是"道德之表现"。同样，在歌德看来，自然之美与人物相联系正好体现了他在中国小说里觉得特别值得赞美的方面——中国小说描绘人物符合美德的行为，与例如法国的《贝朗热之歌》(*Chansons de Béranger*)恰好可以形成对比。正如歌德所说，这部法国诗歌"几乎每一首都以某种不道德而淫荡的主题为基础"。[10]我们需要回到歌德的时代，才可能充分理解他所说这些话的意义；尤其因为在他那个时代，中国和中国人的形象与19世纪以来西方对中国的普遍印象全然不同，而19世纪以来西方的中国印象在当代仍然很有影响。亚瑟·洛夫乔伊（Arthur O. Lovejoy）有一篇学识丰厚的文章，讨论在改变英国和整个欧洲审美趣味的过程中中国所起的重要作用，指出"到17世纪初，中国人在欧洲人眼里，已经首先在政府治理这一重大的实践艺术中成了大师。几乎在随后的两百年间，他们一直保持着这样的形象"。[11]在那之后不

---

9 Hans-Georg Gadamer, *Truth and Method*, 2nd revised ed. English translation revised by Joel Weinsheimer and Donald G. Marshall (New York: Crossroad, 1991), 47.

10 Goethe, "Conversations with Eckermann," in Damrosch (ed.), *World Literature in Theory*, 19.

11 Arthur O. Lovejoy, "The Chinese Origin of a Romanticism," *Essays in the History of Ideas* (Baltimore: Johns Hopkins University Press, 1948), 103.

久，中国人很快又因为道德完善而受到赞扬。洛夫乔伊说："到17
世纪末，人们已经形成一个普遍接受的共识，即中国人仅凭自然
的光辉，就在治理的艺术和在伦理道德这两方面，都已经胜过了
基督教的欧洲。"[12] 伏尔泰在《风俗论》(*Essai sur les mœurs*)中
也表现了18世纪普遍的看法，即中国人也许在机械或物理方面
不是很好，"但他们完善了道德，而那是各类知识当中第一重要
的"。[13] 正是美与善的合一——中国小说在描绘景色与人物当中表
现出那种高度的道德感，与18世纪理想美的观念完全契合——
使这部小说对歌德具有吸引力，使他说出下面这段经常被人引用
的话：

> "我越来越相信，"他继续说道，"诗是人类普遍具有的，
> 在任何地方和任何时代都由成百上千的人展现出来。……但
> 是，如果不超出围绕我们自己这狭窄的圈子朝外看，我们德国
> 人很容易就落入那种自以为是的陷阱。所以我喜欢看我周围的
> 外国，也建议大家都这么做。民族文学这个词现在已经没有什
> 么意义了；世界文学的时代就在眼前，我们每个人都应该促成
> 其早日到来。"[14]

---

12 Ibid., 105.

13 Voltaire, *Essai sur les mœurs et l'esprit des nations et sur les principaux faits de l'histoire depuis Charlemagne jusqu'à Louis XIII*, ed. René Pomeau, 2 vols. (Paris: Éditions Garnier Frères, 1963), 1: 68.

14 Goethe, "Conversations with Eckermann," in Damrosch (ed.), *World Literature in Theory*, 19–20.

　　这段话颇为重要，因为正是阅读一部非西方文学作品的经验，使歌德坚信世界文学的时代已经到来。对歌德而言，"普遍"和"世界"显然都比欧洲的范围要大得多；因为他不仅欣赏中国的小说，而且也赞美5世纪印度戏剧家迦梨陀娑的《沙恭达罗》，喜爱14世纪波斯诗人哈菲兹（Hafiz）的作品，并在其影响之下写成他自己的《东西方诗集》（*West-östlicher Divan*）。正如纪廉评论歌德时所说："毫无疑问，大多数同时代人对普世主义或'普遍'概念的理解，都比他要狭隘得多。"[15] 从歌德的观点看来，世界文学不仅仅是欧洲文学。正如亨德利克·彼鲁斯（Hendrik Birus）所说："爱克曼记录那段有关世界文学的谈话，毕竟起于歌德在读中国明代一部描绘风俗人情的小说，即阿贝尔–赫缪萨（A. J. Abel-Rémusat）所译《玉娇梨》的法文译本 *Yu-kiao-li, ou Les deux cousines* (Paris 1826)。"[16] 在歌德的世界文学观念中，翻译的中国文学占据了一个重要地位，这说明从一开始，翻译和世界文学的概念就有一种特殊的关系。正是翻译使我们得以阅读、理解并鉴赏其他民族和其他传统的文学；的确，也正是翻译为我们提供了关于外在世界的许多知识。

　　可是有些学者和比较文学家往往抗拒翻译，不仅对之抱怀疑的态度，而且责备翻译会丧失不同民族文学语言、文学和文化的特色，造成一种扁平的、无色又无味的世界文学。例如著名的比较文学学者和欧洲文学专家埃里希·奥尔巴赫（Erich Auerbach）在

---

15 Guillén, *The Challenge*, 44.

16 Hendrik Birus, "Debating World Literature: A Retrospect," *Journal of World Literature* 3:3 (Aug. 2018): 260.

1952年用德文发表了一篇文章，1969年又由塞伊德夫妇（Marie and Edward Said）译成英文重新发表。奥尔巴赫在文中就表示了他的担忧，认为全球化的趋势把世界迅速变成一个标准化的单一整体，在那样一个扁平的反乌托邦的世界里，"人们不得不习惯活在一个标准化的世界中，只有一种文化、一两种文学语言，甚至只有一种文学语言"。到那个时候，奥尔巴赫警告他的读者们说，"世界文学的观念在实现的同时，也就毁灭了"。[17]那种意义上的世界文学就成为标准化单一语言的文学，于是世界上不同文学之丰富多样就完全被摧毁，而歌德最初设想的世界文学观念也就被摧毁了。甚至在今天，仍然有不少学者对世界文学持类似的反对态度，认为世界文学把什么都翻译成一种语言，尤其是英语，抹去了世界各种文学的差异和多样。由于英语在当今世界占据首要的地位，比较文学学者和文学研究者们有这样的担忧、意识到这一问题，也是完全合理的。然而，正如丹姆洛什指出的那样：虽然上面那段话有时被人引用，好像那是奥尔巴赫"对世界文学之消逝作出的终极判断"，但实际上这一"暗淡消沉的预言并非此文的结论，而是文章开头提出来的、他要去解决的问题"。其实研究世界文学比以往要求懂更多的语言，奥尔巴赫对此持谨慎乐观的态度，认为"我们越来越多地接触世界各个文学，也许最终可以创造出'保持其全部多样性的人类统一的愿景'，而那样的愿景'是自维柯和赫德尔以来历史语言研究（philology）真正的

7

---

17 Erich Auerbach, "Philology and *Weltliteratur*," trans. Marie and Edward Said, *The Centennial Review* 13: 1 (Winter 1969): 3.

目的'"。[18] 责备世界文学降低了标准，放松了把握语言的严格要求，都只是头脑糊涂所犯的错误，其目的不过是想抵制超出欧洲中心偏见的、更具有包容性的世界文学概念。

正如彼鲁斯所说，担忧标准化和强加的同一"与歌德的世界文学观念真是不可同日而语"。[19] 他引用歌德自己的话，说明在歌德看来，翻译者"不仅服务于他自己的民族，而且也服务于他所译那种语言的民族"，而且无论多么局限而不完善，翻译"都一直是普遍世界政体中最重要、最有价值的职业之一"。[20] 歌德认识到各民族和各语言之间，有必要在经济、政治、文化和其他活动方面互相交往，而翻译在其中总是会起关键的作用。如果在欧洲文学的范围内，翻译都有必要；超出欧洲文学传统的范围，那就更是如此。当我们讨论世界文学与翻译时，我们还会回到这个重要的问题上来。

从理论上说来，世界文学的概念中总是有两种对立的力量形成一种张力，一方面是本土的、民族的特性，另一方面则是全球的、对文学之普遍性的诉求。有人对歌德本人的理解提出质疑，怀疑他的世界文学观念是否其实仅限于欧洲文学，或他的普世主义概念和他强调德国人在世界文学之形成中应该起重要作用是否互相抵牾。下面就是一个令人觉得有点奇怪的激进例子。"歌德在绘制一种新的地图，可能并未能摆脱文明进步的自我标榜，同时也是

18　David Damrosch, *Comparing the Literatures: Literary Studies in a Global Age* (Princeton: Princeton University Press, 2020), 197–98.

19　Birus, "Debating World Literature," *Journal of World Literature* 3: 3, 256.

20　Ibid., 258.

把欧洲帝国主义合理化，"这是凯尔·万伯格（Kyle Wanberg）说的话，"把文明、进步和发展作为衡量文学作品的标准，歌德就让西方文化中一种新的帝国主义占据了优势，其根基就是欧洲启蒙时代的优越感。"[21] 把歌德的世界文学观念和"欧洲帝国主义"相关联，在此好像是一条无须论证、不言自明的公理，但这话说得也太过简单容易了，很难让人认真看待。下面则是另一个否定世界文学的例子，把世界文学说成自歌德以来西方编造的观念。不过谁都可以看出，这段话完全是模仿福柯（Michel Foucault）的口气，用典型西方后现代主义的一套用语说出来的：

8

> 像世界历史和世界系统理论一样，世界文学也是一个近期的发明，而且也许已临近其终结——如果它尚未耗完其用处的话。这也许是因为世界文学这个思想意象在其各种形式之中——无论我们把世界当作同位语的名词，还是作为形容词；无论我们把它与资本主义的世界系统相关联，还是与普世主义的文学生产或规范化的世界生成相关联——自从歌德在1827年造出这个词以来，就一直受到无法估量的压力。[22]

否定总是很容易，任何人在任何时候对任何事物都可以说"不"，但要提出负责任而且是建设性的另一种选择，却总是很困

21　Kyle Wanberg, *Maps of Empires: A Topography of World Literature* (Toronto: University of Toronto Press, 2020), 10.

22　Supriya Chaudhuri, "Which World, Whose Literature?," *Thesis Eleven* 162: 1 (Feb. 2021): 75.

难。首先，歌德并没有"造出"世界文学这个词，虽然很多人都有这样普遍的误解；更重要的是，把歌德的观念推向德国民族主义、欧洲中心主义，甚至帝国主义一边，就不仅忽视了歌德自己对世界文学正面的理解，而且根本就是违背历史事实的错误。

对歌德说来，德国的并不就是民族的，而是断片式且各不相同的，唯一将其联系起来的只是一种共同的语言；其次，民族的和他构想的普世的也并不互相冲突。"一段时间以来，各个国家最优秀的诗人和作家们都显然集中努力于他们对全人类普世的关怀，"歌德1828年在评英国作家卡莱尔（Thomas Carlyle）所著《德国罗曼斯》（*German Romance*）的一篇文章里说，但他又继续说，"我们在每一种文学模式里，无论其内容是历史或是神话，是神秘的或是虚构的，都越来越多地看到这种普世的关怀从作家自身内在地启发了他们民族和个人的特色。"[23] 他在1827年6月11日致斯托尔堡伯爵（Count Stolberg）的一封信里，说得更为明确："诗是普世性的，愈有趣的诗也愈能显示其民族特性。"[24] 民族文学与世界文学并非互相对立，因为任何一部文学作品都是在某一特定的民族文学传统中开始的；把歌德的世界文学观念限定在德国民族主义的范围内来理解，就是一种历史错乱的误解。没有仔细的历史考察和文本的证据，上面所引那些轻率的否定只显得浅薄、乏味

---

23 Johann Wolfgang von Goethe, "On Carlyle's *German Romance* (1828)," in *Essays on Art and Literature*, ed. John Gearey, trans. Ellen von Nardroff and Ernest H. von Nardroff; vol. 3 of Goethe, *The Collected Works* in 12 vols. (Princeton: Princeton University Press, 1994), 207.

24 Goethe, "On World Literature," ibid., 228.

而毫无效果。

　　有趣的是，正如皮泽尔告诉我们的，是一位来自非洲的批评家，生于摩洛哥的德国文学研究者费兹·波比亚（Fawzi Boubia）认识到，歌德观念之意义在于超越了欧洲中心主义，"阐明歌德世界文学的提案具有真正的全球性质，突出在世界各个文学的对话中，其接受差异和不同具有预见性和先锋意义"。[25] 其实我们在前面已经提到，克劳迪奥·纪廉在20世纪80年代中期已经讲过类似的话，他说歌德的出发点"是民族文学，但不是民族主义"。[26] 他又要我们"记住歌德从一些民族文学的存在开始——于是可以形成本土与普世之间、一与多之间的对话。从他那个时代起直到现在，正是这种对话不断给最好的比较研究灌注了生气"。[27] 更早一些，艾田朴在1974年就论述说，歌德"提高世界文学的地位，就间接地谴责了德国的民族主义，也谴责了一切民族主义"。[28] 怀疑欧洲中心主义显露出的是我们这个时代的一种敏感，但在歌德的头脑里，本土与世界、民族与普世之间非此即彼的对立，与他大概是格格不入的。伟大的文学作品总是植根在某一特定的语言、文化和民族传统之中；但与此同时，它们又都能够超出本地和乡土的局限，或者以其原文，或者通过成功的翻译，走向自己出生地边界之外的读者。

9

25　John Pizer, "The Emergence of *Weltliteratur*: Goethe and the Romantic School (2006)," in Damrosch (ed.), *World Literature in Theory*, 28.

26　Guillén, *The Challenge*, 41.

27　Ibid., 39–40.

28　René Étiemble, "Should We Rethink the Notion of World Literature? (1974)," trans. Theo D'haen, in Damrosch (ed.), *World Literature in Theory*, 87.

在此重要的是，我们应该记住，歌德是在与爱克曼的谈话中，在思考来自亚洲的文学，尤其谈到中国享有丰富的文学和悠久的文学史时，才说出了关于世界文学那段著名的话。他甚至说欧洲人"还在森林里过活的时候"，中国人就已经有丰富的文学了。[29] 歌德开放的世界文学观念确实包括了非西方文学，而正是这一开放性构成了歌德观念的典范性质，使之在我们这个时代具有的实际意义甚至胜于在他那个时代。正如里查·梅伊尔（Richard Meyer）在1900年所说的，歌德的观念是"朝向未来"的，在他那个时代"才曙光初露"。[30] 在我们这个时代，世界各地的文学研究者都更强烈地感到各国家和民族全球性的联系，更需要超越自己族群的狭隘眼界而放眼世界；更愿意走出自己在语言和文化上熟悉的"舒适圈"，去拥抱不同的传统，歌德的世界文学观念才可能找到比以往任何时候都更有利的条件，影响我们全球性地思考文学、文化和传统——最终说来，去思考我们生活在其中的世界。

歌德在19世纪20年代谈论世界文学；马克思和恩格斯在1848年《共产党宣言》里，在谈到世界资本主义的迅速发展如何推动了全球性的趋势时，也提到这个观念，认为世界文学作为一种文化现象，正在无可避免地取代民族文学。如果歌德的世界文学是一种人文主义的愿景，马克思则把世界文学视为与当时政治经济发展紧密相连的全球性趋势的一种表现。不同的学者对歌德和马

---

29 Goethe, "Conversations with Eckermann," in Damrosch (ed.), *World Literature in Theory*, 19.

30 Monika Schmitz-Emans, "Richard Meyer's Concept of World Literature," trans. Mark Schmitt, in D'haen et al (eds.), *The Routledge Companion to World Literature*, 50.

克思的世界文学观念有不同的理解。如艾吉兹·阿赫玛德（Aijiz Ahmad）认为："马克思从他喜爱的诗人歌德那里，拿来了'世界文学'这个词以及创造世界文学是件好事情这样的想法。"不过他又说，马克思"不像歌德那样，把'世界文学'与思想高尚的知识分子之自我行动相联系，或把它视为几种主要的古典主义的交流方式，而是把世界文学视为内在于其他种类的全球化的一种客观过程。在那种全球化过程里，文化交换的模式紧随着政治经济的模式"。[31] 阿赫玛德似乎认为马克思的观念相当接近于歌德的观念；但玛兹·汤姆森（Mads Rosendahl Thomsen）认为歌德的世界文学观念是"各国杰作之交响乐这样一个理想主义的憧憬"，而马克思的世界文学观念则"更带一点蔑视的意味，即作为商品的书籍在全球流通的场景"。[32] 在有关世界文学观念的讨论中，往往有人觉得歌德和马克思的理解完全不同，但这个比较常见的看法很需要进一步的探讨。

歌德和马克思所构想的世界文学当然不同，但马克思深信历史是一个不断进步而向前发展的进化过程，是一个黑格尔式的从低级到更高级形式发展的过程，所以他对资本主义和资产阶级创造的世界文学所作的评论，并不像有些当代论者设想得那么负面。就马克思而言，资本主义只是在它将被一个更高的社会历史发展阶段——社会主义和共产主义——所取代这一意义上，才是被否

31 Aijiz Ahmad, "*The Communist Manifesto* and 'World Literature'," *Social Scientist* 29: 7–8 (Jul.–Aug. 2000): 13.

32 Mads Rosendahl Thomsen, *Mapping World Literature: International Canonization and Transnational Literature* (New York: Continuum, 2008), 13.

定的；但那是黑格尔辩证法那种"扬弃"（*aufhebung*）意义上的否定，也就是说，去除资本主义的局限性，同时又保存它作为人类历史和社会进步一个必然发展阶段已经取得的一切成就。所以在马克思看来，资本主义就其自身而言，优于中世纪的封建社会，更绝对优于中国乃至亚洲那种农耕社会的亚细亚生产方式，因为那是更为原始的社会发展阶段。当马克思宣称民族文学已经逐渐消亡时，他和歌德的看法相当一致，即把世界文学视为一种进步的新现象："民族的偏颇和狭隘已经越来越不可能存在了，于是从无数民族的和本土的文学当中，诞生出了世界文学。"[33]《共产党宣言》里这有名的一句话，绝不是否定性的评价。恰恰相反，马克思和恩格斯把世界资本主义的全球化趋势，视为社会主义革命必要的前提条件，所以才有后来在苏联和其他社会主义国家的出版物中一再重复的著名口号："全世界无产者，联合起来！"在马克思和恩格斯看来，工人阶级是一种全球性质的革命力量，并不受民族认同的限制。社会主义运动是国际的运动，共产国际就是在这一全球观念上建立起来的。在这个意义上，马克思的世界文学观念绝非与歌德的观念相对立，只不过他把世界文学视为全球资本主义生产方式的文化表现，而不是人文主义者对世界各个文学和文化传统主要作品的鉴赏。

33 Karl Marx and Friedrich Engels, *The Communist Manifesto* (New York: The Seabury Press, 1967), 136–37.

第二章

（世界）文学的回归

　　由于歌德没有明确定义什么是世界文学，这个概念很模糊。更重要的是，许多欧洲学者认为此概念所指仅为欧洲或西方文学，就使世界文学在19世纪和20世纪的大部分时间里，都没有成为可以操作的研究对象或研究领域。正如特奥·德恩所说，在海涅之后，"如果有人提到歌德的世界文学，那不是为民族主义张目，就是责备其对民族文化构成了威胁"。[1] 在19世纪，超越民族文学及与之相关联的单一语言，建立起了文学研究的学科，那就是比较文学；但直到20世纪末，比较文学在其学科历史上都只集中在欧洲或西方文学。作为一个文学研究领域，比较文学不同于歌德的世界文学观念，因为比较文学很少超越欧洲文学传统的范围，而且强调以原文做研究，不重视翻译。一般说来，比较学者都要求或应当掌握英、法、德语作为基本的工作语言，再加上拉丁或希腊

1　D'haen, *A History of World Literature*, 13.

语。歌德阅读一部翻译成欧洲语言的中国小说，就不能算作正宗的比较。于是在很长一段时间里，世界文学的概念就被忽略甚至几乎被忘掉了。

然而进入21世纪之后，如德恩所说，"在新的千年纪里，没有哪一种文学研究方法像叫作'世界文学'的那样，获得了如此令人瞩目的成功"。[2]世界文学何以在现在兴起？模糊而不实际的世界文学观念如何变成一个可以操作的概念？什么是重新定义的世界文学？为了更好地理解世界文学之兴起，我们就应该深入调查一下这些基本的问题。

任何兴起都必有其原因和动力，而进入新的21世纪以来，的确有很充足的理由促成了世界文学之兴起。从根本上说，世界文学掀起文学研究的新浪潮有一种内在或直接的原因。简单说来，世界文学为文学研究中一个普遍察觉到的问题提供了一种解决办法，那就是在全球范围内重新回到文学的阅读。这个原因之所以重要，是因为这是20世纪晚期文学研究内在发展符合逻辑的结果。从20世纪60年代开始，俄国形式主义、结构主义语言学、人类学、符号学、心理分析、社会学和哲学都给文学研究带来刺激，为之提供理论框架和新颖的方法。结构主义对文学研究，特别在叙事小说研究方面，产生了很大影响。后结构主义、后现代主义、后殖民主义、马克思主义、女权主义、性别研究、同性恋研究，以及其他许多理论方法，把具有社会意义的立场以及社会上关注的问题都带入文学研究之中。在20世纪70—80年代，文学理

---

2 D'haen, *A History of World Literature*, 1.

论虽然不无极端过度之弊，却也的确使文学研究变得十分吸引人，而且硕果累累。但到了80年代末及其后，理论在文学研究中完全占据主导，以至于文学批评变成一种充斥理论却少见文学的话语。文学阅读变成一个问题，文学研究有逐渐或部分被文化批评所取代的趋势。许多年以前，美国比较文学学会发表的评估当时研究现状的报告就已承认，这是一个严重问题。撰写这份报告的苏源熙就说："近来做一个理论语言学家，你不必懂很多语言；在最近几十年里，好像做一个研究文学的学者也同样可以以研究文学为业，而无须持续不断地讨论文学作品。"[3] 对文学研究说来，那的确是一个严重的问题，许多喜爱和研究文学的人对此也深感困惑和不安。

作为语言的艺术，文学是要人去阅读和欣赏的。直到批评理论和文化研究成为正统之前，这一点似乎从来都不是什么值得特别注意的问题。在中国古代，孔子就承认读诗相当重要，所以他对他的儿子说："不学诗，无以言。"[4] 孟子关于读诗说过著名的一段话，认为说诗者"不以文害辞，不以辞害志。以意逆志，是为得之"。[5] 历代的中国文论里，有很多评论讲到文之重要、读诗文之乐趣，还有许多关于读法的建议。例如18世纪清代学者沈德潜，就充分承认阅读和解释的多元。他说："古人之言，包含无尽。后人

14

3　Haun Saussy, "Exquisite Cadavers Stitched from Fresh Nightmares: Of Memes, Hives, and Selfish Genes," in Saussy (ed.), *Comparative Literature in an Age of Globalization* (Baltimore: The Johns Hopkins University Press, 2006), 12.

4　刘宝楠：《论语正义·季氏第十六》第十三章，《诸子集成》第一册，北京：中华书局，1954年，第363页。

5　焦循：《孟子正义》卷九《万章章句上》第四章，同上，第377页。

读之，随其性情浅深高下，各有会心。如好《晨风》而慈父感悟，讲《鹿鸣》而兄弟同食，斯为得之。董子云：'诗无达诂。'此物此志也。"[6] 在中国传统文评中，有我所谓"解释的多元"，也就是"以开放的心胸接纳不同的解读，只要它们出自真正的欣赏，出自从文本中获得的快感"。[7] 对阅读快感的强调使我们想起西方文学批评中罗兰·巴尔特（Roland Barthes）《文本之快感》（*Le Plaisir du texte*, 1973）、彼得·布鲁克斯（Peter Brooks）那部讨论叙事小说结构的精彩的著作《为情节而阅读》（*Reading for the Plot*, 1984），以及其他许多关于文学阅读的论著。

然而在20世纪80年代，尤其是90年代之后，阅读文学，特别是阅读文学而获得快感，却成了一个问题，在美国的大学里尤其如此；但在别的地方关于文学的学术研究中，也有类似情形。文学本来是要给我们带来阅读的快乐，可是现在似乎有不少文学研究者却十分辛苦，花费了大量精力去作理论的探讨，看文学在意识形态方面犯了什么错误，有什么缺陷。这在罗伯特·阿尔特（Robert Alter）1989年出版的《在意识形态时代的阅读快感》一书中，可以看得很清楚。阿尔特认为，自20世纪60年代以来，文学理论与批评当中影响颇大的潮流先是"好像给很多人都作出许诺，在智力方面感到非常激动"，可是到头来，所有这些许诺"都化为

6　沈德潜：《唐诗别裁》第一册，北京：中华书局，1964年，第1页。

7　Zhang Longxi, *The Tao and the Logos: Literary Hermeneutics, East and West* (Durham: Duke University Press, 1992), 197. 中译见张隆溪著，冯川译：《道与逻各斯：东西方文学阐释学》，南京：江苏教育出版社，2006年，第262页。

泡影"。[8] 阿尔特说，其中最大的失败"就是整整一代专门研究文学的学者当中，有很多人都不读文学"。一旦文学的阅读消失了，文学教授们甚至形成"一种有时几乎近于蔑视文学的态度"，[9] 给学生们教的理论多于文学。有一次一个研究生告诉阿尔特，她上阿尔特的比较文学课时，竟然意外地喜欢阅读《白鲸》（*Moby-Dick*）这部小说，因为"在前一个学期，她主修的英文系有两位教授都告诉她说，《白鲸》非常乏味，简直不值一读"。[10] 阿尔特把他教学生涯中这一小小的插曲"作为这个时代令人沮丧的一个符号"作了一番思考，承认从各种批评视角，的确都可以找出《白鲸》的缺点。"你可以合理地争论《白鲸》的弊病，"阿尔特不无讥刺地说，"但是一个教文学的人完全摒弃它，说《白鲸》枯燥乏味，不值一读，那就不如去教电脑或者去卖保险。"[11] 教电脑或卖保险并没有什么不好；这也不是一种精英式的态度，坚持认为文学是唯一值得读的东西。但阿尔特的意思是说，如果你是一位研究文学的学者、一位文学教授，但你对文学阅读却不感兴趣，那你就真是入错行了。

这使我想起我很尊敬的学者弗兰克·凯慕德（Frank Kermode）说过的一些类似的话，他很有影响的书《终结的意识》（*The Sense of an Ending*, 1967）对文学理论，特别对叙事文学研究作出过重

---

8 Robert Alter, *The Pleasure of Reading in an Ideological Age* (New York: Simon and Schuster, 1989), 9–10.
9 Ibid., 10–11.
10 Ibid., 12.
11 Ibid., 12–13.

要贡献。他在2000年出版了《莎士比亚的语言》一书，在序言里作了一个几乎怒气冲冲的声明，谴责了当代文学理论和批评中一些他认为极为恶劣的倾向，并摒弃那些对莎士比亚，甚至对文学本身怀着恶意的倾向。他说："我特别反感现代某些对莎士比亚的态度。其中最坏的一种认为，莎士比亚的名声是骗人的，是18世纪一个民族主义或帝国主义阴谋的结果。"与此相关的另一个看法，则是认为"要理解莎士比亚，就必须首先把他的剧作视为与他那个时代的政治话语密切相关，而这种关联又只是现在才看得出来的"。凯慕德认为极为恶劣的就是抛弃了阅读，用他的话说来就是"废除了文学这个观念本身"。[12]凯慕德这些话针对的是当时正争论得十分激烈的所谓"经典之战"（canon war）。那时，莎士比亚和其他许多文学经典都受到"去经典化"的压力，受到激进的政治和意识形态批判。不过这种激进的批判现在都已灰飞烟灭，几乎完全被人忘记了。

16
　　凯慕德2001年在美国加州大学伯克莱分校作坦纳讲座（Tanner Lectures）时，也谈到抛弃阅读的问题，而且故意选择阅读经典文学的快感为题目，因为他说："有数量相当大的一些人，可以说社会付给他们钱，是要他们为社会做认真阅读的。他们却都不再怎么谈文学，有时候甚至不承认有文学这个东西。"[13]凯慕德呼吁重新阅读文学，欣赏其审美价值，认为在我们的阅读经验中，快感对伟大的文学作品说来极为重要："我的确认为，对于经典一

12　Frank Kermode, *Shakespeare's Language* (London: Penguin Books, 2000), viii.
13　Frank Kermode with Geoffrey Hartman, John Guillory, and Carey Perloff, *Pleasure and Change: The Aesthetics of Canon* (Oxford: Oxford University Press, 2004), 15–16.

个必要的，尽管不明显的要求，就是它应该给人快感。"[14]然而阅读经典文学的审美快感并非一种简单的愉悦或满足感，却往往与匮乏、痛苦，甚至受难的感觉相关联。"的确，说到快感时，往往就会意识到对立面相互作用的许多方式，最简单就是快感与痛苦之间的关联。"凯慕德由此认为好诗都有痛苦或哀怨的成分："我们不断在最好的诗里，发现欢乐与沮丧的一种奇特的混合。"[15] 这与钱锺书对孔子所谓"诗可以怨"的讨论非常相似。[16] 钱锺书在他的文章开头，引用了尼采幽默的比拟，"把母鸡下蛋的啼叫和诗人的歌唱相提并论，说都是'痛苦使然'（ *Der Schmerz macht Huhner und Dichter gackern* ）"。接下去他就说，尼采这个"家常而生动的比拟也恰恰符合中国文艺传统里一个流行的意见：苦痛比快乐更能产生诗歌，好诗主要是不愉快、烦恼或'穷愁'的表现和发泄"。[17] 于是凯慕德和钱锺书两位都认为，审美快感是一个复杂的概念，与痛苦和悲剧感相关，而最好表现在诗，也就是语言艺术最具代表性的形式里。凯慕德非常不满的，就是"经典之战"和"去经典化"使文学阅读中审美快感的鉴赏几乎完全消失了。

不过在当时美国大学的环境里，尤其在批判理论和文化研究把经典、文学价值和审美快感都弃之如敝屣的氛围里，凯慕德呼吁阅读文学经典、获得审美快感的想法，从他的对谈人中不仅只得

---

14 Kermode, *Pleasure and Change*, 20.

15 Ibid., 21, 28.

16 刘宝楠：《论语正义·阳货第十七》第九章，《诸子集成》第一册，第374页。钱锺书此文有我的英译，见Qian Zhongshu, "Our Sweetest Songs," trans. with notes by Zhang Longxi, *Journal of World Literature* 3: 4 (Nov. 2018): 475–96.

17 钱锺书：《诗可以怨》，《七缀集》，上海：上海古籍出版社，1985年，第102页。

到些许微弱的回响和轻度的怀疑，而且还有言辞中或明或暗的反驳和更直接公开的批判，也就毫不足怪了。这一点最明显地见于约翰·基洛利（John Guillory）的评论之中。基洛利是应邀对凯慕德的演讲作评论的人之一，是一位著名的文化批评家。他首先同意凯慕德对当时文学研究现状的评论。基洛利说：

> 我同意文学批评在今天是一个颇奇怪地陷入困扰的学科，而其部分的困扰直接与大学里文学批评家们似乎对他们的研究对象抱有一种颇为矛盾的情感（ambivalence）有关。这一矛盾情感典型地表现为两种形态：第一，不愿意把文学作品视为文学批评必然或不可或缺的对象；第二，甚至更反感在谈论文学时把文学作品的快感当成文学存在的主要理由，也相应地把传达那种快感给文学批评的读者视为至少是批评的一个目的。[18]

在凯慕德看来是问题的，在基洛利却描述为道德、政治和社会批评的一个悠久传统进步发展的结果。这个传统可以把托马斯·莫尔（Thomas More）当作一个历史的先例，一直都在努力超越审美快感。基洛利说："转向政治是批评家们来做他们一直在做的事情的一种办法，那就是依据在社会意义上更能让人接受的——或在另一种情形下，在社会意义上更具颠覆性的——议程，

18　John Guillory, "It Must Be Abstract," in Kermode, *Pleasure and Change*, 65.

来中和快感。"[19] 作为文化批评家，基洛利并不把文学视为必然更优越的研究对象，而且他"更反感"把文学，尤其是诗视为高等艺术形式所产生的审美快感。不过最终说来，基洛利虽然代表一个更民主的立场，包容大众文化的各种形式，他反对的倒不是审美快感本身，而是反对把阅读诗歌或文学的快感放在更高等的地位上。"我相信最伟大的艺术确实给我们带来非常复杂的快乐，"基洛利在他评论的最后说，"但我不认为这样的快乐必须以否定其他各种快乐为代价，或者要求把其他各种快乐贬低为只是很简单的快乐。"他甚至愿意承认，"没有审美快感，人类的生存就会令人忧伤地不完满"，但他就是不愿意给审美快感一个特殊的位置。审美快感在他看来，

> 对人而言，并不比性、食物、交谈和其他许多快感更必要，或者更不必要。我愿意争取人类快感的多样性，而不是作高低之分；我愿意相信，保存人的快感有很大范围，无论简单还是复杂。这样一种灵活的意识就可以更好地保存人类精神最伟大的作品。[20]

所以快感不是问题，把阅读经典文学作为更高等艺术形式产生的审美快感，才是问题。在一定意义上，这很好地代表了一个文化批评家的立场，因为文化批评家要尽力"中和快感"，对于把

18

19　Guillory, "It Must Be Abstract," in Kermode, *Pleasure and Change*, 66.
20　Ibid., 75.

文学，尤其是诗歌作为真正的研究对象，都抱着颇为矛盾的情感。"威权式文化批评最明确而不可否认的症状，"基洛利宣称说，"就是把文学缩小为诗的特例。"[21]但在凯慕德看来，那就必然导致文学阅读的消亡。基洛利把文学批评比拟为生物学家在实验室里的工作，就很能说明问题："生物学家可以在研究细菌中获得快感，可是细菌的目的却不是给人快感，生物学家也不会喜欢传染到流感。"[22]在文化批评家眼里，文学作品就像一种细菌或病毒，不仅不会给人快感，反而会让批评家或读者害上传染病！

也许这样的比拟本意只是想表现一点机巧和幽默，却让我想起在我自己的阅读经验中不同而且真实的体验。就在不是那么遥远的过去，所有的文学作品，无论是来自中国的"封建"传统，西方的"资本主义"文化，或是苏联、东欧的"修正主义"思想，都曾在一段时间里被视为"毒草"而被禁绝。那时候没有文学，也没有文学的阅读。基洛利幻想的那个比拟似乎突然间以超现实的形式变成了现实。由于亲历过这样的生活现实，我对于以任何借口否定审美快感的说法都更加敏感，也不会轻信任何表面看来好像很"进步"的政治口号。

19　据基洛利说，文化批评家不再需要谈文学，更绝口不谈阅读的快感。那么，他们究竟要谈论些什么呢？"我们新的文化批评家们，"基洛利说，

21　Guillory, "It Must Be Abstract," in Kermode, *Pleasure and Change*, 68.
22　Ibid., 72.

和他们的先驱者一样，有中和文学作品的快感这同一个不无问题的倾向，过去代表曾被认为是道德的提升，现在则也许可以被视为是进步的政治。无论是哪种情形，面对一个文化作品就是提供一次机会来肯定或者挑战那作品里所表现的信仰体系。[23]

换言之，一个"文化作品"的用处就在于可以成为包含某种"信仰体系"的文本，文化批评家就以政治的解释来认可或者谴责其"信仰体系"。对文化批评而言，文学作品并不必然比任何其他类型的文本更有用，无论这其他文本是历史文献、财务报告、医疗记录、电影、电视肥皂剧、视频片段，或任何其他的东西，只要它们能够表现与我们完全一致或与我们完全对立的"信仰体系"。

对西方许多文学研究者说来，"进步的政治"也许会有很大的吸引力；但正如前面简单提到的，我自己的生活经验使我不会盲目相信冠冕堂皇的政治说辞，也使我难以放弃阅读伟大文学作品时的审美快感。我完全知道，我的理解是由我自己的生活经历形成的，也必然带着我自己的、伽达默尔意义上的"偏见"，因此我的理解完全不同于基洛利在一个非常不同的社会与政治环境里所可能期待的。在这个意义上说来，可能有人会觉得我的理解对基洛利不公平，和他所说的不相干，也不符合他的用意，甚至太简单而不够水平，不了解在远更"先进"的社会和政治环境中发展

---

23 Guillory, "It Must Be Abstract," in Kermode, *Pleasure and Change*, 67.

出来的批评理论。但无论如何，我就是这样理解基洛利的看法，这样作出反应的。最终说来，来自不同视野的理解和解释不就正是这样产生的吗？正如伽达默尔所说，"如果我们作出理解的话，我们的理解就总是不同"（*Man anders versteht, wenn man überhaupt versteht*）。[24] 我当然不会宣称自己的理解具有普遍的合理性，但我也不会认为，在有关文学和诗歌的阅读这个问题上，我的理解就一定不如一个美国的文化批评家。我自己的经验很早以前就教会我，不要盲信叫得响亮的口号和政治的说辞，而且认识到以"革命"的名义、以"进步的政治"乃至"民主"的名义，都可能产生极大的破坏性，甚至残暴的恶行。而与之相比，文学阅读的消失可能算是最不必忧虑或痛苦的事。

20

在文化批评中，文学显然不是"有特殊地位"的研究对象，审美快感更没有特别的价值，"对人而言，并不比性、食物、交谈和其他许多快感更必要"。在回应他的评论人时，凯慕德直言不讳地宣称，审美快感对我们阅读文学的经验说来意义重大；更重要的是，要做一个合格的文学批评家，就必须具有审美的敏感，对文学的价值抱有真正的热情。"对怎样做批评家这个问题，我目前的回答是我很早以前就从威廉·燕卜荪（William Empson）那里借来的：你喜欢什么理论就用什么理论，但是得跟着你的鼻子走。"凯慕德在此用了一个品酒的比喻，而他接下去说的话使我们想起在前面引用过的罗伯特·阿尔特类似的话："不是每个人都有这个

---

24 Gadamer, *Truth and Method*, 297. Hans-Georg Gadamer, *Wahrheit und Methode: Grundzüge einer philosophischen Hermeneutik, Gesammelte Werke*, Band 1 (Tübingen: J. C. B. Mohr, 1986), S. 302.

意义上的鼻子——这里是用酿酒学的一个比喻——而如果你在这两方面都没有鼻子的话，你就该去找另一种工作。"[25] 我们在此说的是专业的文学研究者和教授们，不是从事其他职业的人，而要求研究文学的学者喜爱文学，就像爱品酒的人喜爱酒一样，在我看来并不为过。凯慕德不承认那种相对主义的说法，即认为"从性、食物、交谈之中，可以得到同等的审美快感"。对一个爱好文学的人说来，审美快感不同于其他的快感。凯慕德接着又说："我一点也不反对交谈、性或食物。但是我想，我知道它们和一首伟大的诗之间的区别。"[26] 对一个研究文学的学者而言，凯慕德所说的话非常基本，应该是一种常识；除了西方文学批评而外，在别的任何学科里，大概都无须一讲再讲。如上面已经提到的，基洛利并不一例反对快感，只是反对把经典文学作为高等形式的艺术来阅读产生的审美快感。他那些言辞激烈的话表示一种激进的立场，也并不必然会得到其他许多批评家和文学研究者们的认可，但凯慕德和基洛利之间的辩论的确表明：自20世纪90年代以来，文学研究和文学阅读在美国已经成为一个问题。

有一种自以为是的"当下主义"（presentism）风行一时——它以过去和传统都只代表陈旧甚至反动的意识形态而弃之如敝屣，认为其体现的是父权制、帝国主义、压迫和其他类似可怕的错误；于是在美国和其他地方许多大学的课程中，现代和当代文学研究远多于古典和传统文学，各种各样的文化研究逐渐有取代文学研

---

25 Kermode, *Pleasure and Change*, 85.
26 Ibid., 88.

21 究的趋势。电影和视觉文化非常流行，而越来越削减了传统文学的研究。正如丹姆洛什在评论基洛利的《文化资本》(*Cultural Capital*) 一书时所说的：

> 研究帝国主义、殖民主义、民族主义和全球化的学者们，在决定研究课题时太常见的情形是，他们把研究范围限定在只调查人类历史过去的五百年，或过去一百年，甚至只是过去几年。但我们如果这样做，就复制了现代美国文化——以及全球商业文化——最乏味的一个特点：那就是持续不断的当下主义。它把严肃的过去一概抹杀，最多只剩下几处怀旧式的后现代参照点。那种历史遗迹就相当于添上一点"地方色彩"，使雅加达希尔顿酒店的大堂可以有别于坎昆希尔顿酒店的大堂。[27]

丹姆洛什在他最近出版的《比较诸文学》(*Comparing the Literatures*) 一书里，又再次强调了这一点，表示了他对"过分集中"于最晚近时期的担忧。他说："我们越来越会解构种族主义、帝国主义，还有近来的种类主义，却忽略了我们工作当中不断侵入的当下主义。然而就是要了解现代帝国主义的后果，考察在它之前许多帝国的情形，也会很有帮助。"[28] 这种当下主义，加上在脸书 (Facebook)、照片墙 (Instagram)、抖音、微信和其他许多

---

27 David Damrosch, *What Is World Literature?*, 17.
28 Damrosch, *Comparing the Literatures*, 9.

新社会媒体上发帖、上传照片的那种自我表现的冲动和自我满足感，逐渐在改变许多人，尤其是年轻一代获取信息、吸取知识的方式，那样形成的环境并不利于耐心仔细的阅读。现在还为时尚早，不可能充分估量在西方后现代社会里，在所谓数字化时代正在静悄悄而不断发生这些变化的后果，而且其影响是全球性的，在西方之外也到处可以感受到。

　　在美国全球影响力的作用下，阅读的消失以及文学和文化研究中高度政治化的理论话语在非西方的学术界也屡见不鲜。由于美国在世界范围内的影响，特里·伊格尔顿（Terry Eagleton）不无讽刺地说，在美国是本土的，往往会在世界其他地方变成全球性的。例如，伊格尔顿说，"近来没有什么比'他者'更是美国本身关注的问题"，因为尊重他者是处理"美国难以解决的种族问题"的一个方法。他接下去又说："然后这些本土关注的问题就投射到全球其他各地，就像是在文化上模仿核导弹基地一个个的建立，于是后殖民的他者也十分顺从地采用基本上是美国产的尊重他者的规划。"之所以会如此，简单而直接地说来，就因为美国"是在这类事情上，设定学界步伐的国家"。[29] 一位杰出的印度学者哈瑞希·屈维蒂也抱着很相似的看法。"不过在昨天，"屈维蒂谈到印度的英国文学研究时，也不无讽刺地说，

　　　　我们才开始调查有关经典、语言环境、关联性、接受、回

22

29　Terry Eagleton, "Postmodern Savages," in *Figures of Dissent: Critical Essays on Fish, Spivak, Žižek and Others* (London: Verso, 2005), 3.

应、他者、另一种选择、老的和新的历史主义、东方主义、女权主义以及解构一切的德里达理论（Derriding Theory），而我们之所以这样做有很好的理由，那就是这类关于英国文学研究的问题，在英国和美国是前天才开始调查的。[30]

换言之，颇具反讽意味的是，后殖民的他者所做的仍然是亦步亦趋跟着英国和北美教育机构设定的计划行走。虽然中国从来没有完全被殖民——也因此严格说来，不能算后殖民国家——但也存在同样的问题，不过主要是在现代文学和比较文学研究中，而较少在中国古典传统的研究中。学生们讨论一个文学作品时，往往要求他们说明采用的是什么理论方法，而可以采用的理论方法却都来自西方。这样机械利用西方理论于中国文学，产生出来的往往只能是一篇沉闷乏味的东西，其中不时点缀几个热门词汇和套话，而这类术语和套话却与中国文学的文本没有什么关系。在这种情形下，文学研究逐渐失去了作为文学研究的本色，于是有人开始谈论比较文学的危机、人文学科的危机，甚至谈起整个学科的死亡。

为了解决文学阅读消失的问题，前面提到过美国比较文学学会的报告建议重新思考"文学性的语言学"或即"文学性"，因为即使当"构想这个学科目标的其他方法备受瞩目"的时候，"文学性"概念"仍然有其持续的生气"。[31]之所以如此，是因为文学毕

---

30 Harish Trivedi, "*Panchadhatu*: Teaching English Literature in Indian Literary Context," in *Colonial Transactions: English Literature and India* (Calcutta: Papyrus, 1993), 229.

31 Saussy, "Exquisite Cadavers," in Saussy (ed.), *Comparative Literature in an Age of Globalization*, 17.

竟是比较文学或整个文学研究能够作为人文学科建立起来的基础。失去这个基础，整个学科就会产生自身认同的危机而坍塌；所以对文学研究者说来，重要的就是回归文学和文学的阅读，寻求文学研究新的方法——一方面不能脱离文学作品，另一方面也不能天真地以为不需要任何理论的视角。文学批评总是有理论的背景，文学也从来不会只是其字面上的样子。因此，回归文学并不是回到从前某个时刻，那时无需理论的角度就可以正确地理解文学，而且无论如何，回归从来就不可能是简单地倒退回去，而更会是一种辩证的回返。所以回归文学只能是重新思考过去已经学到了些什么，有哪些是不合理或不完满的，而集中在一个新的环境中阅读或重新阅读重要的文学作品。

23

　　正是在这样的背景之上，我们可以理解世界文学之兴起是回归文学，是为阅读消失的问题提供一种解决办法，而且是提供一个极好的机会，比以往任何时候都规模更大地回归文学。世界文学正受到研究生们和大学教员们的热烈欢迎，这说明大部分人之所以来研究文学，乃是出自他们对文学的兴趣和热爱；而阅读、鉴赏和阐释伟大的文学作品，对于我们建立文化和传统的意识有根本的重要意义。世界文学之兴起应对了阅读文学的愿望，满足了文学批评的需求。它有助于让文学研究者们意识到，他们首要的工作是或者应当是，超越狭隘的语言或民族的界限，在全球的环境里解读各个传统的文学作品。对许多非西方文学的研究者而言，世界文学之兴起提供了一个绝好的机会，可以把文学研究从西方经典作品扩大到非西方文学作品，这些作品在自身文化范围之外尚不为人知，但通过翻译和批评著作就可以在全球流通，介绍给全球的读者。我们生活在一个越来越全球化的世界，这就构成世界文学兴起的一个广大的外在环境。全球化使任何人都不可能阻止信息的流通和交往，虽然同时也有人紧紧抓住本土和民族的身份认同，而在今日的世界，本土和民族不仅还很有关联，而且还非常有力而重要。本土与全球形成一种张力，今日世界上发生的大部分事情都在这种张力的场域之内，既有正面建设性的一面，也有反面破坏性的另一面。无论正面还是反面，全球各地的互相关联是当代生活的一个事实，其效果不仅在世界经济和政治中可以感觉到，而且也越来越见于文化和传统之中。对欧洲中心主义的批判首先就是在全球化时代，欧洲和北美社会政治和精神文化发展的结果，这就使学者们可以远远超出欧洲中心的狭隘眼光，具有全球的视野。没有欧洲中心主义的批判和全球文化的多元，真正意义上的世界文学就不可能有兴起的机遇。在全球化和批判种族中心主义的大环境里，世界文学之兴起就不仅是在文学研究内在背景上的一种倾向，不只是回应高等教育机构里一种教学的需求，而且也是在今日世界里，人文学科促进跨文化理解、寻求各民族和各文化和平共存的努力。

24　　　特奥·德恩把世界文学之兴起放在今日世界地缘政治的局势中，认为在美国注重世界文学，而不是从美国独特论的观点去看待世界，就显出美国"正在丧失自第二次世界大战以来，其在政治、军事、经济和文化上霸主的地位"。[32] 他还把帕斯卡尔·卡桑诺瓦（Pascale Casanova）和弗朗哥·莫莱蒂（Franco Moretti）的

32　Theo D'haen, *World Literature in an Age of Geopolitics* (Leiden: Brill, 2021), 35.

著作视为重新为欧洲文学定位，"力求在客观的基础上，在未来世界的'主要'文学之中，保证欧洲文学有一席之地，而那是没有哪一个欧洲民族文学可能单独拥有的"。与此同时，德恩又认为非西方文学，特别是中国文学，正兴起而成为世界上主要的角色。"在未来——其实已经在现在——主要的文学毫无疑问包含中国文学，"德恩宣告说，"中国越来越使自己呈现为世界主要强国之一——也许将来会是第一强国——这就在中国使人重新思考世界文学，以与中国在商业和政治上的雄心相称。"[33] 我完全同意世界文学之兴起有其全球经济政治发展的大背景或环境，但是我不认为文学和文化现象与世界地缘政治局势会如此直接而且迅速地相关联。在我看来，非西方文学，包括中国文学，还需要很长的时间和巨大的努力，才可能获得与西方文学平等的地位，成为世界文学的一部分。我们这个时代大概是最利于世界文学兴起的时代，因为我们生活在正处于变化之中的世界，文学和文化方面的世界事务与经济和地缘政治方面的确有不可否认的关联。如我在前面已经说过的，批判欧洲中心主义形成了一个重要的背景，使人们对非西方世界产生兴趣，也使歌德的世界文学观念重新得到重视。与此同时，关于亚洲经济的飞速发展和全球南方的上升，尤其关于在世界经济和政治上中国的崛起，已有很多议论。关于世界文学真正全球的眼光需要摆脱欧洲中心主义的偏见，但同样重要的是防止世界其他地方的狭隘民族主义，例如中国，特别是当中国的经济和政治力量不断增长，在世界事务中越来越起重要作用的

---

33 D'haen, *World Literature in an Age of Geopolitics*, 36.

时候。超越欧洲中心主义的目的，并不是用中国中心或其他任何种族中心主义去替换它。在此，我们也许可以强调世界文学作为一种普世观念的重要性——它可以使我们打开眼界和心胸，不只去拥抱我们自己的文学和文化，而且要拥抱整个世界的文学和文化。我把重点放在不同文化传统中的经典文学，但我也承认辨识杰出的现代和当代文学作品十分重要。这些作品有潜力成为经典，它们正是通过与过去经典作品的品质和价值看齐，甚至有所提升，才加入文学传统的经典著作之中去。

25

世界文学在一个开放并意识到文化传统的丰富多元的世界里，才可能兴起；而世界文学又可能使世界变得更开放，更能欣赏其丰富的文学和文化传统。扩大阅读文学的眼界，形成一个真正全球性的世界文学观念，这大概可以为今日的文学研究开辟最好的愿景。作为一个批评问题的阅读，将在阅读的行动中得到解决；阅读东西方各国文学传统中最优秀的著作，大概就是文学研究的未来。让我们希望，通过回归世界文学的伟大作品，我们可以重振文学研究，并且在东方和西方、南方和北方、过去和现在之间达到完美的平衡，一方面有阅读的审美经验和快感，另一方面则有理论深度和洞见在智力上产生的满足感。

第三章

流通与价值判断

如我们在第一章里提到的，纪廉认为歌德的世界文学观念太模糊，是一个不切实际的"荒谬想法"，因为世界文学不是也不可能是全世界各民族文学的总和。世上书籍之多使人根本无法读完，而且无论能读多少，读得能多快，也无人可以在数量的意义上读世界文学。"'多'读好像不是解决问题的办法，"弗朗哥·莫莱蒂评论说，"必须不同。范畴就必须不同。"他提出"远读"（distant reading）作为解决办法，这个办法"允许你去集中研究比文本小得多或大得多的单位：手法、主题、意象，或体裁和系统"。[1]作为研究世界文学的方法，远读法的关注点不在个别文本，而在超出文本的层次，注意集体出现的模式和途径、文学运动可以见出的形体，从中可以了解文学体裁或主题如何演变。莫莱蒂的概念和

1　Franco Moretti, "Conjectures on World Literature (2000) and More Conjectures (2003)," in Damrosch (ed.), *World Literature in Theory*, 160.

37

方法让人想起20世纪60年代弗莱（Northrop Frye）和70年代结构主义叙事学者所作的努力，他们最感兴趣的也是模式、原型和深层结构。远读法善于寻找可见的模式和形体，由此见出全部文学某些整体性的结构成分。但与此同时，远读法也面临在结构主义最兴盛时，叙事学遇到过的同样的问题和困难，那就是注意大规模结构的阅读会丧失文学作品文本细节的精妙，而那正是我们阅读经验的核心。换言之，远读法虽然有用，也能揭示某些方面，但它还需要细读和文本分析的补充，才能够使我们对文本的审美内涵达到批评的理解。当然，构想或重新构想世界文学还有很多途径。如果文学作品数量太多使世界文学的观念不能实际应用，那么解决问题的一个重要而符合逻辑的办法，就是减少作品的巨大数量，设定文学作品进入世界文学领域的某种最低的门槛或标准。有了这样的门槛或标准，有些作品就可以成功地变为世界文学的一部分，而另一些作品则不能。必须要有所区分，而如何区分，则是一个重要的方法论问题。

27

　　纪廉在寻求世界文学可能的意义时，提到"那些超出其原来国家的界限，得到读者阅读和欣赏的作品"。[2] 纪廉拒绝了这一概念，因为19世纪欧洲学者把这个概念理解为仅指欧洲文学，所以这个概念名不副实。事实上，当歌德的戏剧作品《托夸托·塔索》（*Torquato Tasso*）有了法文译本时，他非常高兴地宣称，他"坚信一个普遍的世界文学正在成型"。可是当法文的《环球》日报（*Le Globe*）1827年11月1日报道歌德的这番话时，正如彼鲁斯所

2　Guillén, *The Challenge*, 38.

说，"歌德的世界文学（*Weltliteratur*）很可以理解地被缩小为'西方或欧洲文学'"。[3] "很可以理解"？这难道不是一个明确的例证，说明歌德的世界文学观念被他那个时代的法国学者们曲解为仅仅指欧洲文学了吗？

我们现在生活和工作在一个很不相同的时代和世界，欧洲不再可能被认为能代表全世界，世界文学也不可能等同于欧洲或西方文学。在这种情形下，纪廉提到世界文学一个可能的意义，即"超出其原来国家的界限，得到读者阅读和欣赏的作品"，就可能成为重新构想世界文学概念的一个合理的方式。在出版于2003年的很有影响的《什么是世界文学？》一书里，戴维·丹姆洛什就正是这样重新定义了世界文学。他提出全球性的流通作为重新定义世界文学的门槛或标准："我认为世界文学包括超出其文化本源而流通的一切文学作品。这种流通可以是通过翻译，也可以是在原文中流通（欧洲人就曾长期在拉丁原文中读维吉尔）。"[4] 这一重新定义得到普遍接受，变得颇有影响，因为它有效地缩小了文学作品大到无法控制的数量，使之变成一个界限明确的范畴，一个相对说来可以把握的作品数量。那些都是"超出其原来国家的界限，得到读者阅读和欣赏的作品"，或是"超出其文化本源而流通的一切文学作品"。不过这样重新定义世界文学，就把很大量的文学作品从世界文学中排除出去了，因为这些作品都没有在全球流通。与此同时，丹姆洛什把非欧洲的作品包括进来，从古代美索 28

3　Birus, "Debating World Literature," *Journal of World Literature* 3: 3, 247.
4　Damrosch, *What Is World Literature?*, 4.

不达米亚的《吉尔伽美什史诗》到当代危地马拉人权活动家和诺贝尔和平奖得主里戈韦塔·门楚·图姆（Rigoberta Menchú Tum）的传记，显然是努力把世界文学的观念扩大，使之远远超出在歌德的时代、19世纪欧洲中心主义对世界文学观念的曲解。

我们以此为可以操作的定义，就能看到在这重新构想的观念中，有两个重要因素：一个是文学作品超出自身环境的流通，另一个是文学作品或以原文或以译文流通使用的语言。一切文学作品都是用一种特定的语言创作的，无论是英语、法语、德语、西班牙语、意大利语、汉语、日语、梵语、乌尔都语、印地语、波斯语、阿拉伯语、斯瓦希里语、豪萨语或其他别的语言。它们首先都是在某一语言文化群体的有限范围内流通，被那个群体中操本族语的人阅读和欣赏。处于那种状态的作品是本土而非全球的，无论在其本身环境中多么有名，也最多是一部群体或民族文学的作品，而非世界文学的作品。只有当它超越自身语言文化的环境流通，接触到自身文化或自己国家以外的读者，又大概被译为在世界上广泛使用的语言，才可能成为世界文学的作品。在这个意义上说来，全球的流通就是世界文学的前提条件。

文学作品总是在某一特定的语言中阅读的，如果它要超出自身的文化去流通，就必须在一种广泛使用的语言里流通，不只于一个群体或一个国家的语言，而是于某一区域共同使用的语言。丹姆洛什举维吉尔为例，其意义就在于此。因为维吉尔的作品，尤其是《埃涅阿斯纪》（Aeneid），是以原文即拉丁文流通的文学经典，而拉丁文是从古代晚期直到现代早期欧洲普遍使用的语言。同样，在前现代的东亚，中国的文言作为书写文字也不仅中国人使用，韩国人、日本人和越南人也都广泛使用，虽然他们各有自己的语言，对中文字的发音也各不相同。于是中文写成的作品就可以远远超出中国的边界，在整个东亚地区流通。在17世纪欧洲，法语和拉丁语在地位和影响力方面相互竞争；到19世纪，法语成为艺术家、作家和欧洲上流社会普遍使用的语言。但在今天，拉丁文、中文或法文都已不再是不同国家广泛使用的共同语言；英语则成为最广泛使用的语言，是当代实际上的通用语（lingua franca），世界上非本族语的英语使用者大概远多于以英语为母语的人。其结果就是，用英语写成的作品有更多机会在全球流通；用其他语言写成的作品如果译成英语，就可能为更多人知晓，能超出自身文化的范围广泛流通。我们将在后面回到语言和翻译的问题，但现在让我们转到重新定义的世界文学中那个重要的因素，即流通的概念。

　　丹姆洛什把流通作为区分的机制。他说："世界文学不是无　　29
穷无尽、无法把握的一套经典，而是一种流通和阅读的模式——
是可以适用于个别作品，也可以适用于一类材料的模式；既可适用于阅读已经确立的经典作品，也可适用于新的发现。"[5] 这样一个宽泛的概念开放而灵活，可以接纳个别作品和文学体裁，已经确立的经典和新发现的作品。我们已经看到，流通是文学作品进入世界文学这一全球性范畴最低的门槛要求；但在我看来，流通本身似乎并不足以分辨精粗优劣，从世界上不同文学传统中，挑选出最优秀的作品。书籍的流通是一个量的概念，基于印刷版数

5　Damrosch, *What Is World Literature?*, 5.

和销售数字；而最好的书籍则是一个质的概念，基于价值判断和批评考察。我认为我们不能把二者等同起来。许多畅销书经不起时间的检验而存在，许多大受欢迎的小说也不见得文学价值就最高。当然，数量和质量不一定互相排斥，某些广泛流通的书也很可能十分精彩，不过那要由文学批评来决定，不能由流通决定。当然，价值判断往往很困难、很敏感，有商榷的余地，甚至引发争议。加之我们在上一章已经看到，阅读的消失、摒弃经典和审美快感，对文学价值或高等艺术持怀疑态度，文学研究常常被政治化，常常发生争执、争议、两极化，甚至发生冲突。在这种情形下，批评的评价现在不受文学研究者们喜爱，也就完全可以理解了。可是只要有文学，也就必须有文学批评，因为我们需要文学批评分辨优劣，选出最好的作品来形成世界文学的经典。

流通或曰文学作品超出自身文化范围之旅，有助于重新定义不实际的世界文学观念，但在世界文学进一步的讨论中，流通也引起了不少人的不满。这个概念被视为主要是与市场经济相关的社会学概念，而不是文学批评的概念。例如，法比奥·杜兰（Fabio Akcelrud Durão）就说，"流通是出版社销售部门的事，是他们市场策略不可或缺的部分，"他又进一步评论说，

> 它至多可以为历史家提供信息，代表一种外在于文学经验的观点。由此观点看来，小说和软性饮料之间并没有什么大不了的区别，也更远离归根结底是为文学辩护的立场——认为文学正由其无用，缺乏实用主义的目的，才有其存在的合

理性。[6]

更近一点，加林·提哈诺夫也对流通的观念作出了观察敏锐 30
的评论，认为这观念既有好处，又有问题。从好的方面说，流通
"的确撼动了我们有力的文化认同的观念，我们固定的环境或形体
的观念；它也的确打破了我们保守的传统观念、本土来源的观念，
以及被神圣化的民族语言以及这语言给读者提供的内容之间牢固
的联系"。提哈诺夫充分承认用流通来重新定义世界文学的好处，
但他也指出了不好的一面：

> 来去匆匆的旅行阻碍了更深入稳定地沉潜到文本中去；退
> 出在阐释上有意义的解释的视野（解释的进程本是基于调动知
> 识和文化记忆的资源之特殊努力）；在与文本的交接过程中，
> 没有能力找出有意义的中间点，可以搅扰一般性流通的链条，
> 使之变得更为复杂。[7]

提哈诺夫提出互动（interaction）这个术语，认为更能捕捉一
部文学作品从民族文学到世界文学这一旅程当中的活动。"流通在
我看来，似乎未能给予正确的眼光，"提哈诺夫说，"因为设想艺
术成品通过书籍市场的供应链自由活动，就把文学走过的空间想

---

6 Fabio Akcelrud Durão, "Circulation as Constitutive Principle," in José Luís Jobim (ed.), *Literary and Cultural Circulation* (Oxford: Peter Lang, 2017), 56.

7 Galin Tihanov, "Beyond Circulation," in Tihanov (ed.), *Universal Localities: The Languages of World Literature* (Berlin: J. B. Metzler, 2022), 235.

象成一片平坦、无障碍，甚至有点单调的原野，而实际上那条路却是高低起伏的。"[8] 提哈诺夫强调文学作品从自身的文化环境走出去转向新的环境时，会遭遇挑战，发生转变。

不过平心而论，流通本身不必是一个静态的观念，并不一定没有提哈诺夫描述的那种充满生气的活动。至少在丹姆洛什的描述中，在流通过程中，"作品被接受进入一个外国文化的空间，才变而成为世界文学，而那个外国空间在很多方面都取决于东道主文化的民族传统及其本地作家当下的需求。甚至单一的一部世界文学作品，也是两种不同文化相互谈判的交接点"。这就是说，流通乃是文学作品活动于其间，在其中流通的不同文化互动的过程；而且丹姆洛什更强调的，是一个作品流通于其间的那个新的文化环境或空间。"所以世界文学总是关于东道主文化的价值和需求，而不仅是关于一部作品本来的文化，"于是丹姆洛什说，"因此，那是一个双重的折射，可以用椭圆的形状来描述，其中本源文化和东道主文化形成两个焦点，产生出一个椭圆空间。作为世界文学的作品就生活在这个空间里，它与两种文化都有联系，但又并不受其中任何一种的限制。"[9]

因此，流通虽然受到社会学模式的影响，但也可以成为一个能动的过程。在此过程中，一部文学作品离开自身文化之家，在不同于原来文化的环境中，得到东道主文化一些力量欢迎或者受到抗拒、挑战而发生改变。不过流通的概念作为"一种阅读模式"

8　Tihanov, "Beyond Circulation," in Tihanov (ed.), *Universal Localities*, 238.

9　Damrosch, *What Is World Literature?*, 283.

44

而未明确分辨阅读的是什么作品，就很容易受另一种批评，那就是批评其没有价值区分的平面化；最终说来，就是放弃了文学批评区分高下优劣的必要功用。杜兰和提哈诺夫都抱怨说，流通概念有一种平均主义的、纯社会学的中立立场，把一部伟大的文学作品和一部价值不大甚至毫无价值的作品，都同样对待。杜兰责备流通认为"小说和软性饮料之间并没有什么大不了的区别"，提哈诺夫则责怪流通概念最终"腐蚀了自由想象的根基：阐释的视野缩减了，审美变成市场考虑当中一个次要的成分"。提哈诺夫继续说：

> 在自由流通的机制中，速度、流畅和利润最重要；最高的成就，用社会学研究世界文学的语言说来，就是成功。也许并非偶然，当前在突出流通的同时，也必然降低我们传统上称为审美的一套标准。"世界文学"作为一套话语，一般说来是远离经典的文学理论的，而文学理论（直到包括解构理论在内）乃以文本的细读为基础，所以"世界文学"在此显得十分接近于例如结构主义符号学的那种价值中立的方法，会把考察巴尔扎克小说的那种认真努力，同样用到阅读低俗文学，甚至研究商业广告或公司的口号上去。我认为强调流通，就是这种价值中立立场在方法学上的表现。它把文学看成产生利润和成功，而不是审美价值；审美价值则是颇有争议而令人觉得不舒服的东西。[10]

10　Tihanov, "Beyond Circulation," in Tihanov (ed.), *Universal Localities*, 236.

32 　　在当前的情形下，在此强调审美价值有令人觉得清新之感，而且也很重要。因为正如我们在前面一章关于经典、审美快感和文化批评的争论中已经看到的，审美价值和价值判断在美国学界和其他很多地方的文学研究中，显然都在消退。如果世界文学提供了回归文学阅读的机会，那么重要的是必须保证，我们阅读的是具有审美价值的最优秀的文学作品，但流通的概念却不能帮助我们分辨具有审美价值的文学作品和没有这种价值的作品。问题不在于缺乏细读，因为丹姆洛什的写作风格是细致的。他讨论许多文本都能引人入胜，深入到历史或文本的细节，讲述动人的故事——无论叙述发现早已消失的尼尼微城，刻在泥板上的楔形文字的《吉尔伽美什史诗》，或在他更近一本书里分析比较文学这个学科，他称之为"比较的解剖"或"学科的诗学"，都是如此。[11]缺乏文学批评中的价值判断，才使流通的概念产生问题。

　　我在前面已经说过，流通这个概念本身似乎没有足够的分辨能力，来选择世界各文学传统中最优秀的作品。如果模糊的世界文学观念的问题，在于没有人能够有时间来阅读世界上所有的文学作品；如果流通之所以在重新界定世界文学中有意义，能够产生影响，正在于它把多到不可能把握的文学作品有效地减少到可以把握的数量，那么把这重新定义的世界文学概念向所有的文本开放，不作任何区分，重新定义就前功尽弃了。丹姆洛什引用安德鲁·马维尔的名诗《给他羞涩的情人》(*To His Coy Mistress*)首行的文字，作为他书里最后一章的标题——"如果有足够的世

11　Damrosch, *Comparing the Literatures*, 11.

界和时间"（"World Enough and Time"），显然是在暗指重新界定世界文学的效率。[12] 的确，如果我们有够多的时间来阅读世上所有的书，也就没有区分的必要挑选值得读的书而避免不值一读的书。但不幸的是，人生苦短，我们没有那么多时间，也正如马维尔在他诗中所说的："但在背后我总是听见 / 时光那有翼之车已快飞到身边。"（But at my back I alwaies hear / Times winged Chariot hurrying near.）[13] 西方古谚云："生命短促，智术无涯。"（*Ars longa, vita brevis.*）那也是中国古人庄子告诫我们的："吾生也有涯，而知也无涯。以有涯随无涯，殆已。"[14] 人寿有限，所以我们必须善用我们的时间，必须有所比较和选择。其实我们总是在这样做；而在比较和选择时，我们每作一种选择，每作一个决定，也都是在作价值判断。比较和选择的必要是生活当中的事实，在文学的阅读当中，也是如此。

据格雷戈里·纳吉（Gregory Nagy）说，批评（criticism）这个词来自希腊化时代"亚历山大里亚的概念 *krisis*，意为'分开''区别''判断'哪些书和哪些作者应该保留，哪些不必保留"，而这"对古代世界'经典'的概念至为重要"。[15] 简而言之，文学批评首要的意义，就是要判断文学作品的价值。只要有文

33

---

12 Damrosch, *What Is World Literature?*, 281.

13 Andrew Marvell, "To His Coy Mistress," in Louis L. Martz (ed.), *English Seventeenth-Century Verse*, vol. 1 (New York: Norton, 1969), 302.

14 郭庆藩：《庄子集释》，《诸子集成》第三册，第54页。

15 Gregory Nagy, "Early Greek Views of Poets and Poetry," in George A. Kennedy (ed.), *The Cambridge History of Literary Criticism*, vol. 1, Classical Criticism (Cambridge: Cambridge University Press, 1989), 1.

学，也就有"判断"文学作品价值的活动，把有价值的和没有价值的"分开"以作"区别"，而且很可能只有小部分作品被判定为值得保留，成为文学传统中最优秀的经典之作。这不仅是希腊或西方的观念，在别的地方也可以找到。在中国古代，据说孔子从三千首诗里挑选出三百首，编为《诗经》，作为经典，就是起到批评的功用。中国最早的批评著作之一是钟嵘的《诗品》。他评判了一百二十多位诗人，依据一定的标准把他们分为三品。而梁昭明太子萧统编《文选》——那是中国最早的一部诗文选本——就保存了从远古到他自己的时代，即公元6世纪，中国最好的文学作品。萧统在《文选序》中明确宣称，他不收经史和诸子之书，因为他所选必是文采斐然之篇什，而非实用或道德教训的文字。他要"略其芜秽，集其清英"，注重"辞采"和"文华"，"事出于沉思，义归乎翰藻"。[16] 这说明以其审美价值而得到欣赏的文学之文的观念，在6世纪的中国已经清楚显现出来了，而随之也有了分辨优劣的意识，把值得保存在选集之中的文学经典区分于不值得保存的作品。正是文学批评有助于建立一个文学的传统，以一定数量最优秀的作品为经典，而由于人生寿命有限，也只能读数量有限的书籍，所以我们最好就只读世界各种文学中被判定为最好的作品。

因此，虽然超出自身文化范围而流通是世界文学的前提，但世界文学不只是这样流通的文学作品。在我看来，世界文学应该

34

---

16 萧统：《文选序》，郁沅、张明高编选：《魏晋南北朝文论选》，北京：人民文学出版社，1999年，第329页。

是世界各文学传统经典作品的汇集，那是最知道那些传统的批评家和文学研究者们判定为最有价值的作品；是在不同的文化、社会和政治环境里，一代又一代的读者们都一直阅读而且欣赏的作品。这就使我们想起纪廉提到过世界文学可能有的另一个意义，即"第一流或很高标准的作品"或"普遍的经典"。[17]当然，在我们的时代，这不能仅仅指欧洲或西方第一流的作家，而是指全世界所有文学传统中的伟大作家。今日的世界文学应该扩大以包括世界上所有的经典作品，尤其是非西方文学和欧洲"小"传统文学中的经典。

　　然而，我们在上面一章已经看到，经典和价值判断在西方文学批评中都受到质疑，几乎被完全摒弃。因为价值判断必然会预设一个上下等级的结构——区分什么是被认为价值较高，什么又是被认为价值较低者，这就要使用判断力。经过后现代主义对一切上下等级和一切权力关系的批判，几乎已经不可能正面谈论价值和价值判断。经典的概念成为激进的意识形态批判（*Ideologiekritik*）和"去经典化"（decanonization）的对象。里查·埃特林（Richard A. Etlin）认为，在当代批评中，有"对人文艺术价值的攻击"。他又说："因为启蒙时代的价值没有充分实现，于是西方社会被固化为漫画式的'机构'，认为是从内到外地腐烂了，与西方相关联的价值也被视为同样恶劣的'经典'。"[18]埃特林

17　Guillén, *The Challenge*, 39.

18　Richard A. Etlin, *In Defense of Humanism: Value in the Arts and Letters* (Cambridge: Cambridge University Press, 1996), 73.

说他自己是"作为一个'老派的自由派'加入论战"。[19] 但我们发现西方马克思主义批评家詹姆逊（Fredric Jameson）从一个很不一样的政治立场，也对后现代社会发起批判。詹姆逊认为，由于摒弃了价值和价值判断，一种避开稳定意义的激进相对主义占据主导，于是"缺乏深度"和"历史感相应衰弱"就成了西方后现代社会"组成部分的特征"。[20] 意义的不稳定和解释的多种可能、能指会从所指滑开，以及语言的比喻性，这些在东西方哲学和批评传统中，都不是什么新概念；但质疑语言的功效，质疑意义、表达、沟通以及人类生活和人类认识当中许多这类基本的观念，却的确可以说构成了后现代理论的核心内容。后现代主义表现为与传统文化激进的决裂，是关于经典合理性宏大叙事已经衰亡的一种宏大叙事，或西方人文遗产的彻底破裂。按詹姆逊的解读，拉康把精神分裂构想为"意义链条的断裂"，就是对后现代状况十分贴切的比拟。"当那个关系破裂，当意义链条的环节突然断裂，"詹姆逊描述说，"我们就剩下像一堆各自分开、毫无关联的能指符号式的精神分裂。"[21] 这些话似乎揭示了社会组织的碎片化，而精神分裂的内心状态和没有联系的能指符号就提供了合适的比喻，可以描绘在当代理论中常常说起的主体之"死"、作者之"死"，或在彻底异化的后现代社会里个人主体的消亡。

若楠·麦克唐纳（Rónán McDonald）认为，在西方批评中，

---

19 Etlin, *In Defense of Humanism*, xiii.

20 Fredric Jameson, *Postmodernism, or, the Cultural Logic of Late Capitalism* (Durham: Duke University Press, 1991), 6.

21 Ibid., 26.

不仅宣称作者已死，而且在"进步"的政治民粹主义或平均主义的名义之下，文学的边缘化也导致了"批评家之死"。他说：

> 把文化品质的判断降低到每个个人的口味和意见的水平，对于一个贪婪的消费者社会，那随时都在追逐没有深度、即刻满足的社会，还有什么是更合适的呢？就像电视和广播都那么喜爱用打电话做调查的节目那样，这所谓的"民众力量"不过是把平庸和单调一致打扮成民主和进步而已。[22]

如果批评家的任务是评价不同作品，建立文学的经典，那么消除文学和审美价值，去掉价值判断，就必然使批评家无用武之地，变得多余。"为什么还要特别的文学系呢？"麦克唐纳以反讽的口气问道，"为什么不把它们都变成不分经典和非经典、不理会其价值大小的'文化'研究呢？"到那个时候，他继续说，"如果'文学'没有了，连带着'文学'批评家也就没有了，剩下就只有社会学家和文化理论家站在一个借来的学科的边缘上"，最终就会把文学批评家变成"其他学科的穷奴婢"。[23]这些话似乎和我们在上面一章里谈到的颇相符合，说出了西方批评中不愿意谈论经典、审美价值和价值判断的倾向。但是，"批评家之死"比罗兰·巴尔特的"作者之死"更言过其实，说起来耸人听闻，却并非实际。事实上，关于文学研究或批评已"死"或遭遇"危机" 36

22　Rónán McDonald, *The Death of the Critic* (New York: Continuum, 2007), 17.
23　Ibid., 26.

之类的论调，大多是故作惊人之谈，并非如实的报道；但那种挽歌式的语调又的确给我们留下一点印象，感觉到有些深层次的问题。

如果今日之世界文学不仅回归到文学的阅读，而且更重要的是，提供了机会把更多优秀的作品，尤其是非西方文学和欧洲"小"文学的作品，介绍给全球的读者，那就绝对需要文学批评来论证那些作品的审美价值。因为那是些仍然不为人知、尚待发现的作品。普遍包括所有的文学和文化，把它们视为平等而同样重要，这是一般人文研究，特别是文学研究的理想。因此，世界文学之兴起，重新恢复歌德带有普世愿景的观念，就带有一个强大的伦理成分。世界文学因此就不能只是超出其自身语言文化环境而流通的作品，因为流通是一个描述性的概念，而不是批评的概念；它只承认超越其自身文化的作品到处受人欢迎，却不考虑这些作品的文学和审美的价值。作为价值判断的批评不仅承认文学作品的广泛流通和受人欢迎，而且会论证其很高的文学和审美价值，而正是这样的价值能说明何以这作品能在全球流通。尤其对非西方文学的经典说来，批评和文学研究的著作就更有必要，因为这样的著作才可以阐明那些作品的文学价值，说服其本身文化环境之外的读者：为什么他们应该去读这些作品。要扩大今日世界文学的范围，我们就需要文学批评。

文学作品的价值可以有不同方式去判断，不同的批评家也可能以不同的理由去评价一部作品。心理分析的批评家可能会把文学作品视为受到压抑的性欲望之升华，马克思主义批评家会把文学作品解读为带有不同阶级意识的意识形态之表现，女权主义批评家又会专注于文学作品所表现的性别政治。这样的解释策略都可以产生某些洞见，揭示文学作品中对心理分析、马克思主义、女权主义或其他某种社会和政治理论有价值的东西，但它们也很容易就离开了文学本身。文学首先是语言的艺术，而阅读的审美经验、鉴赏一部伟大文学作品之美和深刻，才应该是任何批评判断的核心。在这方面，关于文学语言的中心地位，我们可以向印度或梵语诗学去学习。"印度关于诗歌的思想，基本上都围绕着语言问题，"帕萨克（R. S. Pathak）说，"把诗看成主要是一种语言的组织。"[24] 芭芭拉·米勒（Barbara Stoler Miller）也说大部分传统的印度文学"都以专注于语言的性质为特点"。[25] 谢尔顿·波拉克（Sheldon Pollock）说梵文这个词本身，意思就是一种提高了的语言，"由语音和语态的变化'组合在一起'的"。[26] 在我看来，其实所有的文学传统都是如此。我们之所以珍爱文学作品，不仅因为文学可以表现思想感情，而且因为它可以表现得如此奇特生动、深切感人，能使用一些独特的词句和意象，在阅读中给我们以审美的快感。所以文学批评应该深入文学的文本，对某个独特文本的语言如何运作，作出有说服力的解释。

　　然而注重文学语言并不意味着纯粹从语言或文本的方面去看文

24　R. S. Pathak, *Comparative Poetics* (New Delhi: Creative Books, 1998), 99.

25　Barbara Stoler Miller, "The Imaginative Universe of Indian Literature," in Barbara S. Miller (ed.), *Masterworks of Asian Literature in Comparative Perspective: A Guide for Teaching* (Armonk, NY: M. E. Sharpe, 1994), 5.

26　Sheldon Pollock, "Sanskrit Literary Culture from the Inside Out," in Sheldon Pollock (ed.), *Literary Cultures in History: Reconstructions from South Asia* (Berkeley: University of California Press, 2003), 62.

学，而不顾及其他。因为真正伟大的文学作品所蕴含的总是比其文本语言字面表现得更多，总是与其时代之社会、历史、宗教或哲学等方面的重大问题相关，而且总是能揭示人生或世界的某些道理——使我们对自己和他人有更好、更深的理解。正如亚历山大·比克洛夫特所说，任何文学都必须理解为"与其他现象——政治、经济、社会文化、宗教等——有一种生态学的联系，也与接触到的其他语言文学有关"。[27] 另一种谈论文学有趣的方式，是考虑语言与认知之间的密切关联。自从乔治·莱考夫（George Lakoff）和马克·约翰逊（Mark Johnson）发表那部极具创新意义和开拓性的著作《我们生活中不可或缺的比喻》（*Metaphors We Live By*, 1980）以及后续的几本书以来，我们现在可以更好地理解，人的认知和文学语言如何能在互相启迪之中，得到更丰富的研究成果。我们认识到，人的思想深植于概念性比喻之中，文学语言中的许多主题及其变化可以引导我们更好地理解，我们如何依靠语言，尤其是文学语言的帮助，构想我们生活于其中的世界。莱考夫和马克·泰纳（Mark Turner）说："比喻远不只关乎词语，而是关乎思想——各种各样的思想：有关感情、社会、人的特点、语言，以及生死之性质的思想。比喻不仅对我们的想象而言不可或缺，对我们的理性而言亦如是。"[28] 彼得·斯托克维尔（Peter Stockwell）把这称之为"认知诗学"，那完全是"文学阅读之研

27　Alexander Beecroft, *An Ecology of World Literature: From Antiquity to the Present Day* (London: Verso, 2015), 19.

28　George Lakoff and Mark Turner, *More than Cool Reason: A Field Guide to Poetic Metaphor* (Chicago: University of Chicago Press, 1989), xi.

究"。[29] 所以最好的文学批评总是多于文本分析，在丰富的背景上，
使我们对作品的价值有更深的理解，了解到复杂的社会、政治、　　38
历史和思想文化方面的内容。批评也可以揭示文学作品在审美之
外的价值，例如，改进人类生活和人类状况的努力，增进道德和
社会价值的努力，由此显示出文学作品对我们的生命和生存状态
的意义和关联。

丹姆洛什说得对，世界文学在不同国家会呈现不同的样子，会
有部分重合但又各有分别的一套经典；因为全球性的世界文学观
念总会在不同地方实现，也就会在实际的展现中本地化。世界文
学总是处在本土与全球之间，一面是宇宙大同的普遍理想，另一
面则是不同民族语言和文化的特色。正是在不同地方本地化的世
界文学使这个观念可以出人意料、不可预测而有刺激性，也因此
而对世界文学本身之丰富多彩作出贡献。

---

29 Peter Stockwell, *Cognitive Poetics: An Introduction* (London: Routledge, 2002), 165.

第四章

经典与世界文学

　　我们谈论审美价值、价值判断、世界各文学传统中最优秀的
作品或曰世界文学经典，都需要考虑一些问题。最终说来，就归
结到这一个问题：什么是文学经典？我们在各个文学中，尤其在
非欧洲和非西方文学中，如何找寻经典作品？在西方语言里，经
典（canon）这个词来自希腊文的 *kanon*，本义是"一条直棍""一
把尺子"，引申为"标准"之义。公元前 3 世纪至公元前 2 世纪
时，亚历山大里亚图书馆里一些学者用这个词来指一系列具有典
范意义的名著，"为来学习的读者提供指导"。后来在公元 1 世纪
时，罗马修辞学家昆提利安（Marcus Fabius Quintilianus）在《演
说术通论》（*Institutio oratoria*）里，又用这个词来"给学生准备
一个书目，加深他们对文体风格的感觉，树立模仿的典范，提供
知识，作为他们可以引用的学术资源"。[1] 据古典学者乔治·肯尼迪

1　George A. Kennedy, "Classics and Canons," in Darryl J. Gless and Barbara （转下页）

（George A. Kennedy）说，《希伯来圣经》的希腊文译本，即所谓"七十子译本"（*Septuagint*），"也是亚历山大里亚图书馆的产物"，所以《圣经》这个概念也许是先有了文学经典的概念，才在其影响之下形成的"。[2] 既然西方经典概念与图书馆及书目有这样密切的关联，我们就可以推想经典这个词从一开始就和教育紧密相关，是为年轻学子提供指导，指最能作为典范、最可以代表某一文学和文化传统中最高价值的标准著作。

值得注意的是，在中国和整个东亚，也存在一套为教育年轻学子而设的典范书籍的类似概念；而且早在公元前4世纪，就已经用"经"字来指有限的一些书——放在一个特别的范畴里，指对教育说来最重要的典籍。在道家庄子的书里，有孔子问道于老子的记述，孔子说："丘治《诗》《书》《礼》《乐》《易》《春秋》六经，自以为久矣，孰知其故矣。"[3] 这是在公元前4世纪的中国古书里，最早提到儒家六经的说法；而按中国书籍传统的分类法，经是最重要的范畴，只有少数几部书可以称为经。甚至孔子《论语》在晚唐以前也未称经，而属于子书一类。于是经字专指某一学派或传统最重要的著作，而从词源学上说来，正如蒋伯潜引章炳麟所说，经字本义乃"编丝连缀之称，犹印度梵语之称'修多罗'也"。蒋伯潜继续说："则所谓'经'者，本书籍之通称；后世尊经，乃特

（接上页）Herrnstein Smith (eds.), *The Politics of Liberal Education* (Durham: Duke University Press, 1992), 225.

2　Ibid., 226.

3　郭庆藩：《庄子集释》，《诸子集成》第三册，第95页。

成一专门部类之名称也。"[4] 在古代中国，用丝线把竹简或木简连缀起来，成为古代的书卷，所以经即丝线就指代书的名称。在梵语里，"修多罗"（*sūtra*）在词源上"来自 *siv*，即用线缝、连缀、穿在一起之义"，所以写在贝叶上用线穿起来的佛教文本就称为"修多罗"。[5] 公元 1 世纪以后，佛教文本传到中国，就用经字来翻译梵文的"修多罗"而称佛经；后来也用经字来对译西方的"canon"或"classic"，于是经就指最高质量或标准的书，可以用来衡量其他著作。经也可以和 Bible 这个词相比，因为 Bible "来自希腊文 *biblia*，即'书籍'"，应该是在"基督教纪元早期开始使用"。[6] 上面提到这些词——canon、经、修多罗、Bible、classic——虽然在词源上互不相同，却都具有共同的核心意义，即在某一文学、文化或宗教传统中最优秀、最具典范意义的典籍。这些词意义对等，是同义词，也就可以互译。

如果如乔治·肯尼迪所说——在西方传统中，教义的经典也许受到先已存在的文学经典的影响；在中国，包括《诗》《易》等儒家经典却出现很早，并被认为是文学经典的典范。刘勰在他著名的批评著作《文心雕龙》中就说："经也者，恒久之至道，不刊之鸿教也。"[7] 但经并非儒家专用之词，道家和其他学派也使用，所

41

4　蒋伯潜:《十三经概论》，上海：上海古籍出版社，1983 年，第 2—3 页。

5　William Edward Soothill and Lewis Hodous, *A Dictionary of Chinese Buddhist Terms* (Richmond, Surrey: Curzon Press, 1995), 320b.

6　John B. Gabel and Charles B. Wheeler, *The Bible as Literature: An Introduction*, 2nd edition (Oxford: Oxford University Press, 1990), 73.

7　刘勰著，范文澜注:《文心雕龙注》上册，北京：人民文学出版社，2006 年，第 21 页。

以老子之书称《道德经》，此外还有《墨经》等书。最好的文学作品也称经。汉代王逸注《楚辞》，就称屈原《离骚》为《离骚经》。在中国文学悠久的历史上，许许多多重要作品逐渐成为经典，经的概念和经典作品的数量也不断扩大，包括更多典范的作品。13世纪宋代一部颇有影响的批评著作——严羽的《沧浪诗话》，就显然有一个文学经典的概念，认为那是学诗的人必读的经典。严羽说："先须熟读《楚辞》，朝夕讽咏，以为之本。"然后，他列出从汉到唐一系列的作品，终以唐代最伟大的诗人："即以李、杜二集枕藉观之，如今人之治经。"[8] 文学经典不断扩大，到了19世纪晚期的清代，后人在严羽的书单之上，又增加了更多各种体裁的重要文学作品。在中国，就像在其他国家一样，文学经典包括了典范性的作品，代表了文学传统中最高的成就。

经典，尤其是文学经典，并非一旦形成就永久不变。随着社会和文化环境发生变化，有些经典作品会失去原有的价值和地位，而其他一些作品又会显示出过去未被认识或未受重视的意义。经典的形成是一个争妍斗艳的竞争过程。在此过程中，有些新作会成为经典，整个传统也会因之而改变样貌；而有些旧作则可能会失去其相关性和重要性，从原来的高位上跌落下来。随着时间的推移，新作品和新体裁会涌现出来，获得经典的地位。因此，我强调经典并不仅仅指来自过去、地位已经稳定的经典作品，也指接受现代甚至当代文学中有高质量和审美价值的新作，扩大经

---

8 严羽著，张健校笺：《沧浪诗话校笺》上册，上海：上海古籍出版社，2012年，第73页。

典。维克多·施克洛夫斯基（Victor Shklovsky）提出过著名的理
论，认为艺术的目的就是通过"陌生化"，使习以为常的东西变得
崭新，化腐朽为神奇。"艺术的技巧是使对象变得'不熟悉'，使
形式困难，增加感受的难度和长度。因为感受的过程本身就是一
个审美目的，应该加长这一过程。"[9] 施克洛夫斯基强调"困难"，
可能是特别为那种 1917 年前后俄国未来主义先锋派作品辩解，尤
其是为弗拉基米尔·马雅可夫斯基的诗辩解。当时有很多人都觉
得那些诗极为困难，根本读不懂。但是把"陌生化"概念用以研
究文学史，施克洛夫斯基就看出新形式或新体裁的兴起，都是把
原来不被欣赏、遭受冷落的重新认识其价值，并接受到已有地位
的经典当中去。如他所说："艺术中新形式之创立，都是把不入流
的形式提升为经典来实现的。"[10] 小说之兴起就可以作为一个例子。
几乎在所有文学传统中，诗都是最早也最受尊崇的文学形式；相
比之下，用散体写成的小说一开始都被看成低一等。但在近代，
随着中产阶级兴起而形成阅读的公众，有了印刷术和报纸杂志的
发行，加上总的社会变化和城市文化之兴盛，小说也逐渐上升而
获得了经典的地位。在我们这个时代，学者和读者们对女性或少
数族裔作者的文学作品，对西方传统之外的作品，都比以往有更
大的兴趣；而文学经典也随之扩大，包括许多被传统批评忽略的
作品。然而扩大并不是一切，文学作品不能仅仅因为过去曾经受

9　Victor Shklovsky, "Art as Technique," in *Russian Formalist Criticism: Four Essays*, trans. Lee T. Lemon and Marion J. Reis (Lincoln: University of Nebraska Press, 1965), 12.

10　Victor Shklovsky, *A Sentimental Journey: Memoirs, 1917–1922*, trans. Richard Sheldon (Ithaca: Cornell University Press, 1970), 233.

到忽略，现在就一定成为经典。这些作品的经典性还必须通过文学批评和学术论著，才可以建立起来。经典是百里挑一形成的，而一旦形成，就具有相当稳定的性质。一部文学作品要成为经典，就需要批评家和学者论证其审美价值和其他方面的意义，使人们接受这部作品。只有批评家和学者们连续不断地讨论、解释和评论，才会使文学作品一直具有生命力，一直存在于现在而且与现在相关。一部作品通常要经过很长时间才可能成为文学经典；但一旦成为经典，也就会经得起波动起伏，具有相当的稳定性。经典不是一夜之间形成的，也不可能一夜之间就被去掉。

既然经典只是少数质量最高的书，那么一部书要按什么样的标准才能成为某一传统当中的经典作品呢？从历史上看，无论古代希腊还是古代中国，古老即时间的距离本身好像就是一个重要的标准。现代中国的伟大作家，激烈反传统的鲁迅，就曾经鄙视儒家经典的《诗经》，以极为讽刺的语气说：

> 就是周朝的什么"关关雎鸠，在河之洲，窈窕淑女，君子好逑"罢，它是《诗经》里的头一篇，所以吓得我们只好磕头佩服，假如先前未曾有过这样的一篇诗，现在的新诗人用这意思做一首白话诗，到无论什么副刊上去投稿试试罢，我看十分之九是要被编辑者塞进字纸篓去的。"漂亮的好小姐呀，是少爷的好一对儿！"什么话呢？[11]

---

11 鲁迅：《门外文谈》，《鲁迅全集》第六卷，北京：人民文学出版社，1981年，第94页。

　　鲁迅的本意是说俏皮话来讽刺，但他这话却恰好证明，古老或者说古代语言那种古色古香的意味，就正是经典的一个特征。《诗经》那四字一句的古雅语言，在现代人读来有相当的困难，却增加了这诗的魅力，有助于它的吸引力和经典性。正因为《诗经》里收集的这些诗源自远古，中国这第一部诗集很早就成为儒家经典，在中国历史上被一代代的学子早晚诵读，被历朝历代的学者加上评注。的确，正如鲁迅所说，一个现代的诗人用白话写一首新诗，表达同样的意思，就几乎不可能达到《诗经》第一篇那样的经典地位。时间为那首古诗增添了特别的魅力，那是一首现代新诗不可能有的。然而古老并不是唯一的因素，大概也不是最重要的因素；因为《诗经》里的诗有其特质和审美价值，使它们成为经典，为后代诗人们树立楷模，也成为他们经常引用的典故。例如《诗经》里有两首诗，表现一对情人在黎明时分不愿分离之情。一首是《郑风》里很简单的诗，只有四句。那女子说，鸡已叫了，天已经亮了；可是那男子却不愿起床，一口咬定说，夜还没有过去。这是两位情人生动的枕边对话： 44

　　　　女曰鸡鸣，士曰昧旦。
　　　　子兴视夜，明星有烂。[12]

另一首来自《齐风》。诗中的一对社会地位甚高，因为那男子应该要上朝；但他却拒绝起床，不顾黎明已经到来的迹象，而宁愿和

12《毛诗正义》，阮元校刻：《十三经注疏》上册，北京：中华书局，1980年，第340页。

他的所爱躺在床上。这个主题也表现为两个情人的对话：

> 鸡既鸣矣，朝既盈矣。
> 匪鸡则鸣，苍蝇之声。
>
> 东方明矣，朝既昌矣。
> 匪东方则明，月出之光。
>
> 虫飞薨薨，甘与子同梦。
> 会且归矣，无庶予子憎。[13]

　　这两首中国古诗早于欧洲中世纪所谓"晨歌"（*aubade, alba*）一千多年。晨歌也是表现黎明时分情人被鸡鸣或守夜人唤醒，不愿离别之情。这个主题一个美丽的变奏就是莎士比亚名剧中，朱丽叶不愿放走罗密欧的一段：

> Wilt thou be gone? it is not yet near day,
> It was the nightingale, and not the lark ...
> Yonder light is not day-light, I know it, I;
> It is some meteor that the sun [exhal'd]
> To be to thee this night a torch-bearer
> And light thee on thy way to Mantua.

45

13《毛诗正义》，阮元校刻：《十三经注疏》上册，第348—349页。

Therefore stay yet, thou need'st not to be gone.

> 你就要走了吗？天还没亮呢，
> 那是夜莺，不是云雀。……
> 那边的亮光不是日光，我知道，
> 那是太阳喷出来的一颗流星，
> 今晚好像拿着一支火把，
> 要为你照亮去曼都亚的路。
> 所以再待会儿，你不用走开。[14]

　　把莎士比亚和中国这两首古诗放在一起，我们可以看出在主题和意象上，它们有惊人的相似。我们也会欣赏它们都表现黎明时分，一对情人的依依不舍之情，而那是世界上许多文学传统里都可以找到的一个普遍主题。《诗经》里这两首诗在中国文学的历史上，成为情人抱怨的模式，也是后世许多诗人用典的出处。

　　《诗经》里另一首描述一个老兵在多年征战后返回故乡，却发现家园已毁，唯余断壁残垣，内心悲痛难忍。他离开家园时和煦的春天与他归来时冰冷的寒冬相对照，诗里用令人难忘的形象予以表现：

> 昔我往矣，杨柳依依。

14　William Shakespeare, *Romeo and Juliet*, III.v.1-16, *The Riverside Shakespeare* (Boston: Houghton Mifflin, 1974), 1081.

今我来思，雨雪霏霏。

行道迟迟，载渴载饥。

我心伤悲，莫知我哀。[15]

在这首诗里，值得留恋的过去和荒凉冷酷的现在直接形成对比，时间带上了悲剧的色彩，在诗中又以优美的音调和节奏加以表现。悠长碧绿的柳条在春风中摇曳生姿，在中国诗意的想象里特别重要，往往表现送别朋友或恋人的不舍之情；也因为"柳"和"留"是同音字，所以从汉代以后，折柳送别就成为一种习俗——以柳枝作为爱和友情的表征，好像长长的柳条可以像丝线那样，拴住离人的手、马或舟楫。于是柳树成为爱的象征，尤其在离别之时，常常出现在后来的诗歌中，成为一个原型的意象，而那些诗歌都可以追溯到《诗经》里这首古诗。上面这些例子说明，诗不仅仅因为古老而成为经典，更重要的是，它们的文学和审美价值使之脱颖而出，成为典范，受到历代读者的赏识。如我们所看到的，经典总是可以为后代的作家和诗人们提供典范，成为他们模仿和用典取之不尽的资源。

法国批评家圣伯夫（Charles-Augustin Sainte-Beuve）早在19世纪就说过："经典是过去时代的一位作者，已经受到普遍的赞扬而地位崇高，在他自己的风格那方面，也是一位权威。"[16] 也许今

15《毛诗正义》，阮元校刻：《十三经注疏》上册，第414页。

16 Charles-Augustin Sainte-Beuve, "What Is a Classic?," trans. A. J. Butler, in Hazard Adams (ed.), *Critical Theory Since Plato* (New York: Harcourt Brace Jovanovich, 1992), 568.

天的许多读者会惊奇地发现，作为19世纪法国的批评家，圣伯夫构想的"经典"远远不止于欧洲文学的典范作品。"在我父的家里有许多住处，"他引用《圣经》里的话，为他普世的观念作依据，"让这句话在美的王国这里，就像在天上的天国那里一样适用吧。"在他想象的"美的王国"里，圣伯夫让荷马"与印度诗人蚁垤（Valmiki）和毗耶娑（Vyasa），还有波斯诗人菲尔杜西（Firdousi）共处"，在那里古代的圣贤和诗人们——"梭伦、赫西奥德、泰奥格尼斯、约伯、所罗门，为什么不可以还有孔子呢？"——在一起对谈交流，毫无窒碍。[17] 对19世纪的圣伯夫说来，"美的王国"和歌德的"世界文学"一样，都是一个普世主义的理想，是不同文学和文化传统中伟大作者的相互交谈。

对我们的时代说来，德国哲学家伽达默尔在他的主要著作《真理与方法》中，就经典的概念为我们作出了含义丰富的定义。伽达默尔说："在过去的事物中，只有并没有成为过去的那部分才为历史认识提供可能，而这正是传统的一般性质。"[18] 在这样的理解中，传统就是过去与现在活生生的连续；而经典，或用圣伯夫的话来说，是"过去时代的一位作者"，也正是"过去当中并没有成为过去的那部分"。这就是说，经典总是与现在相关联的，"它所说的话并不是关于已经过去的事物的陈述，即并不是仍须解释的文献式证明；相反，它似乎是特别针对着现在来说话"。然后，伽

17　Charles-Augustin Sainte-Beuve, "What Is a Classic?," trans. A. J. Butler, in Hazard Adams (ed.), *Critical Theory Since Plato* (New York: Harcourt Brace Jovanovich, 1992), 572.

18　Gadamer, *Truth and Method*, 289.

达默尔给经典作出了一个深刻的定义，认为经典通过不断连续的存在而克服了历史的距离："我们所谓'经典'并不需要首先克服历史的距离，因为在不断与人们的联系之中，它已经自己克服了这种距离。因此，经典无疑是'无时间性'的，然而这种'无时间性'正是历史存在的一种模式。"[19] 最后这句话有点像是一种悖论，但其所指实乃经典不断的相关性。也就是说，"无时间性"指的是，经典表达并体现了一个活的传统的审美和文化价值，总是存在而与现在相关，总对现在有某种意义，而不是把现在与过去分割开来的往古的遗迹，不是与现在毫无干系的冻结的某一时刻或某些残片。

在伽达默尔的阐释学中，"无时间性的经典"和另一个重要概念相关，那就是"属于艺术作品存在"的"同时性"（*Gleichzeitigkeit*）概念。伽达默尔接下去进一步解释这个重要概念。"同时性，"伽达默尔说，"就意味着呈现在我们面前这个特殊的东西，无论其来源可能多么遥远，在其呈现中达到了完全的存在……它如此聚焦于这个东西，以至于变得与我们'同时存在'；也就是说，取代了所有的中介而完全存在。"[20] 我们欣赏艺术品或阅读文学作品的经验，就很容易证实这一点。因为读一首诗或看一部小说，我们都可能暂时忘掉或不理会外在的现实环境，设身处地沉浸在那个虚构的世界里，与虚构的文学作品中描绘的主人公感同身受，参与到他们的思想感情和行动之中。在我们的阅读

---

19 Gadamer, *Truth and Method*, 289–90.
20 Ibid., 127.

中，那个虚构的世界变得具体实在、活灵活现，而无论那个作品在产生的时间和地点上离我们有多么遥远，我们每一次的阅读经验都是现在而同时的经验。同时性是审美经验的一个基本特点，也是经典作品"无时间性"的原因。因此，我们可以得出结论说，经典是具有很高审美和文化价值的作品，总是有意义，与当下相关，是一个文学和文化传统具有代表性的作品。

因为我们没有足够的时间读所有的书，我们就必须挑选读最好的书，也就是读经典著作。随着世界文学的兴起，世界各国的文学研究者们应该可以从他们各自的文学传统中挑选出最优秀的作品，形成世界文学的一套经典，这看来很符合逻辑。在我看来，这也正是世界文学在我们这个时代的价值。因为世界文学为世界各国不同文学传统的学者们提供了一个绝好的机会——尤其是非西方文学传统和迄今未受到足够重视的所谓"小"传统的学者们，可以把他们传统中最好的作品介绍给全球的读者，使他们的文学经典超出自己国家有限的范围，在世界上得到认可。这看来似乎有天时、地利、人和，因为世界文学当前在世界很多地区都引起文学研究者的兴趣，是基于一个超越欧洲中心主义和其他任何种族中心主义的偏见和短视、一个真正全球性的愿景，而且还有很多作品都可以介绍到其本身文化之外，成为世界文学的一部分。就拿我自己的无知为例来说，我就很想多了解一点古代波斯文学和阿拉伯文学，了解神秘主义的苏菲派诗人，了解鲁米（Rumi）、萨迪（Sa'dī）和哈菲兹的诗。我也很想多懂一点印度文学，读《罗摩衍那》和《摩诃婆罗多》那些引人入胜的故事，还有泰戈尔那些令人着迷的诗歌以及其他诗人和作家的作品。我也很想听到

48

古埃及和更古的美索不达米亚的声音，听到非洲和南美洲的声音；还有欧洲主要文学传统之外的文学，譬如北欧文学、塞尔维亚文学、捷克和波兰文学、荷兰文学和其他"小"语种的文学。不仅如此，就算是欧洲文学中已经很著名的重要作品，在世界文学全球性的新视野里看来，不是也会呈现出新面貌吗？我们不知道的实在太多了，有太多优美的文学名著我们几乎完全无知。这些经典著作本来完全可以使我们的生活在精神和心智方面都能更加丰富、更有价值，带给我们更大的乐趣、更多精神的享受。

可是在西方学界的批评里，尤其在美国的大学里，经典的概念却颇受争议。我在开头引用乔治·肯尼迪的文章，就发表在20世纪90年代初争论美国人文教育的一本文集里，那时正有"新保守派与后现代派的争论"，肯尼迪说在那场争论里，"教希腊和拉丁的教员们地位颇为尴尬"。他们是古典学者，教的是死去的白种男人写的"伟大著作"，正遭到女权主义者、后现代主义者和后殖民主义者的攻击，而自然又"受到传统主义者的尊崇"。[21]"新保守派和后现代派"之间似乎壁垒分明，"经典之战"论争的语调也颇为激烈。文学作品，包括经典作品，都可能有多种解释，但90年代美国学界这场"经典之战"和后来的"去经典化"，的确远远超出了一般意义上的看法不同和解释多元。甚至在今天，许多学者仍然不愿谈论经典，生怕显得保守。因为"'伟大著作'这个话题本身"，正如约翰·凯比（John T. Kirby）所说，仍然"会激起争议、

---

21 Kennedy, "Classics and Canons," in Gless and Smith (eds.), *The Politics of Liberal Education*, 223.

辩驳，甚至冲突"。[22] 我们在第二章里讨论过凯慕德和基洛利的辩论，就是一个明显的例子。"任何经典的形成，"凯比继续说，"在最近几十年里，都广受批判，甚至被认为是一件坏事。"[23]

关于经典的形成，似乎有一个令人毛骨悚然的怪想法，好像那是一个密谋的结果，是一帮拥有政治权力和话语权的白胡子老头，在一间拉上厚重窗帘的密室里，秘密商量作出的决定。但是无论在中国还是在西方，国家的权力从来就没有成功树立或摧毁过文学的经典，哪怕那是有权者所希望的。权力最多能做到的，只是严酷压制和严格控制一切思想感情的表达，那时就会没有文学，只有精神的枯竭；但这样全面的压制不可能持久，也绝不会奏效。在中国历史上，秦始皇在公元前213年焚书，在公元前212年坑儒，却彻底失败了。秦是个短命王朝，秦始皇也成了中国历史上暴君的典型，令人痛恨、鄙弃。政治权力可以存在一段时间，但文学的经典却会永恒。诗人在生活中可能一无长物，但他的作品和声名却会永世长存，就像据说是托马斯·希沃德（Thomas Seward）所写关于荷马的有名诗句所表达的："七个富裕的城市为已死的荷马争吵，/ 活着的荷马曾在它们的街上讨过面包。"（Seven wealthy towns contend for Homer dead, / Through which the living Homer begged his bread.）我们爱读莎士比亚或李白和杜甫，不是因为我们害怕英国的君主或中国的皇帝，或受到政府当局甚或老师权威的逼迫，我们纯粹就是喜爱他们创造的那种诗之辉煌。

49

22　John T. Kirby, "The Great Books," in D'haen et al. (eds.), *The Routledge Companion to World Literature*, 273.

23　Ibid., 277.

爱是自愿的，只能发自内心，绝不可能由外在力量强加给我们。暴君好像无法理解这样简单的事实：刻在木简或竹简上、印在纸上的书可以烧掉，但书中的思想却是精神而非物质的，火不可能把它们烧毁。

经典是生活在不同社会、历史、政治和文化环境里，一代又一代读者阅读和欣赏的作品。他们在这作品中寻求意义，发现它与自己的时代和生活相关。文学经典是经过很长时间形成的，有批评家和文学研究者不断评论、争辩其审美和文化的价值，最终才确立了它的经典性。基于阴谋论的"去经典化"必然失败，因为那是对经典的性质一种根本的误解；而且"去经典化"本身就是一种政治的压力，要把某些作品从已经建立的经典中排除出去，用另一些作品来取代它们。激进派谴责经典代表了错误的过去，就看不到传统的历史延续性，包括激进思想的传统，也因此不可能坚持其激进的主张。正如我们在前面已经说过的，经典不是一夜之间形成的，也不可能一夜之间就去掉。

在我看来，世界文学提供了一个绝好的机会——回归文学的阅读，也即回归世界各文学传统经典作品的阅读和鉴赏，理直气壮地回归文学研究。实际上，由于我们历史的经验，大部分中国人都很理解激进"去经典化"的后果。在中国，经典的命运经历过激烈的变化，远比美国大学里"去经典化"激烈得多。在20世纪初的五四新文化运动中和后来的"文化大革命"中，儒家经典被彻底批判而摒弃。在很长一段时间里，没有经典，没有文学，没有文学批评，甚至教育也停顿了。如此激烈的批判曾经使中国在经济、政治和文化方面濒临危险的境地，也许那起码可以部分地

50

解释，为什么今天大部分中国人都坚定地维护其文化和传统。尽管有各种激烈甚至暴力的批判，经典仍然存在。看来只有时间可以树立起经典，也只有时间可以销毁经典，而我们必须珍重和留意时间。

第五章

作为发现的世界文学

我们已经看到，把文学作品多到不可能读的数量减少到一个相对而言可以把握的数量，从而重新定义世界文学，流通是一个有效的办法。世界文学之兴起好像克服了欧洲中心的偏见，使世界各个文学传统中的经典作品都有可能超越自身文化的范围广泛流通。我说各种文学的"经典"，因为世界上每个文学传统都有自身的批评传统认定的经典，那是自己内部评价的结果。在世界文学研究中，我们因此应该尊重由自身的批评著作确立的不同传统中作品的经典性。这不是外在价值系统或外在观点强加上去的经典性，尤其不是由霸权式的西方观点强加的经典性。世界文学之兴起似乎对非欧洲文学和甚至欧洲"小"文学的经典，都提供了绝好的机会；但我们必须认识到，实际情形却很不相同。在今日世界流通而且名声远超其自身文化范围的，基本上都是欧洲或西方的作品；而非西方文学和欧洲的"小"文学，却仍然留在暗处，被法国、英国和德国文学遮蔽了，也在略小的程度上，被西班牙和意大利文学遮蔽了。正如德恩所说：

> 事实上，迄今为止大多数世界文学史毫无例外都是西方的
> 产物。其中对非欧洲文学，尤其是现代的部分，都一律忽略过
> 去；尤其是其近代部分，得到注意的只是其早期的神话或宗教
> 的著作。然而就是在西方，更确切地说在欧洲文学之间，也并
> 不是相互平等的。具体说来，最受重视、占据最大篇幅的首先
> 是法国、英国和德国的文学，意大利和西班牙文学次之，然后
> 则是古希腊和拉丁文学。[1]

世界文学一些主要选本最近的新版，如诺顿（Norton）、朗文
（Longman）、贝德福（Bedford）等，的确都包括了更多非西方文
学的作品。马克拉·卢塞福（Markella Rutherford）和佩姬·勒维
特（Peggy Levitt）根据一些统计资料，考察了在这三种选本中包
括非西方作家的情形，认为这些非西方作家"并非仅仅加在西方
经典上作为点缀，好像一种文学上的平权法案（literary affirmative
action）"，而是"贡献出在一个自治性质的全球文学领域流通的作
品"。[2] 这当然令人鼓舞，但她们也发现了一些问题。她们注意到选
本中代表性的非西方文学"与全球人口不成比例：欧洲和北美占

1　Theo D'haen, "Major/Minor in World Literature," *Journal of World Literature*, 1: 1
　　(Spring 2016): 34.

2　Markella Rutherford and Peggy Levitt, "Who's on the Syllabus? World Literature
　　According to the US Pedagogical Canon," *Journal of World Literature* 5: 4 (Nov. 2020):
　　616.

世界人口的15%，但在这用作教材的世界文学经典中，知名作家却有过半之数。相比之下，亚洲占世界人口60%，但在我们研究的选本中，却只贡献了世界文学的24%"。[3] 不仅如此，她们还发现"一些被纳入经典的现代作家虽然出生在别处，但后来都在英国或美国学习、工作，成为英国或美国公民"。[4] 换言之，这些作家原本或许来自非西方国家，但他们都在西方定居，用英语或另一种西方语言发表作品，在西方成为知名的移民作家；而那些生活在亚洲或非洲，用非西方的本土语言写作的作家，就很不容易得到认可，包括在世界文学的选本里。

我充分承认而且衷心祝贺在世界文学选本的新版中，非西方文学获得更多的代表性；而我也不相信包括在这类选本中作家的数目，应该与他们的本国人口成正比。就拿中国来说吧，中国人口几乎是世界人口的四分之一，但我并不认为在世界文学的选本中，中国作家和诗人要占据四分之一的篇幅。选本的性质决定了篇幅有限，无论包括多少作家，一定还会有遗漏，引得批评家来抗议，甚至责骂。然而我说西方和非西方之间有知识的不平衡，说的却不是选本，而完全是另一回事。在中国和其他许多非西方国家，读者通过翻译阅读西方主要作家作品的全文，而非选本里的片段。西方文学的中文翻译远多于西方语言翻译的中国文学。西方和非西方之间影响和知识的不平衡是到处可见的一个不争的事实。一个中国的大学生对中国著名作家和诗人有一定程度的了解之外，还至少知道西

3　Rutherford and Levitt, "Who's on the Syllabus?," *Journal of World Literature* 5: 4 (Nov. 2020): 618.

4　Ibid., 619.

方主要的哲学家、艺术家、作家和诗人的名字。从荷马到维吉尔，从但丁到莎士比亚，从拉伯雷和塞万提斯到狄更斯和巴尔扎克，从简·奥斯丁到弗吉尼亚·伍尔夫，从歌德和雨果到华兹华斯和济慈，从波德莱尔和里尔克到艾略特和叶芝，从乔伊斯到卡夫卡，等等，这些名字在中国通过中文翻译，许多读者都耳熟能详。但在欧洲或美国，虽然中国文学有三千多年的历史，有无数具有很高审美价值的作品，欧美的大学生，甚至专门研究文学的学者，都完全不知道中国最重要的诗人和作家们是谁。当然，专门研究中国文学的汉学家们会知道，但他们在西方学界人数不多、影响有限，他们的知识和努力也还没有成为西方社会一般人的普通常识。

影响和知识的不平衡显然与经济、政治和军事力量的不平衡有关。正如帕斯卡尔·卡桑诺瓦在其《文学的世界共和国》中所说，"文字的世界其实和认为文学是和平之区域的看法很不相同"。她论述说，文学史从来就是一部斗争、竞争和对抗的历史，"正是这些竞争创造了世界文学"。[5] 卡桑诺瓦对"世界文学空间"清醒的、现实政治的看法，好处在于清晰地呈现出现代和当代世界的状况，没有故作平均主义的虚假姿态；但是她所理解的"世界文学空间"本身又是现代和当代地缘政治形势的反映，而且表现出不加掩饰的欧洲中心主义。因为她不只是用欧洲中心的观点来看文学，而且是一种高卢中心主义，甚至更具体说来，是巴黎中心主义的观点。首先，卡桑诺瓦认为文学是欧洲的发明："这是文学的财富出

5 Pascale Casanova, *The World Republic of Letters*, trans. M. B. DeBevoise (Cambridge, Mass.: Harvard University Press, 2004), 12.

现，然后积累、集中、分配、分散的历史；首先从欧洲开始，后来才变成世界各地相信和竞争的对象。"[6] 她理解的世界文学史也是局限于近代欧洲，开始于文艺复兴时期的意大利，那是"第一个得到承认的文学强国"；但"随着16世纪中叶七星派之兴起"，法国很快就赶上来，"勾画出了第一个跨国界文学空间的略图"。西班牙、英国和其他西欧国家接着加入了竞争，接下去在19世纪，中欧和南北美洲国家也随之跟进。"最后，"卡桑诺瓦说，"随着去殖民化，非洲、印度次大陆和亚洲国家也要求有文学存在的合理性。"[7] 这就是卡桑诺瓦绘制的"文学的世界共和国"的文学地图。其中法国，或更确切地说，巴黎，稳稳地占据在中心。"同样，"卡桑诺瓦以一种自觉意识到的防卫性语气说，

54

> 宣称巴黎是文学共和国的首都并不是受了高卢中心主义的影响，而是仔细的历史分析的结果。这种历史分析显示出在巴黎，一连好几个世纪，文学的资源极为罕见地集中在这里出现，逐渐使人们普遍承认，巴黎是文学世界的中心。[8]

但世界的文学史当然要久远得多，可以追溯到比文艺复兴以来这"几个世纪"、比16世纪中叶法国七星派兴起之前更早的时代；而且文学世界的中心或世界的结构，都不是永久不动，而是可以改变的。在某种意义上，世界文学在我们这个时代兴起，就

6　Casanova, *The World Republic of Letters*, 46.

7　Ibid., 11.

8　Ibid., 46–47.

是世界秩序正在改变的一个标志。在这个世界里，欧洲已经不再是可以到处称霸的强权。虽然卡桑诺瓦自谓她作过"仔细的历史分析"，但事实恰恰相反，她那分析是错误百出的——因为她谈论"世界文学空间"，却完全忽略了文艺复兴之前的历史时期，也忽略了法国或欧洲以外的地理区域。她的文学概念，正如比克洛夫特所说，"从'文学'中故意排除了大量一般认为是文学的欧洲作品，从希腊罗马文学传统到中世纪的宗教文本，甚至但丁"。[9] 至于非欧洲文学，卡桑诺瓦似乎所知甚微，因为她以为亚洲直到20世纪中期都没有文学，有也只是去殖民化的结果。所以她理解的亚洲文学，大概指的就是用英语、法语、葡萄牙语或别的什么欧洲语言写成的后殖民文学，所谓益格鲁风（Anglophone）、法兰柯风（Francophone）、卢索风（Lusophone）这一类的"风"文学，在语言上和殖民时代的过去还保持着联系。杰罗姆·戴维（Jérôme David）发现这是"《文学的世界共和国》最严重的缺点"，所以，他问道："在卡桑诺瓦世界文学的图景里，对亚洲和非洲文学有什么可说的呢？为什么它们正因为完全不存在，反而引人瞩目呢？在如此令人不解的忽视不见当中，法国中心、欧洲中心、西方中心主义大概起了作用。"[10] 看来，卡桑诺瓦好像完全不知道有亚洲语言写成的亚洲文学，而且她也一定不知道歌德对他的年轻朋友爱克曼说过的话。歌德说，中国人早在欧洲人之前，就已经写出

55

9　Beecroft, *An Ecology of World Literature*, 13.

10　Jérôme David, "Of Rivalry and Revolution: Pascale Casanova's *World Republic of Letters*," in Theo D'haen, David Damrosch, and Djelal Kadir (eds.), *The Routledge Companion to World Literature*, 2nd ed. (London: Routledge, 2023), 88.

上千部的小说了；用歌德自己的话说，那是"当我们的祖先还在森林里过活的时候"。[11] 可是在卡桑诺瓦的头脑里，文学是欧洲人的发明；"文学的世界共和国"之形成，就是文学的影响以欧洲为中心，辐射到作为边缘的世界其他地方去。

正如吉塞尔·夏皮罗（Gisèle Sapiro）和蒂利亚·昂古雷阿努（Delia Ungureanu）指出的，《文学的世界共和国》一旦被译成英语，2004 年由哈佛大学出版社出版之后，就"成为一部经典"而"对一般的文学研究，尤其对比较文学和世界文学研究产生了极大的影响"。[12] 在她们为卡桑诺瓦写的动人的赞词中，夏皮罗和昂古雷阿努明确指出，卡桑诺瓦是以社会学的观点来看待文学世界的，尽管她们把这视为完全正确。杰罗姆·戴维也说，卡桑诺瓦的《文学的世界共和国》以"皮埃尔·布迪厄（Pierre Bourdieu）指导下的博士论文"为基础，"最初的设想是对文学之间不平等的交换做社会学的调查"。[13] 夏皮罗和昂古雷阿努说，在法国，文学研究掌握权力的主流对社会学方法抱有偏见。她们批评这种偏见造成对卡桑诺瓦不公平的待遇，使得她"在法国从未得到一个教职，主要就是因为法国大学里的文学系抵制文学的社会学"，而且因为"对某些人说来，文学的社会学不是可以舒服对话的。他们不愿直接面对社会状况，面对支撑他们积极活动的领域之权力结构那些

11　Goethe, "Conversations with Eckermann on *Weltliteratur*," in Damrosch (ed.), *World Literature in Theory*, 19.

12　Gisèle Sapiro and Delia Ungureanu, "Pascale Casanova's World of Letters and Its Legacies: Introduction," *Journal of World Literature* 5: 2 (May 2020): 161.

13　David, "Of Rivalry and Revolution: Pascale Casanova's *World Republic of Letters*," in Theo D'haen et al. (eds.), *The Routledge Companion to World Literature*, 2nd ed., 85.

得到认可的信念是如何产生的"。[14] 可是我发现卡桑诺瓦的"世界
文学空间"有问题，正在于拒绝面对今日正在迅速变化的世界权
力结构，却紧抱着在整个文学世界中，巴黎占据了中心地位那个
欧洲观念。那是某些法国知识分子十分珍爱的观念，却完全不符
合今天这多极和多元的世界。我发现卡桑诺瓦"文学的世界共和
国"还有另一个问题，那就是否定历史。那真有点令人不解，因
为在论证法国语言和文学的中心地位时，卡桑诺瓦自己曾依赖历
史，讨论七星派和贝里的《法国语言的辩护和说明》（*The Defense
and Illustration of the French Language*, 1549）之历史重要性，认
为那是"公然对拉丁语的统治地位宣战"。[15] 可是，2012年卡桑诺
瓦在芝加哥大学设在巴黎的中心发表了一个演讲，夏皮罗和昂古
雷阿努赞扬说是她的"精彩演讲，'格林尼治子午线：对文学中时
间的随想'"。卡桑诺瓦在那演讲中，清清楚楚地表达了她的观点，
认为文学是没有时间的，是历史的"永恒的同时性"：

> 就集体表现而言，文学的现在是文学世界唯一容忍的时间
> 形式。唯一得到承认、唯一的合理性，也即文学中唯一可以接
> 受的，就是以某种方式属于现在。这种永恒的同时性大概是文
> 学世界最有力的结构之一。依照我们文学的无意识根基最深
> 的表现说来，时间并不存在；文学的国度不知道过去。所以，
> 文学空间的时间结构一个主要的功用，就是永远拒绝文学的

---

14 Sapiro and Ungureanu, "Pascale Casanova's World of Letters and Its Legacies," *Journal of World Literature* 5: 2, 160.

15 Casanova, *The World Republic of Letters*, 52.

历史。[16]

卡桑诺瓦就这样十分明确地直接相对于时间和历史，设立了她的"永恒的同时性"概念。

我们在前面一章讨论经典时，说到伽达默尔的"同时性"概念是文学艺术作品的一个特征。但伽达默尔"无时间性的经典"却绝不是拒绝时间或历史，因为经典的"无时间性"是指经典作品在历史和传统中持续不断地存在，有相关性，而且不断起中介作用，不断克服历史的距离。"'无时间性'，"伽达默尔说得很清楚，"是历史存在的一种模式。"[17] 恰恰相反，卡桑诺瓦"永恒的同时性"概念却是一块共时性的时间切片，是冻结在永恒中的一个时刻，也许是有极大影响的光辉时刻，而她"拒绝文学的历史"就是拒绝国际文学空间的变化。读卡桑诺瓦的《文学的世界共和国》会使人产生一种感觉，会觉得此书及其作者沉浸在法国传统之中如此之深，书中很多想法和表述都不足为外人道，本意不是想在法国之外去流通的。这也许就可以解释，为什么虽然卡桑诺瓦的书经过翻译在国际上获得很高声誉，她却在一次采访中说，翻译很"可怕"（*épouvantable*），其中"充满了误解、似是而非和概略的说法"，并作出结论说："翻译是非常暴力的。"[18] 不过她的书既然 57

---

16 Translated and quoted in Sapiro and Ungureanu, "Pascale Casanova's World of Letters and Its Legacies," *Journal of World Literature* 5: 2, 163.

17 Gadamer, *Truth and Method*, 290.

18 David Damrosch, "*La République mondiale des lettres* in the World Republic of Scholarship," *Journal of World Literature* 5: 2 (May 2020): 179.

已经翻译出来，成为"一部经典"，那本书在法国之外如何被读者和学者们理解，就不受作者的控制了。在我看来，卡桑诺瓦的书明确无误地表现出欧洲中心主义或法国中心主义的观点，仍然保留着关于文学和文学史的老看法。那些看法更符合19世纪或20世纪初的情形，却不符合今日的世界。关于文学世界这样不加掩饰的欧洲中心主义观念，这样全然抹杀非欧洲文学，尤其是亚洲文学丰富的历史，就更使我们觉得有必要厘清事实，把世界文学的观念扩大到欧洲主要的文学传统之外。因为"资本主义和全球化不平衡的发展"，正如三位伊朗学者阿贝迪尼法德、阿扎迪布伽和瓦法指出的那样，"在世界文学的争论中提到的绝大部分作品，仍然是通常占据统治地位文化中的作品"。[19] 如我在前面已多次说过的，我们这个时代的世界文学不可能，也不应该只是目前在世界上各处流通的西方文学的作品。

然而我绝不是提议把西方经典"去经典化"，因为在我看来，"去经典化"根本就错误理解了经典的性质，也因此必然会失败。但我的确认为，世界文学应该包括比西方经典更多的作品在全球流通，应该在西方经典之外，再增加世界上其他最优秀的作品。世界文学之所以吸引人，正是因为它提供了机会扩展世界文学的经典，包括其他文学传统，尤其是非西方文学和甚至欧洲"小"文学传统的经典，那些已经被认识到具有很高文学价值，却在其本民族传统之外尚不为人知、很少有人阅读的作品。这就是说，世界各文学传

---

19 Amirhossein Vafa, Omid Azadibougar, and Mostafa Abedinifard, "Introduction: Decolonizing a Peripheral Literature," in Abedinifard et al. (eds.), *Persian Literature as World Literature* (New York: Bloomsbury Academic, 2021), 6.

统中，还有很多伟大的作品尚未为人所知，尚未经过翻译，也就在其本身文化的范围之外，没有得到读者的鉴赏。因此，名副其实的世界文学还有大部分尚待发现，还需要翻译、流通和学术的评论。

许多学者都从可能存在的影响、类似性或同类的结构等方面，寻求世界上尚不为人知的文学作品的全球性意义。例如，波斯诗歌中加扎勒（*ghazal*）这种形式在19世纪德国曾颇受欢迎，德国诗人弗里德里希·吕克特（Friedrich Rückert）和奥古斯特·冯·普拉腾（August von Platen）"依据波斯神秘主义诗人鲁米的风格"，创造了一种德语的加扎勒。[20] 歌德从波斯诗人哈菲兹那里得到灵感，写出他的《东西方诗集》，这是众所周知的。歌德没有在形式上跟随哈菲兹，但正如伊朗尼–德赫拉尼（Amir Irani-Tehrani）所说，歌德努力要"对不熟悉的西方人说来，产生读加扎勒那种效果"。[21] 另一个波斯文学模式的例子，是一个故事集的框架故事，这是"在波斯语称为《辛巴德之书》，在阿拉伯语称为《七位重臣》，在中世纪欧洲改作中称为《（罗马）七位圣者》的故事集"。[22] 这故事集的框架故事来自波斯，说的是一个王子被送到别的国家去受教育，在返回宫廷之时，却被国王宠爱的王妃诬告，说他想奸污王妃。王子曾发誓七天不说话，所以不能为自己辩解；但王的七位重臣轮流着每天讲一个故事，延缓了王子的刑罚。七天之后，王子开口说话，于是真相大白，王妃则受到了惩

58

---

20 Amir Irani-Tehrani, "The Birth of the German *Ghazal* out of the Spirit of World Literature," in Abedinifard et al. (eds.), *Persian Literature as World Literature*, 17.

21 Ibid., 26.

22 Alexandra Hoffmann, "Cats and Dogs, Manliness, and Misogyny: On the *Sindbad-nameh* as World Literature," ibid., 137.

罚。"在伊斯兰化世界里，通过尚不知道的传播渠道，这个故事集以多种版本流通"，亚历山德拉·霍夫曼（Alexandra Hoffmann）观察到，来自这个故事集的框架故事和其他一些故事，在12世纪逐渐出现在古法语和拉丁语里，然后在后来的几个世纪里，又翻译为几乎所有的欧洲语言。这个故事集"就像《卡里莱和苗木乃》和《一千零一夜》那样，在伊斯兰化以及欧洲口头和印刷的文本里，都立即广为流传"。霍夫曼引用丹姆洛什的世界文学定义，认为"考虑到其地域传播之广，《辛巴德之书》完全有理由被视为世界文学——不是因为它与中世纪欧洲的联系，而是因为它参与到一个共同的'流通和阅读的模式'中去，跨越了各个文化和语言的界限"。[23] 然而在现代西方的世界文学观念中，《辛巴德之书》并不有名，但讨论其丰富的内容及其在中世纪欧洲广泛的传播，也许有助于重新发现这部作品，把它带回到世界文学作品的位置上，得到其应得的国际声誉。事实上，《辛巴德之书》那个延迟七天处决王子的框架故事，会让很多读者都想起《一千零一夜》的框架故事。莎赫拉扎德正是靠故事的叙述来既满足苏丹听故事的愿望，又不令他完全满足，如此反复，一直延缓了一千零一夜。这是阿拉伯文学里一个著名的故事，成为讲一切故事的原型，是彼得·布鲁克斯所谓"故事的故事"。[24]

23 Alexandra Hoffmann, "Cats and Dogs, Manliness, and Misogyny: On the *Sindbad-nameh* as World Literature," in Abedinifard et al. (eds.), *Persian Literature as World Literature*, 138.

24 Peter Brooks, *Reading for the Plot: Design and Intention in Narrative* (New York: Vintage, 1984), 111.

阿拉伯文学与欧洲经典文学之间影响和联系的又一个令人惊异 59
的例子，是比较《一千零一夜》里"睡着的人和醒来的人"这故
事和来自《一百零一夜》里"老驼背和哈伦·阿尔·拉希德"的
故事，还有莎士比亚喜剧《驯悍记》中的框架故事。一个穷光蛋
酣睡一觉醒来，上了别人的当，以为自己既有钱又有权，便构成
一个喜剧故事，在阿拉伯文学和其他许多文学里都很受欢迎。保
罗·霍塔（Paulo Lemos Horta）追踪这个故事不同版本可能的传
播途径，力图建立阿拉伯故事集和欧洲文学中薄伽丘和莎士比亚
的经典作品之间的联系。霍塔说，比较这些作品，看得出令人惊
讶的联系，"但确切的影响和传播的路线又无法肯定"。[25] 霍塔接下
去说，由于难以确定不同作品的日期和时间先后，加之莎士比亚
无可比拟的经典性和权威，"任何与莎士比亚的联系都往往会显得
是英国文学影响了阿拉伯文学，而不是相反"。[26] 但在我看来，这
类令人极感兴趣的比较之目的，并不在确定哪一个文本早于其他
文本，或者谁影响了谁——特别就莎士比亚说来，尤其如此。因
为莎士比亚没有哪一部戏剧不是取材自更老的作品或更早的剧本，
而他伟大的创造性正表现在他以各种方式把更早的材料加以改变
而改进，脱胎换骨，点铁成金。重要而且令人兴奋的，是揭示出
不同文本和文学——无论其大小主次——连接和流通可能的路径，
它们可以帮助我们理解世界各国文学作为世界文学的相互联系。

"大"或"小"这类术语都是相对而言的，没有哪一个文学传

---

25 Paulo Lemos Horta, "Tales of Dreaming Men: Shakespeare, 'The Old Hunchback,' and 'The Sleeper and the Waker'," *Journal of World Literature* 2: 3 (Jan. 2017): 278.
26 Ibid., 294.

统会被自身语言文化的群体视为是"小"的。即以荷兰文学为例吧。就目前在美国和其他地方出版的世界文学选本看来，好像还没有见到任何一部荷兰文学作品；但对荷兰的读者群体而言，至少17世纪诗人和剧作家茹斯特·凡·登·冯德尔（Joost van den Vondel）和现代诗人斯劳尔霍夫（J. J. Slauerhoff）都是知名的主要作家。特奥·德恩认为从理论上说来，"卡桑诺瓦和莫莱蒂以巴黎，或巴黎和伦敦为中心，向外'辐射'或'扩散'的观点，就把欧洲的小文学说成纯粹只是对欧洲的'中心'作出回应"。随着近来对超越欧洲中心主义的世界文学有了越来越大的兴趣，欧洲的"小"文学甚至更被边缘化了。因为学者们"把注意力越来越多地放在非欧洲文学上"，但那只导致了"欧洲小文学日益加重的边缘化，或者可以说'外围化'"。[27] 德恩指出，"荷兰或尼德兰文化至少对更大范围的世界有一些影响"，因为在绘画方面，有很多伟大的法兰德斯或荷兰的艺术家，从凡·艾克（Jan van Eyck）、罗杰·凡·德尔·怀登（Rogier van der Weyden）到耶罗尼米斯·波希（Hieronymus Bosch），从布鲁格尔父子（the Brueghels）、鲁本斯（Rubens）、凡·戴克（Anthony van Dyck）、约尔丹斯（Jordaens）、伦勃朗（Rembrandt）和维米尔（Vermeer）到凡·高（Vincent van Gogh）、恩索尔（Ensor）和蒙德里安（Mondriaan）；在哲学和科学方面，也有像伊拉斯谟（Erasmus）、墨卡托（Mercator）、斯宾诺莎（Spinoza）等伟大人物，但"文学

60

27　D'haen, *A History of World Literature*, 106.

方面情形却完全不同"。[28] 德恩说，由于种种原因，

> 在世界文学的地图上，荷兰文学因为完全不存在而更显眼。相比之下，斯堪的纳维亚文学和斯拉夫文学在那个地图上还有一席之地——只要想想安徒生、易卜生、斯特林堡、汉姆生（Hamsun），或是米沃什（Miłosz）、辛波斯卡（Szymborska）、昆德拉、伊维奇（Ivič）、基什（Kiš）和帕维奇（Pavič）就够了。[29]

对荷兰文学研究者说来，那当然是很不公平也不能令人满意的情形。随着世界文学之兴起，也就有机会来改变这种情形，把伟大的荷兰文学作品带入世界文学的领域。

那正是德恩努力要做的。他撰文说明"怎样把一位荷兰现代主义作家，斯劳尔霍夫，'变成'一位世界作家"。[30] 像其他荷兰现代主义诗人亚德里安·罗兰·霍尔斯特（Adriaan Roland Holst）和马丁努斯·奈霍夫（Martinus Nijhoff）一样，斯劳尔霍夫也按照一般欧洲现代主义文学的程式来写作。他从西班牙语、葡萄牙语和法语翻译了许多小说和诗歌，用几种语言写作，而且与其他文化和文学展开对话。但和另外那两位诗人不同——他们大多对内转向荷兰的社会现实，斯劳尔霍夫却"持续不断地与他在旅行中常常接触到的文化和文学对话，尤其是中国、西班牙和葡萄牙文

---

28 D'haen, "J. J. Slauerhoff," in Jobim (ed.), *Literary and Cultural Circulation*, 145.

29 Ibid., 146.

30 Ibid., 143.

学"。[31] 通过阅读和评论斯劳尔霍夫的作品，德恩认为斯劳尔霍夫有潜力变成一位世界文学的作家，因为他可以被视为与其他文化和文学联系更多，而不只是他自己本土和民族的传统。"当与罗兰·霍尔斯特和尤其是与奈霍夫相比，用欧洲而非严格的'荷兰'标准评价起来，斯劳尔霍夫就不仅只是一个'小'诗人，"德恩说，

> 他会作为一个"主要"的诗人显现出来，他的作品适于丹姆洛什在《什么是世界文学？》（2003）一书里提出那种分三面的或椭圆形的阅读。他的作品不仅告诉我们"本土"和当时荷兰的情形，而且也使我们明白在我们这个后殖民和全球化世界里，它可能有怎样的意义——不仅对荷兰的读者，而且对世界的读众。[32]

61　　德恩认为，斯劳尔霍夫的文学作品不仅与他自己的文化相关，而且与我们时代的广大世界相关，所以可以由此而被经典化为世界文学的一部分。德恩还进一步论述说，那正是荷兰文学能够成为世界文学一部分的途径。他说：

> 这也就进一步改变了我们对荷兰文学本身的看法，因为我们现在所看的是它如何与其他文化对话，与世界对话，而不是它如何观看自己。最终说来，这也会使荷兰文学在世界文学的

31　D'haen, "J. J. Slauerhoff," in Jobim (ed.), *Literary and Cultural Circulation*, 148.
32　Ibid., 154–55.

环境里重新看待自己，也连带着会产生一系列相应的改变。事实上，如果荷兰文学想要在世界文学的文坛上开始"算数"的话，似乎就必不可免要这样做。[33]

处于现代世界里的现代文学，更容易建立这样全球的联系；但就是前现代文学，正如我们在上面所见波斯、阿拉伯和文艺复兴早期欧洲文学的情形，也可能有令人惊讶的全球性的流通、影响和联系。

让我再转向故事或文学文本之间出人意料的联系和隐秘传播的另一个例子。露丝·波提海默（Ruth B. Bottigheimer）通过一种新的、在历史文献方面更扎实的研究，比较了许多不同版本的童话故事及其出版历史，得出结论说，灰姑娘"大概是世界上最受欢迎的故事"。[34] 早期的民俗学研究认为无名的"人民"发明了各民族的童话，用口头传播，但现代学者有了出版历史的知识，就能以更切实可靠的办法追踪童话故事的传播途径。波提海默说，出版史"现在为一种新的童话史提供了开端的证明，而且由此也为之搭起了一个脚手架"。[35] 学者们研究了19世纪早期，在德国城市卡塞尔有许多法文和从法文翻译的文本，于是得出结论认为，格林兄弟讲述的灰姑娘和其他许多著名的童话故事，"在很大程度上

---

33 D'haen, "J. J. Slauerhoff," in Jobim (ed.), *Literary and Cultural Circulation*, 155.

34 Ruth B. Bottigheimer, *Fairy Tales: A New History* (Albany: State University of New York Press, 2009), 87.

35 Bottigheimer, *Fairy Tales: A New History*, 23–24.

其实来源于法国，而不是来自德国的'民间传统'（*völkisch*）。"[36]
在法国传统中，17世纪晚期的夏尔·佩罗（Charles Perrault）又是
在一个更早、更有闹剧意味的意大利作家吉安巴蒂斯塔·巴塞尔
（Giambattista Basile）的版本上，重写而创造出在现代世界非常
著名的灰姑娘童话。研究了德国、法国和意大利版本的联系之后，
波提海默总结说，灰姑娘"最先出现在巴塞尔的故事集里"。[37]

就欧洲文本材料而言，这个结论是对的。但从一个更广阔的、
包含东西方研究的世界文学视野看来，我们会很愉快而意外地发
现：还有一个早得很多的灰姑娘版本，存在于9世纪中国唐代一部
包括志怪小说的杂集里，即段成式的《酉阳杂俎》。这一版本有这
个童话故事所有主要的成分：一个年轻漂亮的少女受继母虐待；她
去参加一节庆，"蹑金履"，"其轻如毛，履石无声"；她被继母及
继母所生的两个女儿认出，急忙赶回家，匆忙中丢掉一只鞋；最后
找到了刚好可以穿上这只鞋的姑娘，她"蹑履而进，色若天人"，
于是皆大欢喜。[38] 早在1947年，著名汉学家和翻译家亚瑟·伟利
（Arthur Waley）就已经把中国灰姑娘故事介绍到了西方学界，他认
为这故事大概来源于中国南方某一土著民族，尽管故事主人公的名
字叶限"肯定不像是个中国女孩子的名字"。[39] 在西方研究童话的学
界，伟利的文章显然没有引起多少人注意。后来中国杰出的翻译家
杨宪益说："这篇故事显然就是西方的扫灰娘（Cinderella）故事。"

62

---

36 Ibid., 51.
37 Ibid., 87.
38 段成式著，方南生点校：《酉阳杂俎》，北京：中华书局，1981年，第200—201页。
39 Arthur Waley, "The Chinese Cinderella Story," *Folklore* 58: 1 (March 1947): 230.

故事里这个姑娘的中文名叫叶限，杨宪益认为是"盎格鲁-萨克逊文 *Aescen*，梵文 *Asan*"的译音，与英文"灰"（Ashes）是同一个意思。英文本多是从法文转译，而英文版故事里灰姑娘穿的鞋是琉璃的。杨宪益认为这是误译，"这是因为法文本里是毛制的鞋（vair），英译人误认为琉璃（verre）之故。中文本虽说是金履，然而又说'其轻如毛，履石无声'，大概原来还是毛制的"。[40]

这实在是一个令人惊异的发现！我们通常认为代表着欧洲菁华的这个灰姑娘童话，怎么会早在9世纪竟出现在中国唐代的一本书里呢？想象这个故事在古代从亚洲到欧洲，一路经过无数曲折和艰险的旅程，不禁令人神往。我们在此感兴趣的不是这中文的版本比意大利巴塞尔、法国佩罗（1697）或德国格林兄弟（1812）要早几乎一千年——况且中国的版本本来就来源于西域，大概是印度或现代中东。令人惊奇的是早在我们这个全球化时代之前，各族人民和文化就已经有如此出人意料的全球联系，跨文化的交换和交往比我们以为可能的都要早很多，规模也要大得多。这个例子也证明，如果我们走出平常熟悉的领域，在世界文学的广阔视野里去探索许多问题，我们对文学的世界就会有非常不一样的看法，对文学作品也会有更全面的理解。

就世界文学而言，我们每个人都是无知的。因为我们知道的就像是在海边沙滩上拾起来的几块石子或贝壳，而横在我们面前的则是尚未发现的宝藏之大海，等待我们去发现、学习和欣赏。我们

---

40 杨宪益:《中国的扫灰娘故事》,《译余偶拾》, 济南: 山东画报出版社, 2006年, 第66页。

应该向尚不为人知的文学传统打开世界文学的概念，倾听那些传统中学者和批评家的声音，尊重他们的审美判断，从而形成必要的机制来区分优秀的和一般的、经典的和平庸的、重要的和只是通俗和流行的。我说应当尊重世界不同文学传统中学者和批评家的审美判断，我不是指代表官方立场或宗教、政治或文化机构正统那些文学研究中掌握权力的人。而且在各个文学和批评传统的特殊性之外，总还有人类共同享有的价值和批评规范，促进为了改善人类状况那些合理的和向善的。我相信在所有的文学和批评传统中，都总是有公平合理、心胸开阔、基于审美和道德价值作出判断的人，他们不会屈服于意识形态的压力和偏见。丹姆洛什说，世界文学"常常被视为三种范畴当中的一种或多种：一套树立起来的经典、一套不断发展的杰作，或是多个开向世界的窗口"。[41] 我则要说，伟大的文学作品可以同时是这三者，因为它们必定是某一文学传统的经典，是那个传统作品当中的杰作，也是开向那部分世界最好的窗口。因此，我们需要不同语言和文化传统的文学批评家和学者们来告诉我们他们自己传统中有怎样的经典著作，向我们揭示那些著作之美和丰富的意义，使我们认识其审美和文学的价值；并为我们解释，为什么应该把它们作为世界文学的作品来阅读。

---

41 Damrosch, *What Is World Literature?*, 15.

第六章

语言、（不可）翻译与世界文学 64

在第二章讨论重新定义世界文学时，我们讲到语言和翻译在世界文学的观念中非常重要，并说要回到这个问题的讨论上来。的确，我们通过翻译作为中介，才获得有关世界的许多知识，包括有关外国文学的知识。劳伦斯·韦努蒂（Lawrence Venuti）十分坚定地宣称说："没有翻译，就不可能构想世界文学。"[1] 早在我们出生之前，一种特定的语言文化已经存在；在我们身后，它们也还会继续存在。所以作为人，我们总是生在中间（*in medias res*）。这种先已存在的状况就决定了哪种语言是我们的母语，也决定了我们的社会习俗和文化价值、我们的基本观点、我们理解事物的视野，以及我们的归属感和认同感。这种预先确定的成分不仅作用于个人生活，也作用于社会组织，涉及个人、集体、社群和民

1　Lawrence Venuti, "World Literature and Translation Studies," in D'haen et al. (eds.), *The Routledge Companion to World Literature*, 2nd ed., 129.

族采取的立场和作出的决定。换言之，作为人，我们一开始全都很局限，甚至目光短浅、心胸狭隘。然而人之为人美妙的一点，就在于我们有能力在个人的层面上超越自我的局限，也在集体和民族的层面上，打破社会群体的限制。而在超越与生俱来的限制这一过程中，翻译会发挥关键的作用。心胸狭隘和普世主义、民族主义倾向和跨文化的开放性，这些都是不断相互争斗的力量；而人生就是一个磋商谈判的过程，力求达到一种必要的平衡。

我们几乎很"自然"地会打破平衡，倾向我们习以为常而感觉舒服的方面，也就是狭隘局限的方面；而要培育普世精神和开放的胸怀，则需要教育和艰苦的努力。语言和文化的跨界是人类独有的行为，标示着一个人教养和能力的程度；因为只有人才有能力学习一门外国语言复杂的系统，可以通过翻译互相交流。这不仅在我们这个时代如此，而且从远古以来就如此。能翻译不同语言，可以帮助别人打开语言文化的茧壳走出去的人，好像有特别的天赋，在早期甚至被人视为具有某种魔力。如果我们考虑希腊人如何吸收了埃及文化的成分、希腊和罗马之间的互动、阿拉伯学术对拉丁中世纪和文艺复兴的贡献，以及来自印度的佛教如何传入中国和东亚，我们就会认识到：人类历史上很早就有了翻译；在知识的扩展、世界的构想、货物的交换和思想的交流，以及人类文明的发展中，翻译都起了重要作用。

但是作为在19世纪建立起来的一门学科，比较文学强调高度掌握外语——用原文来做研究，不能靠翻译。从那种比较文学的观点看来，翻译不足信，而且就像那句流行的意大利俗语所说，*traduttore, traditore*，翻译者即叛逆者。有人认为翻译不可能传达原文蕴含的文学之精妙或哲理之深刻，所以不可能打下比较的基础。我们在第一章里提到过，奥尔巴赫曾担心少数几种语言，甚至一种语言独霸天下，把一切都翻译成一种标准化的文学。正如丹姆洛什所说，在奥尔巴赫之前，坡斯奈特（Hutcheson Macaulay Posnett）在19世纪晚期就已经反对世界文学脱离具体的社群或特殊的群组，"所以坡斯奈特早已得其先声，预示了今日对毫无根基的'机场文学'或'全球空话'的抱怨，也就是维托利奥·柯勒蒂（Vittorio Coletti）对'小说越来越去民族化'（*la progressiva de-nazionalizzazione del romanzo*）的批判"。然而坡斯奈特并不想局限在欧洲，他的观点其实相当接近我们今天所理解的世界文学，因为在他所著的《比较文学》（1886）一书里，"他给了印度、中国、波斯和阿拉伯世界相当多的篇幅，还有古代的美索不达米亚和近代的欧洲；寻找文学和社会发展的相互关联，使他得以并重民间文学和文学杰作"。不仅如此，丹姆洛什认为在坡斯奈特那里，"全球的比较成了一个社会的甚至伦理的理想，使他可以按其自身的标准来欣赏各种各样不同的文学，而不是忽视或同化不同于欧洲常规的东西"。[2] 换言之，坡斯奈特并不反对翻译或世界文学，但他很珍视植根于自身文化传统之中各不相同的文学。然而没有翻译，谁也不可能探得世界不同文学的宝藏，甚至懂很多语言的比较文学家也不能。正如我们在前面说过的那样，在世界文学的概念中，翻译是非常重要的部分。

66

---

2 David Damrosch, "World Literature and Comparative Literature," in D'haen et al (eds.), *The Routledge Companion to World Literature*, 2nd ed., 102.

今天还有一些比较文学学者抱有奥尔巴赫曾表达过的那种担忧。他们反对世界文学之兴起，好像世界文学在把全世界的文学都翻译成英语，变成一种语言。但西方比较文学学者在语言上的严格要求，也有其局限。在比较文学发展的早期，雨果·梅泽尔（Hugo Meltzl）提倡 *Dekaglottismus*，即比较学者应该掌握十种语言作为比较研究的基础，这就提出了相当高的标准，但这十种语言无一例外，全都是欧洲语言。在19世纪欧洲的比较学者看来，大概欧洲之外就没有值得研究的文学；而比较文学要把非西方语言也包括进来，按梅泽尔的说法，那就要等到将来的某一天，那时候"亚洲文学终将转过来接受我们的拼音文字"。[3] 因此，一方面强调把握多种语言，显示出欧洲或西方比较文学超越了单一语言的民族文学研究，在学科上要求严谨；但另一方面，十种语言的要求又排除了非欧洲文学，把比较研究局限在欧洲语言和文化的界限之内，把世界其他地方都关在门外，也就必不可免地导致欧洲中心主义。

世界文学从一开始，就把翻译包含在其概念之中，而世界文学是要研究世界不同的各种文学，就比传统的比较文学需要更多语言的翻译。正如丹姆洛什所说，要求用原文的文本做研究，"仍然是现在大部分比较文学的特点；直到今天，美国的《比较文学研究》（*Comparative Literature Studies*）期刊不接受只通过翻译来讨论作品的文章"。但一个比较学者实际上大概也只能掌握几种语

3　Hugo Meltzl, "Present Task of Comparative Literature (1877)," trans. Hans-Joachim Schulz and Philip H. Rhein, in Damrosch (ed.), *World Literature in Theory*, 41.

言，"一般是三种，通常都是从较大的欧洲强国的语言中挑选出来的，加上拉丁语和古希腊语（但不包括现代的希腊语），偶尔还有俄语"。[4] 比较文学的学者通常要求掌握三种主要的欧洲语言，加上一种古典语言；今日的世界文学没有正式做这样的要求，但常常在传统的法、德、英这三种语言之外，会涉及非欧洲或欧洲小语种的语言。《世界文学学刊》没有《比较文学研究》那样的要求，但正如丹姆洛什所说，"其实这个刊物发表的文章，几乎都是由懂得原文的作者写成的。现在这两种刊物涉及的语言，比起一代人之前，范围要广泛得多"。[5] 换言之，世界文学要求的语言不是更少，而是更多，很多都是过去被排除在比较文学之外的语言。正是涉及更多语言的翻译使我们能够阅读和欣赏其他民族和其他传统的文学，也正是翻译为我们提供了这个广阔世界的种种知识。

由于英语现在是世界上使用最广泛的语言，翻译成英语就特别有助于知识的传播和一部文学作品在全球的流通。伊朗学者奥米德·阿扎迪布伽就说，在非西方世界里，"哪怕是读译成英语的世界文学，也是接触到非常多元的世界之一部分；激发我们新的意识——要多学一种外语，也有助于大学里多种语言的训练"。不仅如此，这一举动一方面是反对民族保守主义和文化上狭隘地方观念的"压制性文化势力"，另一方面也是反对欧洲中心主义。"简单说来，阅读古典的、亚洲、拉丁美洲或非洲文学的翻译，总是在想象中呈现出多样的世界（以及文化历史），而这些占统治地位的文化

4　Damrosch, "World Literature and Comparative Literature," in D'haen et al (eds.), *The Routledge Companion to World Literature*, 2nd ed., 103–4.

5　Ibid., 105.

势力却否认它们的存在。"[6] 在不同的社会、政治和文化环境中，翻译会起不同的作用。可是在西方学界，强调不可译似乎是主流意见，而且还有对"全球英语"和对英语"霸权"的强烈批判。我们在后面讨论撰写世界各文学的历史时，会再来讨论这几个问题。

翻译和比较文学之间，好像关系比较复杂，相处得也不很顺当。"全球的翻译是比较文学的另一个名字。"艾米丽·阿普特尔（Emily Apter）如是说。[7] 她提出"关于翻译的二十条论纲"，开头第一条就是"没有什么是可译的"；可是概述了德里达（Jacques Derrida）的一套理论之后，她又在最后一条得出正好相反的结论："一切都是可译的。"[8] 阿普特尔是个普通西方意义上的比较学者，法语翻译成英语在她看来毫无问题；她还帮助把芭芭拉·卡珊（Barbara Cassin）的《欧洲哲学词汇：不可译术语词典》（*Vocabulaire européen des philosophies: Dictionnaire des intraduisibles*）译成英语。但现在世界文学提供了走出欧洲语言文学的"舒适区"（comfort zone），扩大到包括非西方文学作品时，她却以不可译为理由，反对世界文学。她故意拿出一个具有挑衅性的书名——《反对世界文学：论不可译性的政治》（*Against World Literature: On the Politics of Untranslatability*），在书中以哲学和宗教中的静默或不可言说为基础，展开她的论述。依据阿

68

6　Omid Azadibougar, "Peripherality and World Literature," *Journal of World Literature* 3: 3 (Aug. 2018): 232.

7　Emily Apter, *The Translation Zone: A New Comparative Literature* (Princeton: Princeton University Press, 2006), xi.

8　Ibid., xi, xii.

普特尔所说，世界文学忽略了十分重要的"不可通约性和很多人说的不可译性"。[9] 她认为把翻译构想为世界文学的一部分，就"轻视了不可译者的权利"，又说"世界文学在核心当中完全遗忘了不可译的东西"。[10] 所以她所谓不可译，首先是一个哲学的难题，是观念上的困惑，因为她提到"维特根斯坦所说的无意义，在《逻辑哲学论》中使用的一套词汇如 *das Unsagbare*（不可说的）和 *das Unaussprechliche*（不可表达的）…… 在那里神秘主义和玄学的无意义压倒了一切"。[11] 然而阿普特尔读《逻辑哲学论》，好像没有注意到维特根斯坦所说的话的真正意思；因为维特根斯坦在书里说，哲学要做的就是"使思想清晰，严格界定思想，否则思想就会含混不清"。[12] 由于用自然语言所说的一切都可能含混不清，所以唯一能够清楚说出来的"全部真实的陈述"，据维特根斯坦所说，就是"全部自然科学的陈述"。[13] 但哲学并不是自然科学，所以连哲学也是不可说的。维特根斯坦明确地强调说："哲学正确的方法应该是这样：只说可以言说的，也就是自然科学的陈述，也就是说，与哲学毫不相干的东西。"[14]

如果阿普特尔真是紧紧跟随维特根斯坦，她就应该保持沉默，而且根本就忘掉翻译什么哲学词汇的词典。当然，像其他许多否定

9　Emily Apter, *Against World Literature: On the Politics of Untranslatability* (London: Verso, 2013), 3.

10　Ibid., 8–9.

11　Ibid., 10.

12　Ludwig Wittgenstein, *Tractatus Logico-Philosophicus* 4.112, trans. C. K. Ogden (London: Routledge & Kegan Paul, 1983), 77.

13　Wittgenstein, 4.11, ibid., 75.

14　Wittgenstein, 6.53, ibid., 189.

语言的哲学家和宗教神秘主义者一样，维特根斯坦也会陷入用语言来作语言批判（*Sprachkritik*）——我称之为"反讽模式"——的陷阱。[15] 在为《逻辑哲学论》所作的导言中，罗素就指出了这一反讽。他说维特根斯坦的看法必然引出的结论，就是"哲学不可能说出任何正确的东西，所有哲学的陈述都会犯语法错误；我们通过哲学讨论最多能期望达到的，就是让人们认识到哲学讨论是一个错误"。但罗素接下去又颇带讽刺意味地说："不过维特根斯坦先生却设法对那不可言说的说了很多话，于是便给那心怀犹疑的读者暗示说，也许通过语言的等级秩序，或者通过什么别的途径，有可能还有一个什么漏洞可钻。"[16] 在《反对世界文学》一书中，阿普特尔对罗素指出那个反讽完全没有知觉。她似乎也不知道维特根斯坦后期的著作，例如《哲学研究》。在那本书里，维特根斯坦承认，诗歌语言的特殊意义不仅在于能够言说，而且在于以特别的方式言说。他说："我们说理解一个句子，这个句子可以被另一个表达同样意思的句子所代替。"普通语句的表达可以大致不差地换一个说法，略述其大意，但他认为文学语言以其形式的特殊性而成为例外。他说，在文学作品里，"句子里的思想就只能用在这些位置上的这些词语来表达（理解一首诗）"。[17] 维特根斯坦甚至说："哲学真应该只

---

15 Zhang Longxi, *The Tao and the Logos: Literary Hermeneutics, East and West* (Durham: Duke University Press, 1992), 38. 见张隆溪著，冯川译：《道与逻各斯：东西方文学阐释学》，第51页。

16 Bertrand Russell, intro. to Wittgenstein, *Tractatus*, 11, 22.

17 Ludwig Wittgenstein, *Philosophical Investigations*, trans. G. E. M. Anscombe, 3rd ed. (Oxford: Basil Blackwell, 1968), 143–44.

写成一种诗性的作品。"[18] 显而易见，让维特根斯坦提供一个坚实的哲学基础来反对翻译或世界文学，只会是徒劳而无功。

　　阿普特尔也借宗教的权威来反对翻译，即梵蒂冈"对把神圣经文口语化的历史禁令和对亵渎神明的禁令"。[19] 于是不可译也是基于一个宗教观念，是神圣的不可言说，是神秘宗对所有语言和沟通之否定，是那不可言说、不可表达的逻各斯或道。可是阿普特尔好像又没有意识到一个反讽，那就是罗马教会把一个翻译家封为圣徒，即圣哲罗姆（St. Jerome）；而且教会使用的拉丁文《圣经》本身就是从希伯来文和希腊文翻译过来的译本。梵蒂冈禁止把拉丁文《圣经》翻译成任何现代语言，不过是毫不掩饰地想垄断神圣经文之解释权，但哲罗姆本人就是一位《圣经》的解释者。哲罗姆先是受到讽寓解释者奥利根（Origen）影响，后来才脱离了讽寓解释法去理解经文，认为经文的意义"是以 *Hebraica veritas*，即希伯来文表达的真理为基础"。但他也认定有"*spiritualis intelligentia*，即对经文作精神意义的理解，那层精神意义超出 *carneus sensus*（肉体的意义），但又并不与之对立"。哲罗姆调和了亚历山大里亚派和安提俄克派的阐释理论，成为最成功的一位《圣经》解释者，"在阐述神圣经文方面，是教会里最伟大的学者"。[20] 他把《圣经》从希伯来文和希腊文译成拉丁文；而一旦

70

18　Ludwig Wittgenstein, *Culture and Value*, ed. G. H. von Wright in collaboration with Heikki Nyman, trans. Peter Winch (Chicago: University of Chicago Press, 1980), 24.

19　Apter, *Against World Literature*, 12.

20　Robert M. Grant with David Tracy, *A Short History of the Interpretation of the Bible*, 2nd ed. (Philadelphia: Fortress Press, 1984), 69.

拉丁文《圣经》被认定之后，就再不允许别的解释来挑战教会定本的权威。但教会的"历史禁令"最终却完全失败，因为梵蒂冈谴责马丁·路德和威廉·丁达尔"把神圣经文口语化"并未奏效，现在《圣经》已是世界上翻译得最多的一本书。

"不要再说什么文本不可译，"韦努蒂用坚定的语气宣称说，"应该认识到每个文本都是可译的，因为每个文本都可以解释。"[21]韦努蒂采用一个阐释学模式，把翻译理解为一种解释行为，"必然会根据接受文化的认识程度和兴趣，改变原文的形式、意义和效果"。[22]要求或期待译文重复原文所讲是完全不现实的，因为译文本来就不是原文，而是在新而不同的语言文化环境里对原文的一种解释。韦努蒂认为，不可译性的观念——芭芭拉·卡珊所谓 *intraduisibles*（不可译的）——是个靠不住的概念，然而，

> 不幸的是，阿普特尔的《反对世界文学》把这个概念提高为一个方法论原则，产生出误导人的结果。依靠卡珊的词典不仅把阿普特尔的解释限制在一种特别法国式的哲学话语中，而且有把比较文学的时钟倒拨回去的危险——回到这个学科过去典型的欧洲中心主义去。[23]

韦努蒂进一步仔细分析了阿普特尔的论述，还特别查看了她

---

21 Lawrence Venuti, *Contra Instrumentalism: A Translation Polemic* (Lincoln: University of Nebraska Press, 2019), x.

22 Ibid., 1.

23 Ibid., 65.

关于伊利诺·马克思（Eleanor Max）翻译福楼拜之《包法利夫人》的讨论，批评阿普特尔的讨论"完全是一派空谈，没有一点经验材料的依据，也极少文本的证据"。韦努蒂认为之所以会如此，都是由于阿普特尔的"理论崇拜，迷恋理论概念而完全不顾语言、文化和社会的具体事物"。于是她那看起来似乎很精深的理论阐述却是"倒退，显出她怀念20世纪80年代人文学科理论先行那个时刻，以至于她认可的'翻译哲学'只是'德里达、斯皮瓦克、萨缪尔·韦伯、芭芭拉·约翰逊、基里托（Abdelfattah Kilito）和格利桑特（Édouard Glissant）等发展出来的'，再加上卡珊".[24] 韦努蒂严厉批判了阿普特尔不可译的观念，认为这个观念完全忽视了翻译的实践及其社会和政治的功用。他认为这个观念"在最好的情形下，也不过是政治上的幼稚"，而在更坏的情形下，"则是一种反动，其效果似乎只在于支撑起学院派文学和文化研究即将崩溃的正统".[25] 显而易见，不可译性这一观念，也毫无助于阿普特尔反对世界文学的论述。

　　到底什么是不可译性呢？在西方学术中，这个概念是从何而来的呢？事实上，不可通约性（incommensurability）和不可译性（untranslatability）这两个概念，都可以追溯到托马斯·库恩的名著《科学革命的结构》。此书在20世纪80年代和90年代，在文学和文化研究中影响巨大，远远超出其本来的目的，就是理解科学史上的变化。如果我们想考察不可译性与世界文学之关系，最好

71

24　Venuti, *Contra Instrumentalism*, 71.
25　Ibid., 79.

就重新去看看围绕库恩范式（paradigm）和不可通约性概念的争论，因为正是这些概念引出了不可译性的概念。库恩认为，科学革命是突然的爆发，是完全的突破，是新的范式取代旧的范式。他宣称不同的范式代表了全然不同的思维和理解模式，以至于在不同范式下工作的科学家们说的不是同一种语言，互相之间也不能沟通。范式的改变是如此之巨，以至于"从科学革命中出现的规范性的科学传统，与以前的传统不仅互不相容，而且经常是不可通约的"。[26] 在不同范式下工作的科学家们不仅有不同的标准和定义，提出不同的问题，并作出不同的解释，而且他们"工作在不同的世界里"；而库恩认为那就是"互相竞争的范式不可通约性的最基本方面"。[27] 然而，库恩如此激进的不可通约概念肯定是言过其实了。如果相信托勒密地心说的天文学家们和相信哥白尼日心说的天文学家们可以互相争论，那就恰恰证明他们都很清楚对方在说些什么，对方的观点如何从根本上挑战自己的基本观点。关于天体运行，相信哥白尼理论的人和相信托勒密理论的人当然很不相同，但正如希拉里·帕特南（Hilary Putnam）所说，范式的差异"并不意味着没有'共同的语言'来表述两派理论的理论术语所指为何"。[28] 争论也是交流。有效的争论有赖于充分理解对手的观点，知道那观点如何与自己的观点不同；所以争论必有共同

72

---

26 Thomas S. Kuhn, *The Structure of Scientific Revolutions*, 2nd ed. (Chicago: University of Chicago Press, 1970), 103.

27 Ibid., 150.

28 Hilary Putnam, "The Craving for Objectivity," *Realism with a Human Face*, ed. James Conant (Cambridge, Mass.: Harvard University Press, 1990), 127.

的语言为前提，这样才可以找出不同点，也才可以形成自己的反驳。"概念相对主义常用的比喻，不同观点的比喻，"唐纳德·戴维森（Donald Davidson）就说，"似乎暴露出下面的一个悖论：不同观点当然有可能，但只是在有一个共同的协调系统来安置它们时才有可能；可是存在一个共同的系统，又恰好反驳了戏剧性不可比性的说法。"[29] 因此，提出不同范式完全不可通约、没有共同语言这一说法，就在历史上并不准确，在理论上也并不合理。

可是库恩的不可通约性概念在科学史研究方面影响不大，但在文学和文化研究中，影响却不小。在谈到跨语言和文化界限的理解时，许多学者都从库恩的不可通约观念去寻找资源，认为植根于社会、种族、宗教、民族和其他这类重大差异中的文化习俗是如此不同，所以翻译和交往是不可能的。不可通约性逐渐形成文化和社会彼此对立的观念，加速了社会纤维的断裂和不同群组的互相孤立。也许正由于那样的原因，林泽·沃特斯（Lindsay Waters）对不可通约性展开了强烈的批判。沃特斯首先提出，观念对人的理解会产生作用，所以也会作用于人的行动；因此一个观念，尤其是具有影响力的观念，一旦成为主流，就会在现实生活中产生重大结果。在这个意义上，"决定说许多不同的人类生活是如此全然不同，以至于绝对'不可通约'——因为它们毫无共通之处——就有可能对人类生活本身产生相当大的效果，有可能是解放性的效果，但更有可能是毁坏性的效果"。沃特斯认为，观

29　Donald Davidson, "On the Very Idea of a Conceptual Scheme," *Inquiries into Truth and Interpretation*, 2nd ed. (Oxford: Clarendon Press, 2001), 184.

念不只是头脑里的玄想，从人的道德和社会"责任"的观点看来，像不可通约性这样的观念就需要认真考虑。"我要明确地提出来，不可通约性是一个观念，它产生的结果影响所及，已经远远超出了它本来所属的科学史和科学哲学那个似乎很少人关注的、肯定小得多的世界。"沃特斯又说："观察这个概念的发展史，就可以揭示出混淆认识论与伦理学会给自己和他人带来怎样的危险。"[30]

73　　沃特斯在追踪不可通约性概念的历史时，提到保罗·费耶阿本（Paul Feyerabend）被认为是和库恩同时发展这个概念的人，但甚至费耶阿本也"很早就抱怨说，库恩夸大了'通常科学的教条式的、威权式的和思想狭隘的特点'"。[31] 问题就是从库恩的"范式"概念开始的。因为在库恩理解起来，"范式是一个包含一切的框架，而一旦以这样统括性质的方式来思考，就很难把握住实际上缓慢发生的能动性的变化"。"范式，"沃特斯讽刺地说，"好像周围有一道密不透风的围墙。"[32] 但库恩的概念大受欢迎，那个概念本来是要处理科学理论和科学术语激烈的差异和变化的特殊问题，却爆发出来，进入了社会和政治现实当中，产生了真实而严重的后果。沃特斯抱怨说，库恩那流通甚广的概念"为重新泛起的部落主义提供了辩解"。[33] 尤其在人文和社会科学中，这个概念成为

30　Lindsay Waters, "The Age of Incommensurability," *Boundary 2* 28:2 (Autumn 2001): 134.

31　Paul Feyerabend, "Consolations for the Specialist," in Imre Lakatos and Alan Musgrave (eds.), *Criticism and the Growth of Knowledge* (Cambridge: Cambridge University Press, 1970), 205; quoted in Waters, "The Age of Incommensurability," ibid., 135.

32　Waters, "The Age of Incommensurability," ibid., 138.

33　Ibid., 144.

"一个关键性的思想，使身份政治合理化，坚持认为不可能跨越组别去思考"；它甚至"使一种故步自封的、绝对化的、非多元的相对主义合理化"。[34]

库恩并非不知道这种虽然不是出自本意却相当负面的结果，于是他在晚年就修改了他早期那激进的不可通约性概念，将其范围缩小到更严格规定的语言环境里。他承认，不同范式下的科学家们相遇时，他们确实可能在很大程度上有共同的语言；但他们对特别使用的某些术语，却有全然不同的理解。库恩于是用不可译性的概念来替换了更广泛也更激烈的不可通约性概念。库恩说："只是一小部分细分出来（而且通常在意义上互相关联）的术语以及包含这些术语的句子，才会产生翻译的问题。"于是不可通约性就局部化为一个语言的问题，"一个关于语言、关于意义变化的问题"。[35] 不过在库恩看来，术语意义的改变非常之大，使老的和新的术语变得不可互译。"不可通约性于是变成一种不可译性，"他总结说，"局部化为这一个或那一个区域，其中两种词汇的分类完全不同。"[36] 虽然不可译的概念好像比早期更激进的不可通约性概念涵盖的范围变小了，但和早期概念的含义一样，仍然意味着不可能沟通交往，意味着不可跨越的语言鸿沟使翻译不可能，即不可能有意义和价值的对等。所以实际上，不可译性就像更早的不 74

---

34 Waters, "The Age of Incommensurability," *Boundary 2* 28:2 , 145.

35 Thomas S. Kuhn, "Commensurability, Comparability, Communicability," *The Road since Structure: Philosophical Essays, 1970–1993, with an Autobiographical Interview*, eds. James Conant and John Haugeland (Chicago: University of Chicago Press, 2000), 36.

36 Kuhn, "The Road since Structure," ibid., 93.

可通约性一样，也使语言、文化和社群的隔离变得合理；而由于同样的原因，不可译性概念也遭到几位哲学家对不可通约性概念作出同样的批评。唐纳德·戴维森就颇带讽刺意味地说："库恩式的科学家们就像需要查韦氏字典的那些人一样，不是相隔在不同的世界（worlds），而只是相隔在几个字（words）以外。"[37] 不可译性纯粹是建构出来的想法，因为在现实当中，翻译无论多么困难，多么不全面或不完善，却从来都能使人们得以互相交往。这在人们用自然语言进行的日常交往中是如此，在用特别术语的科学交往中又何尝不是如此。这是一个历史的事实，是我们生活经验中一个普通的现象，任何理论的推测都不能遮蔽或抹杀这一事实。

然而西方翻译研究中的理论推想，都集中在不可译性这个概念上。约翰·萨里斯（John Sallis）在一个哲学探讨中，把这叫作"不可翻译的梦想"。"不翻译是什么意思呢？"萨里斯问道，"超越一切翻译来开始思维意味着什么呢？"[38] 如果像柏拉图和康德说过的那样，思维就是对自己说话，那么思维就总是在语言中进行。因此，萨里斯说：

> 思维就绝不可能避开翻译……换言之，思维要避开翻译，就意味着思考会堕入毫无意义的喑哑。如果思维是对自我说话，那么一旦不能表达意义，思维就算不得是思维了。如果只有能说话的人才可能沉默，那么那样的思维就会堕落得甚至连

37 Davidson, "On the Very Idea of a Conceptual Scheme," *Inquiries into Truth and Interpretation*, 189.

38 John Sallis, *On Translation* (Bloomington: Indiana University Press, 2002), 1.

沉默也算不上了。[39]

　　然而神秘宗和哲学神秘主义从来就在做那个沉默的梦。萨里斯虽然尽力驳斥他们，最终也不得不承认，"到处有人为不可译性作证"。[40] 这种人在翻译研究的理论推测中特别多，他们的不可译概念否认语言基本的可比性。几十年以来，翻译研究已经发展成一门独立的学科，但其中大部分讨论都集中在假设的不可译性、译者的主体性、刻意的外国化（foreignization）、译本的不透明性相对于本国化（domestication）——把外国的东西据为己有——等问题。这类讨论把翻译变成一个理论的抽象，而不是我们需要的，为了接触世界上最好的文学作品必须做的实践工作。的确，不可译性已经变成挑战世界文学的一个概念。当阿普特尔以不可通约 75 和不可译的概念为基础，再加上一点神秘主义色彩来攻击世界文学时，也许坚持神秘主义话语中所谓不可言说、不可表达会吸引不少人；但正如我在别处说过的，"神秘主义的沉默——无论是宗教上的还是语言学上的——确实引发了强烈的、被压抑的言说欲望"。因为他们在否定使用语言和言说之时，却反讽地说得不是更少，而是更多，同时又宣称对那不可言说的保持了神圣的静默。[41]正如马丁·布伯（Martin Buber）所说，"甚至最内在的体验也不可能逃脱表述的冲动"，所以神秘主义者"必须言说，因为逻各斯

39　Sallis, *On Translation*, 2.

40　Ibid., 112.

41　Zhang Longxi, *The Tao and the Logos*, 47.《道与逻各斯》，第66页。

在他内心燃烧"。[42] 在神秘主义的和文学的表述之间，似乎存在一种出人意料的联系；也许那就是原因——因为燃烧着的言说的欲望在文学当中可以得到有力的抒发，就像艾略特所说那样，诗乃是"对失语的袭击"（a raid on the inarticulate）。[43] 沉默成为诗之表达的灵感，也正如里尔克用优美的语言表述的那样："沉默吧。谁在内心保持沉默，/ 就可以触摸到语言之根。"（ *Schweigen. Wer inniger schwieg, / rührt an die Wurzeln der Rede.* ）[44] 但所有这些都不是不可译的。所以反讽的是，对语言的否定也必须用语言来表达；而否定性的"神圣的沉默"在神秘主义的著作中，往往成为使用各种富丽之修辞手段的灵感，具有很高的文学性和诗意。庄子之书就是一个极好的例证。那是博喻无穷、汪洋恣肆、充满诗意的一部书。人们珍视此书，不仅为其哲理之通透，也为其极高的文学价值。所有这些作品当然都很难翻译，但没有一部是不可译的，也就是不能用另一种语言表述出来，不能被其原来语言文化环境之外的读者所理解。

我们在前面一章已经讨论过，世界上尚不为人知的文学要想走出自己本来的文化范围，被更多的读者认识，就必须在翻译中去流通；所以文学翻译绝对很重要，是重新定义的世界文学概念中一个不可或缺的部分。所有关于不可译性或外国化概念那些言过

---

42 Martin Buber, *Ecstatic Confessions*, trans. Esther Cameron (New York: Harper & Row, 1985), 7, 9.

43 T. S. Eliot, "East Coker," v.8, *The Complete Poems and Plays, 1909-1950* (New York: Harcourt Brace Jovanovich, 1980), 128.

44 Rainer Maria Rilke, "Für Frau Fanette Clavel," in *Sämtliche Werke*, ed. Ernst Zinn, 12 vols. (Frankfurt am Main: Rilke Archive, 1976), 2: 58.

其实的流行看法，都会有同一个结果，那就是使非西方文学不为人知、不被发现，也就不能在世界上流通。就世界文学而言，就是使非西方文学和甚至欧洲"小"文学传统中的伟大作品不为人知、不被人欣赏，从而继续让已经著名的西方文学经典不受任何挑战，也不可能受到挑战，成为世界文学唯一的经典。"翻译非常重要，缺少非西方语言的翻译就构成世界上文学和思想自由流通最大的障碍，"亚历山大·比克洛夫特说得很对，"正如我说过的，缺少翻译就导致非欧洲语言的作家们难以获得如诺贝尔奖那样主要的奖项，也因此使那些语言的文学更难积累起资源，使他们可以充分进入全球文学的生态环境。"[45] 那些对法、德、西班牙或其他欧洲语言译成英文觉得并无不妥的人，当世界文学现在为非西方文学和"小"语种文学提供了良好的机会，可以把它们的经典作品通过翻译在全球流通，得到读者欣赏之时，却宣称翻译不可能，提出我们应该尊重外国文本的"外国性"，不要去碰它们的"不可译"之类的说法，实在令人不能不产生怀疑。很明显，对比较文学和世界文学研究说来，要跨越欧洲与非欧洲或东方与西方的语言文化鸿沟，仍然会面临严重的挑战。

76

　　三十多年前，纪廉说从事东西方研究的人"大概是这个领域里最有勇气的学者，从理论的观点看来尤其如此"。[46] 他们之所以很有勇气，是因为东西方研究是一片颇有风险的领域；进入这个领域不仅容易受到两方面专家的挑战，而且也会被那些不愿意离开

45　Beecroft, *An Ecology of World Literature*, 296.

46　Guillén, *The Challenge*, 16.

欧洲或欧美文学那个舒适圈子的比较文学学者们鄙弃，他们觉得
在那个熟悉的圈子里，有足够的装备去做他们的比较。纪廉也说，
在欧洲比较文学的早期，不可能有东西方的比较文学，甚至在他
写作的20世纪80年代中期，"很有一些学者对民族传统范畴之外
又是非文体的研究，都很不愿容忍，或至少是缺乏热情"。[47] 如果说
比较文学按其本质就要求对不止一个文学，而至少是两个文学传
统都要有一定知识，那么东西方研究就要求在更大得多的范围内，
对很不相同的语言和文化传统都要有一定知识。这个研究"领域"
随时会使人意识到自己的无知。然而早在70年代，法国学者艾田
朴就已经呼吁比较学者摆脱欧洲或欧洲中心的限制，去研究"梵
文、中文、泰米尔文、日文、孟加拉文、伊朗文、阿拉伯文或马
拉地文的文学"。哪怕那是不可能实现的梦想，他还是呼唤所有比
较文学的研究者们来参与那"不可能的"事情（*A l'impossible, il
est vrai, chacun de nous, je l'espère, se sent tenu*）。[48] 纪廉赞同艾田
朴的意见，也鼓励比较学者朝那个方向去努力，并认为东西方研
究是"比较文学最有希望的趋势"。[49] 只要我们愿意冒险踏入那个广
阔的、迄今尚未完全探索过的"领域"，去扩大世界文学的经典，
使世界文学真正名实相符，东西方比较研究就的确很有希望，充
满了新发现和新洞见的可能。对那些质疑在世界文学研究中翻译

---

77

47 Guillén, *The Challenge*, 85. 纪廉的书西班牙原版出版于1985年。

48 René Étiemble, "Faut-il réviser la notion de *Weltliteratur*?" in *Essai de littérature
(vraiment) générale* (Paris: Gallimard, 1975), 19, 34. See also Etiemble, "Should We
Rethink the Notion of World Literature? (1974)," trans. Theo D'haen, in Damrosch
(ed.), *World Literature in Theory*, 88, 95.

49 Guillén, *The Challenge*, 87.

之用处的人，我们可以提这样一个简单的问题：跨越欧洲和非欧洲语言的组别，你究竟在真正掌握的程度上懂得多少种语言呢？十种欧洲语言的要求为比较文学提供一个"舒适圈"已经够久了，但今天要研究世界不同地区的文学，*Dekaglottismus* 还够用吗？

　　在世界文学中，我们都必须有谦卑的心态，认识到自己的局限，也必须尊重翻译家的贡献。没有人能懂得世界上所有的语言，特别是跨越欧洲和非欧洲语言的组别；所以我们都需要优秀的翻译，才可能阅读我们自己的"舒适圈"之外的文学作品。戴维·雷姆尼克（David Remnick）说得很对：

　　　　没有翻译家，我们就只能漂在各种语言的浮冰之上，只隐隐约约风闻在大海某处，有些杰作存在。所以大多数讲英语的读者，都是通过费兹杰拉德（Rober Fitzgrald）或费格尔斯（Robert Fagles）过滤之后，才瞥见荷马；通过辛克莱（John D. Sinclair）、辛格顿（Charles S. Singleton）或荷兰德尔（Robert & Jean Hollander），瞥见但丁；通过芒克利夫（C. K. Scott Moncrieff）或戴维斯（Lydia Davis），瞥见普鲁斯特；通过格利戈里·雷巴萨（Lregory Robassa），瞥见加尔西亚·马尔克斯（Gabriel García Márquez）；而几乎每一位俄国作家都是通过康斯坦丝·加尼特（Constance Gaarnett）。[50]

　　同样，大多数中国读者都是通过朱生豪或梁实秋过滤之后，才

50　David Remnick, "The Translation Wars," *The New Yorker* 81: 35 (Nov. 7, 2005): 98.

读到莎士比亚；通过傅雷，读到巴尔扎克；通过钱春绮，读到海涅；通过查良铮，读到普希金……还有其他许多杰出的翻译家，把世界上各种文学作品带给中国读者。大多数欧美读者肯定不熟悉这些中国翻译家的名字，但就像雷姆尼克提到那些英美的翻译家一样，他们崇高而无私的奉献给我们提供了许多关于外部世界的知识，使我们知道各种文化、历史和传统，使我们得以享受外国文学名著可以带给我们的快乐。我们总是有太多需要去学习，去了解。随着世界越来越联系密切而成为一个"地球村"，也由于西方的学者和学生们对非西方世界及其文学和文化有更多的兴趣，我们今天有了更好的条件去做东西方比较研究。与此同时，我们这个世界又还有很多苦难，有很多冲突和局部的战争，有人道主义的危机，有大量流离失所的人成为流亡者、移民和难民，有原教旨主义的兴起、恐怖主义的威胁，以及其他许多源于缺乏宽容和理解而产生的灾难，尤其是缺乏跨越文化、历史和传统的理解，在真实的意义上，研究世界文学不只是一种学院式的追求知识，而是与我们这个世界和我们的生活特别相关。我有一个强烈的信念，当我们的世界更多注重超越东西方根本差异的跨文化理解、认识其价值时，我们就会有一个不仅在理解方面更好的世界，而且在各方面都更好的世界。

78

第七章

撰写世界文学史的挑战

　　历史曾是19世纪欧洲学术一个充满活力的主要学科，不仅有在兰克（Leopold von Ranke）影响之下的普遍历史，为研究过去提供一个"科学"模式；而且还有几部很有影响的文学史名著，如泰纳（Hippolyte A. Taine）的《英国文学史》（1872）、桑克蒂斯（Francesco De Sanctis）的《意大利文学史》（1883）和朗松（Gustave Lanson）的《法国文学史》（1894）。这些著作获得很高声誉，不仅因为讲述了一个民族文学的传统，而且因为体现了对待历史的某种"科学"方法。例如泰纳就满怀信心地说，撰写文学史的目的是以文学作品作为线索，去发现作家那活生生存在的人，就像科学家研究化石一样。"在这块贝壳下面曾有一个动物，在这文献下面也曾有一个人，"泰纳自信地说，"你研究这块贝壳，还不就是要把那个动物呈现在你面前吗？所以你研究这文献，也是为了要认识这个人。这贝壳和文献不过是些了无生气的碎片，其价值全在于作为线索，它们可以引向完全而且活生生的存

117

在。"[1] 泰纳认为作家的文学作品是 *race, milieu, et moment*，即"种族、环境和时代"这社会历史之三要素结合起来产生的，而历史家能通过这些作品认识作家及其生存状态。[2] 这样以同情的理解去了解过去时代的一位作者，颇近于《孟子·万章下》所谓"颂其诗，读其书，不知其人，可乎？是以论其世也。是尚友也"。[3] 但在20世纪，泰纳研究历史的这种方法被视为以作者本意为主，是社会决定论和实证主义，而被弃之如敝屣。

的确，历史的写作，包括文学史的写作，在20世纪都遭受到许多挑战。因为作为人文学科的历史之合理性，受到了几派思想和理论的质疑，尤其是对所谓现代"宏大叙事"的后现代批判，还有对发展、进步、事实、客观性、真理这一类最基本观念的解构，而正是这类观念在19世纪使文学史成为学术研究中一个十分活跃而且硕果累累的领域。在批判文学史的许多理论家当中，海登·怀特大概是最有影响的一位。他摧毁了19世纪关于历史就是真实或是如实记载事实（*wie es eigentlich gewesen ist*）这一观念，认为历史的写作和虚构小说的写作没有什么两样，都是建构一个有开头、有中间、有结尾那样前后连贯而完整的叙事。怀特说："把想象的或真实的事件贯串起来，形成一个意义明确的整体，使之成为一个可以再现的客体，这整个就是一种诗性的过程。在此，

1　Hippolyte A. Taine, *History of English Literature*, trans. H. Van Laun, 4 vols. (Philadelphia: Henry Altemus Co., 1908), 1: 2.

2　Ibid., 1: 17.

3　焦循：《孟子正义》卷十《万章章句下》第八章，《诸子集成》第一册，第428页。

史家必须使用诗人或小说家所使用的那些同样的虚拟策略。"[4] 怀特好像拿了一把理论的铁锤，砸碎了区隔历史事实与文学虚构的壁垒，揭示出历史叙述之政治和意识形态的性质。怀特说："这里的问题不是在于'事实是什么'，而在于'如何描述事实，使之适合一种类型的解释，而不是另一种类型的解释'。"[5] 历史被视为主要由意识形态推动的叙事，而非客观再现历史事实。在后现代批判当中，历史事实这个概念本身就被解构掉了。伊丽莎白·厄尔马特（Elizabeth Ermarth）表述后现代史学观点时说："由于很多原因，我们不再能区别什么是发明的和什么是真实的。"她把自己"明确的论点"的确说得很明白："像'事件'这样的术语，像'文本''自我'或'历史的'这类词语，都还有后现代主义要挑战的本质主义。"[6] 一旦再现过去的客观性和可靠性受到质疑，历史学科的基础就被瓦解，于是撰写历史即便不是不可能，也变得相当困难。

81

　　在韦勒克（René Wellek）看来，文学史必然代表一个观点，要有价值判断，而"不可能脱离批评"。[7] 他引用了如惠津咖（Jan Huizinga）和卡尔（E. H. Carr）这样著名历史学家的话，认为"历史思维总是目的论式的"，而历史家必须"寻找并接受历史本身的一种方向感"。[8] 由于目的论和价值判断都不再流行，韦勒克认识到

4　Hayden White, "The Fictions of Factual Representation," *Tropics of Discourse: Essays in Cultural Criticism* (Baltimore: The Johns Hopkins University Press, 1978), 125.

5　Ibid., 134.

6　Elizabeth Ermarth, "Sequel to History," in Keith Jenkins (ed.), *The Postmodern History Reader* (London: Routledge,1997), 47.

7　René Wellek, "The Fall of Literary History," in *The Attack on Literature and Other Essays* (Chapel Hill: University of North Carolina Press, 1982), 74.

8　Ibid., 75.

20世纪不是有利于撰写文学史的时代。"没有进步，没有发展，没有艺术的历史，只有作家、机构和技术的历史，"他抱怨道，"这至少对我说来，就是幻想的破灭，是文学史的衰落。"[9] 今天许多学者会把韦勒克视为代表老一代保守的学术观念，但正如我们在第三章里看到的，从很不相同的左翼观点看来，詹姆逊也观察到历史在西方的消失和历史方向感的缺失，于是"缺乏深度"和"历史感相应衰弱"就成了西方后现代社会"组成部分的特征"。[10] 詹姆逊认为，后现代主义是晚期资本主义文化逻辑的显现，根本就不利于历史或历史的再现。

曾经写过两卷本《现代诗歌史》（*A History of Modern Poetry*, 1976, 1987）的戴维·帕金斯（David Perkins）说，在20世纪90年代，对文学史的兴趣在美国有所回升，具体表现在以下一些方面：

> 社会学式的文学史，对过去时代文学体制和"文学领域"的研究、接受史，对体裁历时性变迁的分析，很多新历史主义的论文，许多"意识形态批判"（*Ideologiekritik*），还有妇女、同性恋者、少数民族、政治运动、社会经济阶级以及新的、第三世界各国等各种文学传统的建构。[11]

---

9 Wellek, "The Fall of Literary History," in *The Attack on Literature and Other Essays*, 77.

10 Jameson, *Postmodernism*, 6.

11 David Perkins, *Is Literary History Possible?* (Baltimore: The Johns Hopkins University Press, 1992), 9.

但这种修正式的文学史和激进的"意识形态批判"并没有使他感到欣慰。事实上,帕金斯写了一本书来表达他复杂的心情,而且以提问的方式拟定他的书名——《文学史还有可能吗?》。他自己的答案是否定的。"我一直带着最大的兴趣和同情关注对这一学科的重建,"但他承认说,"我自己尝试过撰写文学史,但我确信(或者说解构了我的确信),这是不可能做到的。"[12] 他甚至质疑那些重新出现的文学史是否能够提供任何有用的知识:这类修正过去的文学史"可能呈现关于过去的某些信息,符合我们的形式感和想象,满足我们对智慧的渴求,或加强我们的政治信念和意识形态,却不是提供知识"。[13] 在当前的西方是否还能撰写文学史,帕金斯显然抱着十分怀疑的态度。而作为一个历史学家,他仍然相信,撰写文学史的目的,就是提供关于过去文学的历史知识。

作为一位研究文学史的专家,帕金斯毕竟不会完全否认撰写文学史的可能,所以他那本书的标题和他的回答都只能是反讽。他在书里论证了文学史写作之可能,并针对文学理论的批评,为历史叙述作出辩护:"叙述的历史和文学虚构根本不同,因为与写小说不同的是,'情节'更重于'故事'。"帕金斯这句话显然是有感而发,那就是针对怀特把历史和虚构完全等同起来的看法。"撰写叙述式历史时,就不可能这样做。由同样的事件可能作出不同的叙述,但这并不等于在我们关于过去的叙述中,事件的结构是

82

---

12 Perkins, *Is Literary History Possible?*, 11.
13 Ibid., 16.

虚假的。"[14] 我们完全可以承认，历史叙述再现或重构过去，都是由历史家从某一观点出发来写作，以某种方式来组织可以见到的材料，也不可能没有价值判断，而且从某一种特定的意识形态或政治观点出发撰写的历史，有可能会遮蔽某些事实，歪曲历史真相。与此同时，无可否认的是，再现或重构历史的写作必须以证据为基础。这些证据可以是文献资料，也可以是考古发现的实物，但不可以是凭空想象或假想的情境。我们认识到人的认知有局限，承认历史再现有片面性、不完整，甚至有偏见，这是一回事；但根本否认历史再现的可能则完全是另一回事。前者正确地承认一切理解和解释的历史性，而后者却不可避免会落入历史虚无主义的陷阱。

83　　帕金斯说文学史兴趣的回升并无益于知识的增长，言下之意似乎是说：欧美文学中的主要作家和作品已经广为人知，无论是传统的文学史还是修正式的文学史，都很难再有什么新东西可说。如果对西方文学和文学史而言，这的确如此；但对其他文学，尤其是非西方文学传统而言，情形就并非如此。正如我们在第五章提到过的，我们在世界文学的选集里看到的，在当前批评讨论中谈到的，都大多是西方的经典著作，而非西方文学和欧洲"小"文学仍然大多尚不为人知，没有翻译，在国际学术界也研究得很不足。举一位中国的大诗人为例。自中唐以来，中国本土的批评就普遍认为杜甫是最伟大的诗人，其笔力苍劲雄浑，风格沉郁顿挫，在中国有极高的声望。但在中国以外，他的著作却很少人知

---

14 Perkins, *Is Literary History Possible?*, 34–35.

道，更不必说像西方大诗人、大作家如但丁或莎士比亚那样广为人知，受到众多读者欣赏。在这种情形下，在世界文学史中，在不仅有西方文学而且也包括世界上所有文学的文学史中，关于中国文学和其他非西方文学甚或欧洲"小"文学的任何信息，都会是新的知识。换言之，世界不同文学的历史，或曰文学的世界史，都会提供大量的新知。在今日的世界，要超越欧洲中心主义，使我们对世界各文学有一个基本的了解，就绝对需要这样一部文学的世界史。由于世界上大部分的文学尚不为人知，还需要去发现，撰写世界各文学传统的历史就可以为读者提供新知识；而且必然也会挑战许多被西方经典占据的世界文学的通常观念，挑战西方文学理论和批评当中关于撰写文学史的观念。在这个意义上，世界文学和世界文学史将会发现非西方文学和欧洲"小"文学传统中许多尚不为人知的经典作品；将会扩大和丰富世界文学的经典，真正代表世界各文学传统，无论大小，挑出它们当中最好、最优秀的作品，显示它们的优美、丰富、精妙和创造性——使世界文学名副其实，成为真正世界的文学。

由于这样一部世界文学史之目的是要让读者了解世界各文学的大致状况，提供世界文学传统的基本知识，我们首先就必须对全球范围内什么是文学有一个清楚的认识，知道在一个不熟悉的文学原野上究竟有些什么东西，可以看见一个未知疆域大概的轮廓。也就是说，我们必须基本了解在那些不熟悉的传统中，有哪些重要的作家和哪些经典著作。然而在西方的文学研究中，由于有对历史叙事的批判，认为那不过是一个有开头、有中间、有结尾的建构起来的叙述，都顺着一条发展线索，有一定方向，再加上有避谈经典作品这样的总趋势，很多学者都放弃了历史叙事，不谈大作家和经典作品，或试图撰写一种没有前后关联的叙述，把描绘历史发展的叙述替换成一堆论文，谈论某种文体或作品产生时那个社会或那一时段各方面的情形，最后的结果就不是文学传统发展的叙述，而更多像是社会史或社会学的解释。这样一种新的文学史与传统的叙述性历史绝然不同，帕金斯称之为"后现代百科全书"。其最有名的例子就是美国很有声望的出版社出版的《哥伦比亚美国文学史》（1987）和哈佛大学出版社出版的《新法国文学史》（1998）。"这两部书都有意要回应文学史真正的危机，"帕金斯评论说，

> 这两部书的写作形式本身就是危机的证明，也证明为什么这种形式的写作不可能克服这一危机。百科全书这种形式从智力方面说来就有其缺陷。它对过去发生的事情的解释是零碎的，各篇之间可能解释不一致，而且也自认不足。它预先就排除了对写作内容有某一看法。因为它希求反映出过去历史的多元性和异质性，所以就不去组织过去，也就在这个意义上说来，它不是历史。这样的书读起来很少有令人激动之处。[15]

作为文学史家，帕金斯在此区别了两种不同的文学史：一方面是零碎而未经组织的信息作为历史材料；另一方面则是结构严整、有逻辑联系而且连贯一致的历史知识，可以给人一种方向感和秩

---

15 Perkins, *Is Literary History Possible?*, 60.

序感。但正如让·波德里亚（Jean Baudrillard）观察到的那样，在后现代时代，当原子式的碎片在一个无序而又无法控制的状态下随意浮动时，秩序和连贯性也就消失了。"每个原子都无尽地沿自己的路线行动，"波德里亚描述这种情形说，"这就正是我们所见的当前我们社会的情形。他们都一心要加快所有躯体、信息和过程向各个方向的行动，加之现代社交媒体的作用，就为每一事件、故事和形象造出一个有着无穷尽轨迹的镜像。"[16] 帕金斯所谓的"后现代百科全书"试图造出有着无穷尽轨迹但没有一个特定方向的镜像，也就不可能引向结构严整的历史知识。这也是丹姆洛什在评论一部类似的著作时看到的。那是一部很多作者合著的书——由安妮克·本努瓦-杜萨索伊（Annick Benoit-Dusausoy）和吉·风丹（Guy Fontaine）合编的《欧洲文学史》，由劳特里奇于2000年出版。那本书避开一般民族文学史框架，但其结果却成了一部杂乱的文学史。丹姆洛什评论说："此书涵盖范围极广，令人印象深刻，但很难让人坐下来通读一遍。此书旨在显示欧洲各国文学和文化传统的相互关联，但为此书撰稿的150位作者大多相互独立，各自为政。结果显示出来的不是关联，却更多是互不相干。"[17] 那本书力求不同于一般的叙述式的历史和一般所讨论的经典作家，结果却"往往是一连串名字和著作都一笔带过"，而且

16　Jean Baudrillard, "The Illusion of the End," in Jenkins (ed.), *The Postmodern History Reader*, 40.

17　David Damrosch, "Toward a History of World Literature," *New Literary History* 39: 3 (Summer 2008): 487.

"经常使人觉得从历史逐渐变成一部百科全书"。[18]

  与19世纪相比，文学史作为一种文体在20世纪和进入21世纪以来，一直遭到冷落。很少有连贯叙事的文学史出版，少数几部得以出版而且得到赞誉的文学史，也都依照那两部"后现代百科全书"作为新的典范。然而对于一部包括不为人知的世界文学传统的历史，那种毫无条理的百科全书形式是毫无帮助的。因为我们需要的是一个历史的梗概，可以让我们对许多在世界上尚不为人知的文学传统及其经典作品最突出的特点有基本的了解。百科全书式的信息或资料并不能提供组织得井井有条的历史知识，特别是这些知识还首先需要去获取。所以百科全书的形式不会给读者一个看得明白的历史图景，让他们了解什么是基本和突出的内容。当然，什么是"基本的了解"，什么是"突出的特点"，都是可以争论的。所以在那个意义上，撰写民族文学史的很多问题，在撰写世界的文学史时会重新出现。但与此同时，撰写文学的世界史又会提供机会来重新思考对历史的理论批判，重新思考西方文学理论和批评当中一些基本的观念。不同于已为人熟知的法国、英国、德国和其他西方主要文学传统，大部分非西方文学仍然不为人知，大多数人都很不熟悉。如果没有一个历史来讲述那些文学及其重要作家和作品的故事，我们就仍然会茫然不知，缺乏基本的了解。我们就完全不知道在那些不熟悉的文学里，谁是重要的作家，有些什么经典作品。我们就不会知道历史的进

---

18 Damrosch, "Toward a History of World Literature," *New Literary History* 39: 3 (Summer 2008): 488.

程，重要的作品在什么历史环境中产生；它们又怎样随着文学及其社会历史条件之变化而活动、变化，导致新作品、新体裁或新运动出现。在这种情形之下，讲述最基本内容的叙事就绝对有必要，可以呈现尚不为人知的文学及其主要作家和经典著作的基本状况。 86

　　撰写非西方和不熟悉的"小"文学传统的历史，就离不开必要的价值判断。因为历史家需要作出决定，在历史叙述中应该包含什么。换言之，在作出选择和判断时，不可避免要有批评性评价，否则历史就没有一条清楚的轮廓和方向感，就会变得不堪卒读，成为百科全书式的一堆相互孤立的材料，材料之间互不相干，如一盘散沙，也就不能提供关于一个文学传统的值得拥有的知识。对历史家说来，清楚意识到自己有自己的价值判断，就更为诚实而且透明，远胜于作出一个抛弃价值判断的公开表态，背地里又悄悄把自己的价值判断放回到历史叙述中去。但在西方的学术话语里，价值判断总好像有主观主义、精英主义，甚至更坏的压抑性意识形态的疑点。然而，事实上，任何思想的表述、任何论述都有自己的价值和价值判断支撑在下面；任何否定价值判断都不过是掩盖那一事实，终是自欺欺人。因此，在撰写文学史中，问题不在于价值判断本身，而在于由谁来决定文学作品的价值。我们在前面已经提到过，对尚不为人知的文学传统，我们应该避免把外来的，往往主要是西方的价值判断标准强加给这样的文学。其实我们无须强加外来的价值判断，因为每一个文学传统都有那个传统本身的批评家们判定为重要的经典。撰写那个文学传统时，历史家就应该尊重本土的价值判断，那是在那个文学自身的批评传统中，通过历史的理解作出的判断。与此同时，正如我们在第五章结尾处提到过的那样，也有一些伦理和审美评判共同和普遍适用的原则。我们必须坚持这样的原则以平等对待所有的文学，用同样善与公正的标准来衡量所有伟大的文学作品，以符合人类共同的利益。

再以中国文学为例。中国文学有悠久的历史和大量重要的作家和作品，其中还没有任何作家和作品在当前世界文学史全球的环境里是人们熟悉而知名的。历史家就应该根据中国的批评传统，来认识中国文学最重要作品的价值。文学史家必须也是文学批评家，具有一定价值系统的原则和标准，有眼力识别作品的文学价值，也有能力讲述那一作品的价值，作出令人信服的叙述和论证。审美判断必然是个人的，但又不只是个人或主观的。中国文学和别的文学一样，都有一个与之相伴的悠久的批评传统；正是那个传统决定文学当中的经典，体现本土的学者和批评家们评价和鉴赏那个文学的方式。但在我们这个时代呈现中国文学的历史时，文学史家一方面应该尊重大部分文学作品的传统评价；但在适当的地方又必须质疑，甚至拒绝某些教条式的传统儒家或理学家的评注——那些极度道德化和政治化的判断。他们往往把文学作为表现他们信念和观点的工具，强调无条件的忠君思想，还有他们男尊女卑的偏见，把任何偏离了他们一整套仁义道德说教的作品都贬为低俗或不足道。

撰写文学史本身就是参与形成或重塑文学经典，而经典的形成是一个漫长的过程，需要经过许多争论和变化，才会最终达到一个相对的共识。与宗教经典不同，文学的经典是常常变化的，但任何文学传统中核心的经典作品又往往稳定而且具有极强的韧性，最终说来，经典是基于某些特别的文学和文化价值的。在撰写世界的文学史时，历史家能够而且应该随时参考本土的批评传统，来选择最重要的经典作品、那些经过时间检验的作品，它们对于生活在不同社会、政治和历史条件下一代代的读者，都一直有关联、有价值。正如我们在前面说过的，经典不是一夜之间形成，也不是一夜之间就可以"去经典化"的。批判地重新思考文学经典就构成了经典变化的背景，也构成了使经典更加稳固的背景，但批判和激进的重新思考也会接受时间的检验。我们可以再一次认识到，在文学和文化传统中，时间是唯一能制造经典也能销毁经典的力量。

在撰写一部世界文学史，介绍世界各种文学传统的优秀作品，尤其是非西方文学和"小"文学传统的作品时，必然会产生另一个问题——语言的问题。应该用什么语言来写这样一部世界文学史呢？我们可以回想丹姆洛什对世界文学的定义，那是"超出其文化本源而流通的一切文学作品。这种流通可以是通过翻译，也可以是在原文中流通"；而他所举在原文中流通的例子，是维吉尔用拉丁文写的作品，那是从古代晚期经中世纪直到现代早期，在欧洲通行的语言。同样，中国的文言在前现代的东亚，也曾是通行的语言。但到了现代，拉丁语和中国的文言文都不再是区域性的通用语言，而在国际和跨文化交流中，英语无疑是当今世界实际上的通用语。即使最初用法语或德语写成的作品，当它们出现在英文译本中时，也会得到更广泛的流通，更广为人知。文学理论的兴起，从俄国形式主义到捷克结构主义再到各种法国理论，

88　情形都是如此。雅各布森、施克洛夫斯基、索绪尔、福柯、德里达、巴尔特、拉康、克利斯蒂瓦（Julia Kristeva）和其他很多人，都是用英语写作或作品被译成英语，在美国大学的研究生课堂上作教材，才首先在美国一跃成为学术明星，又很快在全世界都变得很有名。因此，要使尚不为人知的作品和文学传统在全球流通中得到认知和认可，英语就是最有效的媒介，用英语写一部文学的世界史就应该是一条捷径。

但一些研究比较文学和后殖民主义的学者却对翻译提出质疑，特别是翻译成英文。他们提出强烈反对英语"霸权"的理论，坚持说用英语翻译任何作品，尤其是非西方的作品，都必然会歪曲原文的"外国性"，将之"本国化"，控制其本来的意义。穆弗蒂（Aamir Mufti）就是这种理论的代表。他批评全球英语，说尤其在印度的语境里，英语将"全球南方的语言，包括以前广泛而分散的书写文化，都归并在狭隘构想的民族领域"，从而披上"普世交换的唯一媒介的外衣"。[19] 但是我们应该注意到这个反讽，那就是穆弗蒂反对全球英语的论述之所以变得非常著名，那是因为它是用英语写出来的，而且发表在美国一份很有地位的刊物上。如果他用全球南方众多土著语言中任何一种来写他的文章，他的论述就不可能在说那种语言的人的有限范围之外，得到任何反响。这一点同样适用于他后来写的书，标题是《忘记英语》。但他并不能真正忘记英语，因为这本书也是用那具有"霸权"的英语写成，

19　Aamir Mufti, "Orientalism and the Institution of World Literature (2010)," in Damrosch (ed.), *World Literature in Theory*, 335–36.

而且由著名的哈佛大学出版社出版。用英语写作来反对英语，就证明英语这种语言可以用来达到各种不同的目的，包括批判英语的"霸权"，要别人"忘记"英语。

让我们更仔细看看穆弗蒂的文章。他挑出萨尔曼·鲁西迪（Salman Rushdie），责备他从印度许多本土语言写成的作品中，竟未能找出一部值得译成英语，选入代表独立后印度文学的选集里。唯一例外是"萨达特·哈桑·曼托（Saadat Hasan Manto）一篇用乌尔都语写成的短篇小说，后来才译好收进了选集"。[20] 由此看来，穆弗蒂根本就不反对翻译成英语；因为他谴责鲁西迪正是因为鲁西迪没有把更多用印度本土语言写成的文学作品译成英语，却只选了用英语写的"印度–盎格鲁"作品来代表现代印度文学。因此，穆弗蒂主张的是更好代表印度文学、把用印度本土语言写成的作品译成英语，以展示"盎格鲁风小说自己语言环境的异质性"。[21] 他的批评针对的是忽视非西方作品，使它们沉默无声，不被翻译，不能超出自身语言文化的环境去流通而为人所知，却都归并在"狭隘构想的民族领域"。那正是我们为什么需要一种新的世界文学史，把那些不为人知的非西方文学作品介绍给它们自身文化范围之外的读者；也是为什么那些不为人知的作品必须通过合适的翻译和全球流通，为人所知，为人所得。所以撰写文学的世界史，把世界上基本不为人知的许多重要作品带入全球流通，英语就可以是一个有效的手段。

89

---

20 Mufti, "Orientalism and the Institution of World Literature," in Damrosch (ed.), *World Literature in Theory*, 337.

21 Ibid., 338.

还有一些观念也反对翻译成英语，或使翻译变得更困难。一个常见的概念是"外国化"，即力求在译文中保留外国原文的"外国性"（foreignness）。可是从谁的观点看来，非西方的文本是"外国"的，包含着挥之不去的"外国性"呢？这明显是西方的观点，因为例如中国的文本对一个中国读者而言，就不是外国的。因此，"外国化"这个概念本身就预设了西方立场为前提。有关中国文学作品的翻译，特别是诗的翻译，"外国化"还与在庞德（Ezra Pound）影响之下，对中文的一种特殊的外国理解相关，那就是把中文理解为图像文字。因为庞德以为一行中国诗就是一连串的形象，当中没有表示句法方向或语法联系的逻辑符号。这一很有影响却误导人的观念，时常发展为中英两种语言完全不同而对立的看法，以为这反映出不同的"心理"或"思维模式"，使中国诗显得比实际上远更稀奇古怪。下面就是这种对立看法的一个例子。叶维廉说："使用形意文字（ideograms）就代表了一种思维系统（和用抽象的字母所代表的系统颇为不同）。"他说使用中文时，"重要的是人们用形象和物体具体地交流"，而"以抽象语言为基础的思维就趋于抽象概念的阐述、分析论证和三段式的推理"。[22] 在此请注意，中国人的"思维系统"使用具体的"形象和物体"，而西方思维则使用抽象概念、有分析和逻辑的三段式推理。

因为他是用英语来分析中国的语言和诗的，我们不禁想知

22　Wai-lim Yip, *Diffusion of Distances: Dialogues Between Chinese and Western Poetics* (Berkeley: University of California Press, 1993), 11.

道，除了抬高西方系统及其"抽象概念的阐述、分析论证和三段
式的推理"之地位，叶维廉还能怎样在两种思维系统或模式之间
周旋呢？只能用西方系统来谈论这另一个系统，因为中国的思维
系统无法形成概念，更何况学理的理解和论述了。由这一对立的
看法，叶维廉竟然宣称中国的诗和山水画都"没有比喻，没有
象征：表现的物体就是这些物体本身。诗人不会踏进一步，他只
让场景自己说话，自己表演。似乎诗人自己也化为物体了"。[23] 然
而在两千多年前的中国古代，孔子早已警告过对具体的"形象和
物体"这种头脑简单、按字面死心眼的理解。孔子说："礼云礼
云，玉帛云乎哉？乐云乐云，钟鼓云乎哉？"[24] 在中国的山水风景
画里，松树由于具象征意义而随处可见，也可以追溯到孔子《论
语》里有名的一句话："岁寒，然后知松柏之后凋也。"[25] 我们在此
难道只是在谈论几棵树吗？在中国诗和中国画里也时常可见的竹、
梅、莲、菊等，又该如何理解呢？中国文学批评里有一个漫长的
评注传统，时常以美刺讽谏来说诗，强调意在言外，又该如何
理解呢？

90

　　叶维廉把用形象来具体思维的方式和以概念来抽象思维的方
式对立起来，即所谓不同"思维模式"的论述，可以追溯到法国
社会学家列维–布留尔（Lucien Lévy-Bruhl）的著作，如《原始思
维》（La mentalité primitive, 1922）。这本书使他的理论传播很广，
正如杰夫雷·劳伊德所说："再加上他关于前逻辑思维那不幸的假

23　Yip, Diffusion of Distances, 72.
24　刘宝楠：《论语正义·阳货第十七》第十一章，《诸子集成》第一册，第375—376页。
25　刘宝楠：《论语正义·子罕第九》第二十八章，同上，第193页。

设。这本是描述很原始之思维的一个特征，可以用来帮助他对比这种思维和先进文明，特别是他自己社会的逻辑或科学思维。"[26] 叶维廉也许并不知道这法国的来源，但他肯定受到这种"思维模式"和庞德意象派（imagism）观念的影响。让我们来看一个具体的例子，即叶维廉翻译的唐代诗人柳宗元的《江雪》。此诗描绘一片寒冷静默的冬景，万物都被白雪覆盖，一片静寂。在那个背景之上，我们看见寒江中有一位老渔翁在舟中独钓。那真是简单而生动的美景，有如一幅中国的水墨画：

> 千山鸟飞绝，万径人踪灭。
> 孤舟蓑笠翁，独钓寒江雪。[27]

叶维廉把这首诗译成英语，尽量把形象一个个排列起来，没有句法的连接；结果使此诗比起原文来，远没有那么流畅自然：

> A thousand mountains—no bird's flight.
> A million paths—no man's trace.
> Single boat. Bamboo-leaved cape. An old man.
> Fishing by himself: ice-river. Snow.[28]

---

26 G. E. R. Lloyd, *Demystifying Mentalities* (Cambridge: Cambridge University Press, 1990), 1.

27 柳宗元:《江雪》，柳宗元著，王国安笺释:《柳宗元诗笺释》，上海：上海古籍出版社，1993年，第268页。

28 Yip, *Diffusion of Distances*, 113.

　　叶维廉在前面两行用了破折号，其实就把每行分为有关联的两个部分，几乎暗示二者之间在概念上有前后联系，但其余两行则是并列起来孤立而毫无关联的形象，使这首诗读起来好像被切断了，由互不相连的碎片拼在一起。这种拼贴式碎片化的效果在最后一行最为明显，与柳宗元原诗读来完全两样。柳诗以其天然流畅而著名，历来得到许多中国评论家赞赏，认为最能代表柳氏风格。把中国诗译成这样并列起来、毫无关联的形象，就将之变成一种具有异国情调的原始风味的奇特案例，与具有两千多年历史传承丰富精妙的中国诗歌实在相去甚远。

　　下面的例子是唐代诗人卢纶一首绝句，也可以说明翻译中"外国化"成为"异国情调化"的问题。此诗写边塞军中生活，描绘北方游牧民族的首领被击败后，趁大雪纷飞的暗夜逃走，唐军夜间追击的场景。中国古典语言讲究言简意赅，简练的表达就邀请读者充分发挥想象，把文本提供的含义丰富的基本框架具体化。中国古典语言这一特征当然在西方也并非没有相似的对应。奥尔巴赫就说过，《圣经》的语言就简练而含义丰富，大部分《圣经》里的诗和叙事"都留下空间让读者去将之形象化"。[29] 同样，在这首只有四句的中国诗里，几句话勾勒出基本的意思，很多都留在背景中并未道出。熟悉中国古典语言特征的本国读者会懂得暗含的用意，在具体化的阅读经验中，把少数文本的元素连接起来，理解诗的全篇。让我们看看卢纶的原诗和逐字对应的英语单词：

92

29　Auerbach, *Mimesis*, 9.

月黑雁飞高	Moon black goose fly high
单于夜遁逃	Khan night flee escape
欲将轻骑逐	Want lead light rider pursue
大雪满弓刀	Big snow full bow sword

英国汉学家葛瑞汉（A. C. Graham）用这首诗来讨论中国诗的翻译。他自己翻译了此诗，力求使原文在译文中可以理解，又尽量接近原文：

Moon black, geese fly high:

The Khan flees in the night.

As they lead out the light horse in pursuit,

Heavy snow covers bow and sword.[30]

葛瑞汉又引用了王文（Wong Man 译音）那种庞德式逐字逐句、更字面化的翻译。这译文读起来的确相当"外国"，接近原诗词序，但在英文里几乎不可理解：

Black moon geese fly high,

Tartars flee the dark;

Light horses pursue,

Sword and bow snow-marked.

---

30 A. C. Graham, *Poems of the Late T'ang* (Harmondsworth: Penguin Books, 1977), 25.

中文原诗省略语法关系，不会影响诗的理解，但语法关系在英语里却不能省略，否则此诗比起原文来就会显得很奇怪、很不自然。王文的译文几乎是半通不通，那些奇怪、几乎半傻的语句，用葛瑞汉的话说来，就好像"一种文学的洋泾浜英语"。[31] 再仔细一看，王文的译文实际上歪曲了原意，使本来是外国的诗显得更奇怪。原文里"月黑"的"黑"作动词，是在"雁飞高"时，"月光变暗"之意。这里的"月黑"不是"黑月"，就像"雁飞"不等同于"飞雁"。葛瑞汉把第二句译为"The Khan flees in the night"（可汗在夜里逃走）是正确的，即部落首领趁着没有月光的暗夜逃跑。王文的译文"Tartars flee the dark"（鞑靼人逃离黑暗）歪曲了原文的意思，写得好像"鞑靼人"害怕黑夜而逃离黑暗，不是害怕唐朝的驻军而趁月黑的暗夜逃跑。在不懂原文、只读英语翻译的读者听来，这种"洋泾浜"翻译的确怪里怪气，像外国人在说话，但也会强化一种种族主义的刻板印象，觉得中国人就是这么说话的，或者更糟糕，觉得中国的诗人们就是这么说话的，似乎智力不健全，前言不搭后语，荒唐可笑，像一个语言上有毛病的外国人。把中国诗译成如此不堪的"外国化"洋泾浜英语，只会把中国诗赶进一个有异国情调的、东方的"异托邦"里去。这样的"外国化"不过是对翻译的侮辱。

我们在前面一章已经谈到，在许多翻译研究的讨论中，不可译性已经成为一个占据主导地位而且流行的西方理论概念。在此，我们又看见非此即彼思想的一种表现：由于翻译不可能充分完全

93

31　Graham, *Poems of the Late T'ang*, 24.

地重造外文的原文（这本来就不是翻译要做的事），于是就宣称翻译不可能。这在实践中就只会把所有外国的，尤其是非西方的作品，都局限在本土，永无机缘超出它们自身文化的范围，到外面去流通，也就永远不可能进入世界文学的领域。因此，反对英语"霸权"，主张不可译性，就有效地让西方经典继续成为世界文学唯一的经典在全球流通，从而维持其真正的霸权。在我看来，世界文学中尚不为人知、尚待去发现那些重要作品，我宁可要不完美的翻译，也比没有翻译好，而翻译成英语就是使那些作品能广泛流通、在全世界知名最有效的途径。

不过翻译还只是第一步，深入理解和鉴赏一部文学作品是批评和学术研究的成果。对来自很不相同的语言文化环境的不同文学传统的作品，批评和学术研究更有绝对的必要。它们可以解释那些不熟悉的作品，论述其在全球范围的经典性。不过当前的情形是，大部分世界文学仍然不为人知，尚需合适的翻译。一部文学的世界史就会努力在那些不为人知、陌生的文学传统中，去发现重要的经典作品。例如，这就是用英语写一部文学的世界史这样雄心勃勃的计划之目的：一批学者通过国际合作，完成了 *Literature: A World History*（《文学的世界史》）这个计划，2022年6月由威立-布莱克维尔（Wiley-Blackwell）分为四卷出版。这部书涵盖了世界不同地区，描绘出文学世界的一幅简单的地图，呈现出基本的轮廓和突出的特征。把这个计划区别于从前各种世界文学史的一个重要特点，就是来自世界不同地区学者们的国际合作。他们是不同文学传统的专家，从不同角度来看世界文学，而且都自觉地批判任何种族中心主义的观点。

94

　　对我说来，参加这样一个国际合作计划是一个既令人兴奋，又颇受教益的经验。撰写这部《文学的世界史》的一个指导性原则，就是在尽可能的情形下，请世界不同地区的学者来写他们自己的文学传统。由于种种原因不能做到这一点，或找不到合适的人选时，才请考研某个文学传统但在种族或文化上不属于那个传统的学者，来负责撰写他们在学术生涯中以毕生精力在研究和写作的那种文学。对我说来，阅读和编辑关于世界不同地区的历史叙述是极有价值的学习经验，使我改变了自己关于文学的某些观念。例如，中国文字可以追溯到远古时代，文学的观念主要是书写文本的传统。在从事这个世界文学史计划的过程中，我才学会把口头文学视为世界许多地方，特别在非洲，文学表达的重要形式。非洲的颂诗、史诗和王朝赞诗都是流动的，甚至对斯瓦希里语的书写文本都有重大影响。因为这类文本可能同时有书写和口传两种形式流传，抄写者可能在书写文本中加入新的成分，而这又可能成为脚本，继续口传下去。这类作品往往不可能确定其产生的年代，而更具建设意义的是看它们渐进的形成和集体的创作。更多了解文学的口头传播有助于我重新看待中国的《诗经》，尤其是那些重复和可以反复使用的程式化语句，可以更好地理解它们在写成文本之前的口传状态。

　　如果一部世界的文学史必须组织材料，通过对过去一种结构严整的叙述来形成秩序，如果必须认定世界各文学传统中最突出的特征和主要的作品，那就没有哪一位批评家或历史家能有足够的知识或专长来完成这样极为复杂的任务。所以把研究文学的学者们组成团队的国际合作就很有必要。当然，最后的成果不会是世界各文学传统的一幅完美图画，但那是历史写作的本质，甚至可以说是人类认知的本质。总是有可能写另外一部历史，为过去作不同的叙述。怀疑主义者和虚无主义者对撰写文学史都提出了挑战，我认为对这类挑战最好的回答，就是认真去撰写文学史。人们常说"事实胜于雄辩"或"行动胜于言辞"，不过就撰写文学史而言，选择最合适的言辞本身，就是证明历史知识之重要性和价值的有力行动。

第八章

普遍的文学

1770年4月，利奥波德·莫扎特带他的儿子沃尔夫冈·莫扎特到意大利旅行。先到了佛罗伦萨，然后在极恶劣的天气中越过萨巴蒂尼山，终于"在雷电交加的风暴中，在神圣周的周三中午，到达了罗马"，奥托·雅恩（Otto Jahn）在莫扎特的经典传记中有这样的描述，"他们恰好够时间赶到西斯丁教堂，听到阿勒格里的《怜悯我吧》。正是在这里，沃尔夫冈完成了他有名的音乐听力和记忆的壮举。"[1] 格里戈利奥·阿勒格里（Gregorio Allegri,1582—1652）是天主教神父和才华出众的作曲家，他把诗篇第51首谱成多声部的合唱乐。这支令人惊艳的乐曲，"怜悯我吧，神啊"（*Miserere mei, Deus*），被普遍视为世间最美妙的合唱曲。那是属于教皇独有的，除教皇合唱团之外，不可能有别的表演。那

1　Otto Jahn, *Life of Mozart*, trans. Pauline D. Townsend, 3 vols. (London: Novello, Ewer & Co., 1882), 1: 119.

一年，沃尔夫冈是个十四岁的少年。那个神圣周三聚在西斯丁教堂里的听众做梦也想不到，阿勒格里这篇乐曲竟然会被这个天才少年记住，而且，和他父亲一起回到旅馆房间后，把乐谱写了出来。利奥波德·莫扎特写信给在萨尔茨堡的妻子安娜说："你知道，《怜悯我吧》这篇乐曲是严密保护起来的。教堂里的人被严厉禁止把任何部分的乐谱拿出教堂去，禁止抄写或让别人抄写，否则将被开除教籍。不过我们已经得到了。"利奥波德接下去带着显然高兴又自豪的语气说："沃尔夫冈把乐谱写下来了。如果不是要我们在场才好演示，我早就会随这封信寄到萨尔茨堡来了。……此外，我们也必须注意，不要让我们的秘密落入他人之手，*ut non incurramus mediate vel immediate in censuram ecclesiæ*（我 们 才不会直接或间接地受到教会的审查）。"[2] 莫扎特的母亲和姐姐都很担心这件事，可是这位少年已经以不世之天才获得极高声誉，就连教皇都容忍了他这一淘气的举动，使得他更是名声大振。"这件事众人都知道了，自然也引起一阵轰动，"雅恩写道，"沃尔夫冈被叫来，当着教皇歌手克利斯托弗里之面，表演《怜悯我吧》。他表演得一个音符都不差，使那位教皇歌手惊讶不已。"雅恩又引用了利奥波德给他妻子的信："你一点都不必害怕。这事的结果完全相反。整个罗马，包括教皇本人，都知道沃尔夫冈把《怜悯我吧》写出来了，但这不仅没有使他受罚，反而让他出名了。"[3] 任何人听到这个故事，都会非常吃惊。莫扎特非凡的音乐听力和记忆会给

---

2   Leopold's letter quoted in Jahn, *Life of Mozart*, 1: 120.

3   Jahn, ibid., 1: 121.

人留下深刻的印象，使人认识到一个真正天才的非凡能力。

　　现在让我们换到一个完全不同的时间和地点。差不多比莫扎特在罗马凭记忆写出《怜悯我吧》早一千年，唐代诗人元稹在一首名诗里，提到过一个十分类似的故事。元稹的《连昌宫词》作于818年，他在诗中描绘那个宫殿如何破败，在使唐帝国由盛转衰的安史之乱之后，这宫殿如何被废弃，表达了他希望重回安定繁荣时代的意愿。他在诗中通过住在附近一个老人之口，描绘了连昌宫曾经有过的繁华。玄宗皇帝和他宠爱的杨贵妃在那里赐宴，召来著名的乐师和歌伎献技。明月之下，以弹奏琵琶著名的贺老使在场诸人心中感到温暖。随后，请来著名的歌伎念奴演唱。她美丽的眼睛充满春意，头上的发髻像一片片云彩，她响亮的歌声直达天庭。诗人写道：

> 飞上九天歌一声，二十五郎吹管逐。
> 逡巡大遍凉州彻，色色龟兹轰录续。
> 李謩压笛傍宫墙，偷得新翻数般曲。

　　值得注意的是，"二十五郎"即邠王李承宁，善吹笛，为歌伎念奴伴奏。那时皇室太子公主皆受到良好的教育，颇有精于技艺者。其实玄宗皇帝本人就精于音律，善书法。唐代中国与西域——今新疆维吾尔自治区和更远的中亚、西亚诸国——交往频繁；而在各种文化交换之中，西域的音乐在中国十分风行，无论在庙堂还是在民间，皆是如此。凉州是中国西北一个区域；龟兹是一古国名，在今中国西部新疆境内。显然凉州和龟兹的音乐歌舞各具特色，当时很受人喜爱。不过我们在此感兴趣的，是上面所引最

97

后两行诗——说到李謩，他"偷得"来自"宫墙"内的"新翻数般曲"。这甚至在元稹当时，也不是众人皆知的事情。所以，诗人觉得有必要为他那时的读者作一注释：

> 玄宗尝于上阳宫夜后按新翻一曲，属明夕正月十五日，潜游灯下。忽闻酒楼上有笛奏前夕新曲，大骇之。明日密遣捕捉笛者，诘验之。自云："某其夕窃于天津桥玩月，闻宫中度曲，遂于桥柱上插谱记之。臣即长安少年善笛者李謩也。"玄宗异而遣之。[4]

这两个故事完全不同，但又有几乎不可思议的一点相似之处。莫扎特的故事很有名，也许西方许多学者都很熟悉，但我敢说西方没有几个人，哪怕是研究文学的专家或比较文学的学者，听说过元稹这位中国诗人，更不用说元稹诗中提到这位善吹笛的少年李謩。我在此提到这两个故事，说的不是一个，而是两个极具音乐才能的少年，他们都完成了莫扎特传记作者雅恩称为"有名的音乐听力和记忆的壮举"。以此作为例证，来说明比较研究中的一个问题：那是我称为由于力量不平衡而造成的知识不平衡，也就是"与经济、政治和军事力量之不平衡相关的软实力的不平衡"。[5] 比较文学，就像弗朗哥·莫莱蒂嘲笑的那样，"基本上都局限在西欧，而且大多都围绕着莱茵河（德国语言学家研究法国文学）。如

98

4　元稹：《连昌宫词》，《元稹集》上册，北京：中华书局，1982年，第270—271页。

5　Zhang Longxi, "The Yet Unknown World Literature," *Revista Brasileira de Literatura Comparada*, n. 32 (2017): 56.

此而已"。[6] 这句话说得也许不那么完全公平，但确实点出了我所说的问题，那就是比较文学大多局限在西欧，很少超出欧洲文学和文化的范围。谁都知道莫扎特，但是很少有人听说过元稹，遑论这位唐代诗人在诗中提到的音乐家李謩。在这种情形下，如果普遍的意思是"整个世界的"而不仅仅是指欧洲，那么普遍的观念在比较文学中该如何体现呢？不超越欧洲中心主义或其他任何一种种族中心主义，所谓普遍就只能是某地方的或最多是区域性的，更坏的情形则是把欧洲当作普遍适用的规则或标准。作为发现的世界文学应该超越狭隘的视野或局限的眼光，从尚不为人知的文学传统中选取更多的作品，建立起真正普遍的文学。

当我们从世界不同地区找到文学的例证，发现它们虽然在文本细节和上下文的背景方面都各不相同，却又有类似而可比之处；我们就可以有更大的理由宣称，我们发现的具有普遍性。普遍文学的基础必须远大于欧洲或者亚洲，必须是跨文化而且是全球的。莫扎特只听过一次表演，就可以写出一支乐曲的乐谱来，那种非凡特出一定会让我们觉得不可思议，几乎是独一无二的。但李謩的故事不仅为这种非凡音乐天才之展现提供了另一个例证，而且更重要的是，证明如此罕见的音乐天才也并非独一无二，而是普遍的。可能有人会说，这不过是偶然巧合，如是而已。但对我这样研究比较文学和世界文学的人说来，这巧合本身就很奇特而令人振奋，因为它揭示出人心和人的能力之中某种更深、更基本的东西。当这样的巧

6　Franco Moretti, "Conjectures on World Literature (2000)," in Damrosch (ed.), *World Literature in Theory*, 160.

合出现在相隔很远的文学和文化传统中，尤其出现在不像主要的欧洲传统那样，没有那么广泛流通、到处风行的传统中，那就更应该让我们来好好思考它们对于我们称之为普遍性文学的意义。

世上没有什么纯粹的巧合。正如波德莱尔敏锐地观察到的那样，在自然和人文之中，都的确有"一种昏暗深沉的统一"（*une ténébreuse et profonde unité*）。我们总是走在一片普遍的"象征的森林"（*forêts de symboles*）里，其中不同的事物和感觉都互相回应，像"悠长的回音"（*de longs échos*）或回响。[7] 虽然表达的方式很不相同，但在宋儒陆九渊那里，也可以找到这普遍回应的思想。那是他的名言："东海有圣人出焉，此心同也，此理同也。西海有圣人出焉，此心同也，此理同也。南海北海有圣人出焉，此心同也，此理同也。"[8] 圣人可以来自不同地方，但他们都心同理同。我正是这样来看待莫扎特这位神童和李暮这位唐代中国善吹笛的少年：他们的故事很不相同，但又极为相似。我们知悉整个罗马，包括教皇在内，都惊异于莫扎特可以记住《怜悯我吧》的全曲；唐玄宗也惊异于李暮可以在月光映照的桥上记谱，写下他偷听到的宫中新曲。而发现如此相似、在时间和地点上又如此不同的这两个故事，也同样令人惊异，在精神上也同样令人满足。李暮的故事还使我们不禁玄想：非西方文学传统还会有多少丰富的材料可以让我们去比较，去发现世界不同文学中的普遍性？将比较范围扩大到欧洲文学之外的好处，就是加强我们的普遍性观念，在

7　Charles Baudelaire, "Correspondances," *Les Fleurs du mal* (Paris: Éditions Ligaran, 1961), 17.

8　陆九渊:《陆象山全集》，北京：中国书店，1982 年，第247 页。

距离遥远而且很不相同的文学传统中去发现相似与契合。在这样的发现中，总有一种令人惊讶的元素、一种惊奇感、一种完全出乎意料的发现。那些初看起来似乎是独特的情形，后来在世界文学的全球背景下，却发现是普遍的存在。

　　文本证据永远应该是我们比较的支柱。因为没有具体例子的支撑，比较的论证就会显得空洞而缺乏说服力。例如，仅仅宣称爱情是强大而永恒的，并不会给人留下深刻的印象；但当我们提供不同文学传统中具体的例子，展示热烈的爱情如何通过具体而强烈的形象来表现，这种说法就变得合理而有趣了。首先让我引用一首著名的中世纪德语爱情诗中的一节：

Dû bist mîn, ich bin dîn:	你是我的，我也属于你：
des solt dû gewis sîn.	这一点你应该知悉。
dû bist beslozzen	你已经锁闭
in mînem herzen:	在我的心里：
verlorn ist das slüzzelin:	钥匙已经丢失：
dû muost immer drinne sîn.[9]	你将永远住在那里。

100

　　这首诗值得注意的是那不寻常的想象：把心比喻成一个房间，但那是个没有钥匙的房间，情人就永远关闭在里面。很有趣的一行是 "verlorn ist das slüzzelin"（钥匙已经丢失），于是情人就像

9　"Namenlose Stücke," in Echtermeyer, Benno von Wiese (eds.), *Deutsche Gedichte* (Düsseldorf: August Bagel Verlag, 1956), 30.

爱情的囚徒，永远无法走出那心房。丢失的钥匙使爱情恒定不变，这首诗便成为永不会消亡之爱的誓言。还有很多诗也用各种想象中不可能发生的事情，使爱情永远不会离开或结束。如果在那首中世纪的德语诗里，心被比为一个没有钥匙的房间；在古代中国一首无名氏的诗里，我们可以找到非常不同但甚至更为大胆的想象。那首诗大概产生在公元前1世纪，其中爱情断绝的条件是一连串根本不可能发生的事情，因此保证了恒定的爱情之不朽。这首诗是一个女子对上天发的誓言：

> 上邪！
> 我欲与君相知，
> 长命无绝衰。
> 山无陵，
> 江水为竭，
> 冬雷震震，
> 夏雨雪，
> 天地合，
> 乃敢与君绝！[10]

诗中之人说，爱将如宇宙般长存，不可能设想爱之断绝，就如不可能想象"山无陵""江水为竭""冬雷震震""夏雨雪""天地合"一样。这一连串的不可能虽是非凡的想象，却远非独特无双。

10《上邪》，沈德潜：《古诗源》，北京：中华书局，2006年，第63页。

因为我们在很不相同的文学中，也可以找到同样的比喻和类似的形象。例如，下面是罗伯特·彭斯的名诗《红红的玫瑰》：

> My Luve is like a red, red rose
> 　　That's newly sprung in June:
> My Luve is like the melody
> 　　That's sweetly played in tune.
>
> As fair art thou, my bonnie lass,
> 　　So deep in luve am I;
> And I will luve thee still, my dear,
> 　　Till a' the seas gang dry.
>
> Till a' the seas gang dry, my dear,
> 　　And the rocks melt wi' the sun!
> And I will luve thee still, my dear,
> 　　While the sands o' life shall run.
>
> And fare-thee-weel, my only luve,
> 　　And fare-thee-weel awhile!
> And I will come again, my luve,
> 　　Tho' it were ten-thousand mile.[11]

---

11 Robert Burns, "A Red, Red Rose," in Ian Rankin (ed.), *Poems by Robert Burns* (London: Penguin Books, 2008), 164.

　　　　我的爱像红红的玫瑰

　　　　　　六月里刚刚初放：

　　　　我的爱像一首乐曲

　　　　　　唱起来暖人心房。

101　　　　可爱的少女啊，你如此美丽，

　　　　　　我如此深深地爱你；

　　　　亲爱的，我会永远爱你，

　　　　　　直到大海都干涸见底。

　　　　亲爱的，哪怕大海都干涸见底，

　　　　　　山岩在太阳下熔化！

　　　　亲爱的，我会永远爱你，

　　　　　　只要还有生命的流沙。

　　　　再见吧，我唯一的爱，

　　　　　　让我们暂时离开！

　　　　亲爱的，我一定归来，

　　　　　　哪怕是从万里之外。

　　这两首诗在时间地点上都相隔很远，但诗中想象的不可能情形却又令人惊异地相似。在中国诗中，假设的"山无陵"重新出现在彭斯诗中为"rocks melt wi' the sun"（山岩在太阳下熔化）；中文诗中的"江水为竭"在彭斯诗中变为"the seas gang dry"（大

海都干涸见底)! 这种相似确实令人吃惊，但这非凡的诗意想象却
绝非唯一的例子。因为我们在奥登的诗《某晚当我外出散步》里，
发现这同一类的想象出现了一种现代派文学的变化：

> I'll love you, dear, I'll love you
> > Till China and Africa meet,
> And the river jumps over the mountain
> > And the salmon sing in the street.

> I'll love you till the ocean
> > Is folded and hung up to dry
> And the seven stars go squawking
> > Like geese about the sky.[12]

> 我爱你，亲爱的，我会爱你
> > 直到中国与非洲连上，
> 江水都跳过山岭，
> > 鲑鱼在大街上歌唱。

> 我爱你直到海洋
> > 都折好挂起来晾干，

---

12 W. H. Auden, "As I Walked Out One Evening," *Selected Poems* (New York: Vintage, 1979), 61.

> 直到七星发出嘎嘎的叫声，
>
> 就像飞在天上的大雁。

如果说中国的古诗和彭斯的诗所表达的，都是不朽爱情中的认真严肃的誓言；那么奥登诗里那些不可能的形象——"China and Africa meet"（中国与非洲连上）、"the river jumps over the mountain"（江水都跳过山岭）、"the ocean / Is folded and hung up to dry"（海洋 / 都折好挂起来晾干），等等——就明显涂着现代主义的色彩，带着反讽的语气；不是趋于严肃，而是更趋于可笑。的确，奥登的诗里很快就有一个权威的声音，警告那个情人："O let not Time deceive you, / You cannot conquer Time."（啊，不要上了时间的当，/ 你不可能征服时间。）在时间里，没有什么是不变的。在奥登诗整篇的上下文里，很快就出现了不祥的形象和词语，诸如"the land of the dead"（死者的国度）、"distress"（焦虑）、"tears"（眼泪）和"crooked heart"（扭曲的心），等等。[13] 然而，尽管奥登诗里有颇为幽暗的现代主义的扭曲，用想象中不可能的形象来表示爱不会断绝，却又颇为相似，显示出不同时间和地点诗人们共同的构想，也就提供了文学中普遍的例证。

在不同文学和文化的作品里，在最没有料到的地方发现某种契合，总是会令人十分欣喜。例如，圣奥古斯丁在《论基督教教义》一书开头就预先声明：无论他怎样耐心开导，那些愚蠢到永远不能懂得神圣经文真正意义的人，他们之缺乏理解不应该由他负责。

102

---

13 Auden, "As I Walked Out One Evening," *Selected Poems*, 62.

奥古斯丁说，就像他用手指指向天上的月亮或星星，但"他们目力不逮，连我的手指都看不见，却不能因此就迁怒于我"；还有些人"看得见我的手指，却看不见我所指的星月"，也不应该责怪他。[14] 奥古斯丁用手指指月这个比喻很令人惊讶，因为同样的形象也常常出现在佛教经典之中。例如在大乘佛教一部重要经典《楞伽经》里，就嘲笑过一个人只愚蠢地看手指，却不看手指指出的明月。在《楞严经》里，佛责备阿难未能领会佛法，就像有人"观指以为月体"。[15] 这种巧合令人惊异，但奥古斯丁和佛经的确都有一个共同目的，即强调宗教和精神的意义超出表达这意义的物质形式。就像庄子所说的，"言者所以在意，得意而忘言"。但看来这很难做到，所以庄子进而问道："吾安得夫忘言之人而与之言哉？"[16] 大诗人陶渊明有名句谓："此中有真意，欲辩已忘言。"[17] 这就很接近里尔克的诗："*Schweigen. Wer inniger schwieg, / rührt an die Wurzeln der Rede.*"（沉默吧。谁在内心保持沉默，／就可以触摸到语言之根。）[18] 像这样出人意料的契合与相似还有很多，尚待勤奋的读者去发现。跨文化的阅读于是成为令人激动的发现，充满愉快的惊奇。我们读得越多，就理解得越好，也就越不会紧抱着本土和狭隘的观点。阅读可以造就一个有更好教养的人，或者

103

---

14 St. Augustine, *On Christian Doctrine*, trans. D. W. Robertson, Jr. (Indianapolis: Bobbs-Merrill, 1958), 4.

15 *The Sūrangama Sūtra*, trans. Charles Luk (London: Rider & Co., 1966), 31.

16 郭庆藩：《庄子集释》，《诸子集成》第三册，第407页。

17 陶渊明著，袁行霈笺注：《陶渊明集笺注》，北京：中华书局，2003年，第247页。

18 Rainer Maria Rilke, "Für Frau Fanette Clavel," *Sämtliche Werke*, ed. Ernst Zinn, 12 vols. (Frankfurt am Main: Rilke Archive, 1976), 2: 58.

简单说来，阅读可以造就一个更好的人。

上面所举的例子来自互不相同的德国、英国和中国文学的传统。如果我们加上其他欧洲和非欧洲文学的例证，诸如法国、意大利、西班牙、葡萄牙、俄国、印度、阿拉伯、波斯、土耳其，以及欧洲"小"文学如荷兰、塞尔维亚、瑞典、罗马尼亚和来自非洲和南美洲等文学，我们发现相似之处，寻找到真正普遍的文学，我们的比较就会更有力，更令人信服。应当承认，很少有人有如此广阔的知识领域和语言能力，但比较学者努力走出西方或者东方，比较文学就会有完全不同的模样，宣称普遍性就更能使人信服，也就更接近于名副其实的世界文学。这其实是过去不少杰出的比较文学学者呼吁过的。与其他许多人文社会科学的学科和领域比较起来，比较文学似乎最自觉地不断反省自己的基础和合理性。正如本·哈奇逊（Ben Hutchinson）所说，比较文学"是一台自我反思的机器，不断反转过来，把自己缠上一圈又一圈越来越复杂的评论和背景探索"。[19] 为什么要作比较？什么是比较的基础？自从在战后时代，比较文学放弃了早已过时的实证主义 *rapport de fait*（事实联系）之后，这些就是这个学科长期存在的挑战性问题。在我们这个时代，在21世纪20年代和以后，比较文学不能再过分强调文化和地理位置的相近，以作为比较的基础。那种看法会觉得，因为有例如共同的基督教背景和语言上的相近，欧洲之内的比较就有合理性，而对超出欧洲范围的比较则投以怀

---

19 Ben Hutchinson, "*Comparativism* or What We Talk about When We Talk about Comparing," *Journal of Foreign Languages and Cultures* 6: 1 (June 2022): 18.

疑的目光，甚至怀着反感乃至纯粹的敌意。

　　我们应该怀着敬意记得，当比较文学在19世纪的欧洲作为一门学科最先建立起来的时候，那是人文学者的一种崇高的努力，针对民族主义及其相关的单一语言的危险和局限构建起来的。"到现在，每个民族都以各种各样的原因，觉得自己比所有别的民族更优秀。"这是第一份比较文学刊物《世界比较文学》的主编雨果·梅泽尔在1877年写下的话。"这个很不健康的'民族原则'构成了现代欧洲全部精神生活的基本前提，"梅泽尔继续说，"每一个民族今天都坚持最严格的单一语言，都认为自己的语言最优越，甚至注定会成为至高无上的语言。"[20] 我们都知道，这样一个"民族原则"在20世纪导致了怎样的世界性灾难，所以比较文学强调掌握多种语言是超越民族主义而达到国际统一的崇高努力。针对民族主义向内看的内敛力量，比较文学代表了一种健康的外向趋势，朝向更广大的世界开放。然而讽刺的是，这外向趋势和反对民族主义的努力，好像到达欧洲边界就基本上停止了。梅泽尔提倡比较文学需要多种语言。他所谓 *Dekaglottismus* 即十种语言，但无一例外都是欧洲语言，且并不认为亚洲的语言和文学适合于比较文学。于是比较文学基本上成为欧洲文学的比较。不过许多欧洲学者都批评过这样的比较文学，他们希望看到超越欧洲文学局限的比较文学。例如，法国比较学者艾田朴就在很尖锐的批评中，直接提到梅泽尔："那个匈牙利学者雨果·冯·梅泽尔，那个歌德

104

20　Meltzl, "Present Tasks of Comparative Literature (1877)," in Damrosch (ed.), *World Literature in Theory*, 39, 40.

的信徒和世界文学的支持者，他还能提倡十种文明语言的时代已经过去了。"艾田朴呼吁研究许多非欧洲语言的文学，因为"在这十种语言的文学大部分都还不存在，或者尚处于十分幼稚的阶段时，它们就已经产生出杰作，或至少某些杰作。这个十分有限的世界文学好像真的过时了"。[21] 在20世纪80年代中期，克劳迪奥·纪廉支持了艾田朴的观点，视东西方研究为"比较文学最有希望的趋势"。[22] 纪廉赞扬东西方研究的学者，也呼吁比较学者们在他们的工作中涉及亚洲文学，"把它们纳入一个学术的整体，或者把它们纳入同一个研究当中"。[23] 可是他也认识到，实际情形很不相同。东西方比较研究不仅在早期不可能被接受，甚至在他写《比较文学导论》的80年代中期，"很有一些学者对民族传统之外的、范畴又是非文体的研究，都很不愿容忍，或至少是缺乏热情"。[24]

很多著名的比较学者，如瓦伊达（György Vajda）、佛克马（Douwe Fokkema）和迈纳（Earl Miner）等人，都曾努力提倡东西方比较研究。1976年，在布达佩斯举办的国际比较文学学会第八届大会，似乎对亚洲和非洲文学表现出强烈的兴趣。参加者当中有索因卡（Wole Soyinka），他十年之后成为非洲第一位诺贝尔文学奖得主。斯洛伐克的汉学家和比较学者高利克（Marián

---

21 René Étiemble, "Faut-il reviser la notion de *Weltliteratur*?," *Essais de littérature (vraiment) générale*, 19. See also Etiemble, "Should We Rethink the Notion of World Literature? (1974)," in Damrosch (ed.), *World Literature in Theory*, 88.

22 Guillén, *The Challenge*, 87.

23 Ibid., 16.

24 Ibid., 85.

105

Garik）参加了那次国际比较文学学会的大会，深受鼓舞，便期待着"真正全球性的世界文学，一个包括非洲和亚洲的'他者'的世界文学可以产生"。然而那样的世界文学并没有产生。于是二十年后，高利克在2000年又发表了一篇文章，表达了他的失望和挫折。高利克说，"在真正全球性的世界文学和作为一门学科的比较文学研究中"，他知道自己很可能只是一个"独自在荒野中呼唤的声音"。[25]我在前面已经引用过莫莱蒂更不留情面的话，说西方学者所做的比较文学"基本上都局限在西欧"。在很长一段时间里，比较文学都仅限于欧洲文学的比较，因此无可避免地都以欧洲为中心。

　　现在情形已经逐渐改变，涉及非欧洲文学的比较研究至少得到更大程度的容忍，不再被视为无意义或者低人一等。迈纳是研究英国文学和日本文学的学者，他倡导以东西方研究为基础的比较诗学。"无论如何，诗学也像诗和诗人的研究一样：只考虑来自一个文化传统的就只能调查单一一个概念宇宙，无论它可能有多复杂、多微妙、多丰富；"迈纳在他的《比较诗学》中如是说，"考虑其他各种诗学在本质上，就是考察整个、多个宇宙的范畴，考察关于文学的全部论述。以比较的方式来考察，就是建立起原则和那许多诗学世界之相互联系。"[26]佛克马写了一部精彩的专著，通过东西方研究来论述乌托邦小说这一普遍性的文学体裁。佛克马说：

25　Marián Gálik, "Concepts of World Literature, Comparative Literature, and a Proposal," *CLCWeb: Comparative Literature and Culture* 2:4 (Dec. 2000): 6.

26　Earl Miner, *Comparative Poetics: An Intercultural Essay on Theories of Literature* (Princeton: Princeton University Press, 1990), 7.

157

　　某一特定文学体裁的文化间比较，就会涉及某些方法论问题。本书的研究基于这样的考虑，即分辨体裁这种思维能力并不局限于西方读者，因为已经极清楚地出现在刘勰的《文心雕龙》（约公元500年）里。体裁可以被视为一个普遍的概念，而各种特殊的文学体裁，包括乌托邦小说，又显示出一个文化和另一个文化的不同，同时也有文化间的相似之处。[27]

106　　呼唤真正的世界文学或世界诗学，认识到文学的普遍性，都只有在研究世界各种不同语言的基础上，在远远超出19世纪理解的比较文学那十种语言的多元的基础上，才有可能实现。那是每一个比较学者需要完成的任务，但更重要也更有效的，是超出个人努力、不同国家和地区高等教育机构需要完成的任务。

　　我们还有很长的路要走，才可能到达一个真正开放的比较文学和世界文学的研究领域，可以带着真正欣赏和热情的态度接纳非西方文学和东西方比较研究。一个主要的问题就是文化和文学的对立，在下面支撑这种对立的就是不可通约性和不可译性的概念。于是，即使拿东西方来作比较，其要点也往往是把非西方当作欧洲或西方的对立面。我们将会看到，某些西方学者正是这样来看中国和中国文学，即把中国和中国传统视为欧洲和欧洲传统的反面镜像，不是看中国自身的历史和现实如何，而是将之视为我所说的"非我的神话"。[28] 弗朗索瓦·于连（François Jullien）就可以

27　Douwe Fokkema, *Perfect Worlds: Utopian Fiction in China and the West* (Amsterdam: Amsterdam University Press, 2011), 6.

28　见 Zhang Longxi, "The Myth of the Other: China in the Eyes of the West," （转下页）

提供一个现成的例子。他的许多著述都有一个贯串其中一致的主题，在他2000年出版的书的标题里，也说得很清楚：*Penser d'un Dehors (la Chine): Entretiens d'Extrême-Occident*［《从外部（中国）来思考：来自遥远西方的访谈》］。其中，他把中国与希腊严格地对立起来。于连说，中国"大概说来，是唯一有大量文本记录的文明，而其语言和历史的谱系是完全非欧洲式的"，而且"严格说来，非欧洲就是中国，而不可能是任何别的东西"。[29] 于连认为，把中国视为欧洲的反面镜像，西方人就可以对西方的自我有更好的理解；于是在那个意义上，研究中国就可以被看成走一条弯道，其目的不是抵达他者，却恰恰是回到作为他者之对立面的自我。

于连绝非唯一的一个。因为还有好几位欧美学者都把中国与希腊或东方与西方相对立，他们都相信中国代表了一种与西方根本不同的文化传统。事实上，这样的对立看法也影响到某些中国学者。他们当中有些人从强烈的民族主义立场出发，同样强调这样的对立。一个具体例证就可以帮助我们看清，学术研究中这种文化对立观颇成问题的性质。在希腊文学人物中，奥德修斯以其善欺诈而闻名，在维吉尔的《埃涅阿斯纪》中，就是他用了特洛伊木马的计谋。在荷马《奥德赛》著名的"归家"（*nostos*）描述中，经过几十年的战争和冒险，奥德修斯终于回到老家伊萨卡，却把

107

（接上页）*Critical Inquiry* 15:1 (Autumn 1988): 108-31；中文本收进我的文集《中西文化研究十论》，上海：复旦大学出版社，2005年，第1—47页。

29 François Jullien with Thierry Marchaisse, *Penser d'un Dehors (la Chine): Entretiens d'Extrême-Occident* (Paris: Éditions du Seuil, 2000), 39.

自己装扮成乞丐。在比较古代中国和古代希腊文学中表现假扮和欺诈的文章里，汉学家吉德炜（David Keightley）以奥德修斯代表希腊人特别注意欺诈和理解的困难，是他称为希腊人"认识论悲观主义"的化身，即认为感觉和表面都不可靠，只有通过入木三分的分析和解释，才可能达于事物的本质。在中国，情形则恰恰相反，吉德炜宣称他发现有"认识论乐观主义的品质，对人或事物而言，我们可以把这些品质称为'再现乐观主义'"。他进一步解释说，这是"关于表面现象是普遍可靠的乐观主义，是关于人把现实视为本该如此的能力"。[30] 作为一位汉学家，吉德炜从《左传》和其他几部中国古籍里找了一些例子来证明：中国古人不曾怀疑表面现象，而且会按其表面接受各种事物。但他引用的却不是最有影响的文本，人们可以很容易从古代中国主要的典籍中找到相反的例子。

例如，孔子在《论语》里说："有德者必有言，有言者不必有德。"[31] 显然孔子并不相信看似高雅雄辩的言辞，而且区分了外在的言和内在的德。因为辨识真假非常重要，孔子甚至认为"正名"是居高位的为政者必须首先做的事情。[32] 道家的老子把这一点区分得甚至更加明确："信言不美，美言不信。"[33] 显然老子并没有吉德

---

30 David Keightley, "Epistemology in Cultural Context: Disguise and Deception in Early China and Early Greece," in Steven Shankman and Stephen W. Durrant (eds.), *Early China / Ancient Greece: Thinking through Comparisons* (Albany: SUNY Press, 2002), 127.

31 刘宝楠：《论语正义·宪问第十四》第四章，《诸子集成》第一册，第301页。

32 刘宝楠：《论语正义·子路第十三》第三章，同上，第280页。

33 王弼：《老子注》第八十一章，《诸子集成》第三册，第47页。

炜在中国传统中发现的那种"认识论乐观主义",因为这位道家哲人还抱怨说:"吾言甚易知,甚易行。天下莫能知,莫能行。"[34] 大多数人都难懂孔子之道,所以孟子也抱怨说:"道在迩而求诸远,事在易而求诸难。"[35] 谁也不能否认,孔子、孟子和老子说这些话代表了中国的古代思想,因为他们都毫无疑问是中国传统中最有影响的思想家。一个资深的汉学家,怎么会不知道或者忘记中国古代最重要的经典文本中这些论述呢?一个可能的解释就是,他故意忽略了这些文本,以便论证古代中国和古代希腊之间绝对的对立。其实不仅在两个或多个文化之间,就是在同一个文化之中,也会存在乐观主义和悲观主义的看法。我们不应该压制内在的差异,过分强调文化之间的差异,来建立起文化之间的对立。

如果我们去掉这样僵化的对立,我们就可以有不同而且也许更合理的看法。例如,瑞丽研究了好几种古代中国和希腊特别与狡黠、机智相关的文本,她得出的结论与吉德炜的结论就非常不同。瑞丽说,在希腊和中国,都有"不信任表面"的观点。这个观点认为"语言的范畴不是有助于获取知识,而是有碍于获取知识。道家和兵家的文本以及希腊哲学外关于 métis 的传统,都十分关注变动的特殊事物。它们只能间接地通过技巧和狡黠才可以懂得或描述出来"。[36] 我要说所有的文学,不仅中国和希腊,还有阿拉伯、印度、日本,当然还包括很多欧洲文学,都有以狡黠、机

---

108

34 王弼:《老子注》第七十章,《诸子集成》第三册,第42页。

35 焦循:《孟子正义》卷七《离娄章句上》第十一章,同上,第一册,第298页。

36 Lisa Raphals, *Knowing Words: Wisdom and Cunning in the Classical Traditions of China and Greece* (Ithaca: Cornell University Press, 1992), 227.

智、欺骗、狡诈、伪装和善变而有名的人物。骗子是所有文学传统中都有的普遍性原型人物，弗莱把这样的原型称为 *eiron*（伪装者）人物。大多数这样的人物都不是像奥德修斯那样居国王的高位，而更经常是"一个狡猾的奴仆"（*dolosus servus*），像费加罗（Figaro）或莎士比亚剧中的帕克（Puck）和阿丽儿（Ariel），但这是和史诗与喜剧这类文体区别相关。况且奥德修斯扮演起 *eiron* 角色的时候，他正是装扮成地位最低的乞丐，而没有暴露自己就是伊萨卡的国王，现在回家来迎娶他的新娘。弗莱说，这样的人物"是喜剧行动的建造者…… 事实上，是喜剧的精神"，其典型的例子，就是莎士比亚的帕克和阿丽儿。他们"都是精灵。狡猾的奴仆做事的时候，往往心里想的就是作为报赏，他可以获得自由：阿丽儿渴望得到释放，也是这同一个传统"。[37]

109　　弗莱举的都是欧洲文学的例子，但他关于骗子作为 *eiron* 角色的理论，在非欧洲文学中也可以得到支持。《阿里巴巴与四十大盗》就是阿拉伯文学里一个全世界都有名的故事，而那绝对是关于机灵、伪装和欺骗的一个极为精彩的故事。四十大盗伪装成商贩想杀死阿里巴巴，但他们都不敌女仆莫吉安娜而上了她的当。莫吉安娜才是故事中真正的主角，她完全符合弗莱描述的"狡猾的奴仆"。因为她几次救了主人的命，最终不仅获得自由作为报赏，而且与阿里巴巴的儿子结婚，成为他家庭成员之一。在中国文学里，保护唐三藏去西天取经的美猴王孙悟空，就以极为机巧善变而著名。他是《西游记》这部明代小说中备受喜

37　Northrop Frye, *Anatomy of Criticism: Four Essays* (Princeton: Princeton University Press, 1957), 174.

爱的英雄人物，神力超凡，有七十二变，能依情形需要变为任何动物花草、任何人或物。猴王并非奴仆，但观音菩萨骗他戴上金箍。唐僧念紧箍咒时，就会使那金箍越来越紧，令他头痛不已；所以他受制于唐僧，成为其徒弟，只有伴随唐僧完成西天取经之旅后，才可能重获自由。他的师傅唐僧是个心地善良的大好人，但在那十分险恶的取经之路上，许多妖魔鬼怪都装扮成无辜的受害者或贫苦的穷人，目的都是想抓住唐僧，吃他的肉以求长生不老，于是唐僧的慈悲为怀、轻信可欺也常常使他自己和他带领的一众人深陷险境。但孙悟空总能及时赶来救援，化险为夷。猴王自己善于伪装变化，却有一对"火眼金睛"能看穿一切邪恶伪装的表面，而且总是能击败一切妖魔鬼怪。猴王形象有很多来源，包括唐传奇中的白猿，也有印度梵文史诗《罗摩衍那》中的猴神哈奴曼。因此，如果我们在扩大范围的世界文学中去掉文化对立的观念，那么在欧洲文学之外，奥德修斯就可以在中国、印度、阿拉伯及其他文学这些令人喜爱的优秀人物中，找到很好的伴侣。

　　吉德炜指出中国文学与希腊文学之间一个很大的区别，那就是中国的古典语言十分简练，惜墨如金；与希腊文本，特别是与荷马史诗相比之下，就很少有细致的描写。这当然说得很对。吉德炜说："中国的叙述与希腊相比，其缺少戏剧性的复杂就十分明显。"[38] 的确，荷马史诗描绘一切都极为细致，"以充分外在化的形

110

38　Keightley, "Epistemology in Cultural Context: Disguise and Deception in Early China and Early Greece," in Shankman and Durrant (eds.), *Early China / Ancient Greece*, 141.

式再现现象，所有各部分都清晰可见，历历在目，在空间和时间关系方面，也完全固定下来，"奥尔巴赫早就指出过这一点，"荷马的风格只知道一种近景，只有一个一概明亮的、一概客观的现在。"[39]然而荷马的风格只是西方文学主要资源之一，《圣经》文体又提供了另一个有同样影响力但又非常不同的典范。奥尔巴赫说："很难想象比这两种同样古老、同样史诗般的文本，在风格上更形成对比的了。"与充分外在化的荷马史诗不同，《圣经》文本极少外在化，却"把其余一切都留在暗中"，整个文本"到处是最无法缓解的悬念，都指向单一的一个目的（也因此而极为一致），一直是神秘的，而且'充满了背景'"。[40]在某种意义上，奥尔巴赫描述的《圣经》文体很符合中国古典文本的特征，这也就反驳了把中国视为西方之绝对他者的对立观点。东方和西方之间当然有重要的差别，但这些差别都并非绝对不同，不能形成相互排斥的非此即彼的对立。

仔细看起来，每一个文学的文本在其本身都是独特的，都与它自身文学传统里的其他文本不同，与别的文学的文本更是不同。但把不同的文本放在一起来比较，我们就可以看到它们之间既有不同又有某种相似的样子。差别是随处可见的，不仅在文化之间，也在同一个文化传统之内；而一切差别，无论是个人的、群体的、文化的或跨文化的，就像弥尔顿的大天使拉斐尔告诉亚当的那样，"Differing but in degree, of kind the same"（只在程度上不同，类

---

39 Auerbach, *Mimesis*, 6, 7.
40 Ibid., 11, 12.

别上则为同一）。[41] 人的头脑总是有能力超出单独个体的特殊性，形成抽象。用摄影机来作一个比方。把镜头拉近，放大到极致，甚至在同一个家庭里，每个个体也显得独特。所以，DNA 的排序或指纹可以用来辨别每一个个人。把镜头拉远，缩小所见，就会在个人的特殊性之外，显现出某些"家庭的类似性"。细读一首诗或一部小说，会揭示出一个文学作品的特点和使用语言的特别方式；但与此同时我们又感觉到，这首诗或这部小说和别的诗或小说有共同的特征或"家庭的类似性"，于是我们有了文学体裁的概念。把镜头缩得更小，我们就可以得到弗莱所谓"原型"或神话图形。它们可以千变万化，出现在非常不同的作品里。我们可以停留在任何一个点上，所以不同形式的文学研究都会有价值。就像摄影机可以伸缩的镜头一样，比喻的焦点可以设定在个人的、民族的、区域的或全球的层次上；我们也因此可以看到某一特殊的文本、某一位作者、某一民族文学的传统、某一区域的文学，或全球的即全世界的文学。作为文学的爱好者，我们珍视每个作家、每个诗人独特的贡献，我们欣赏每一部文学作品在语言艺术上特殊的品质，而绝不想看到世界被缩小成只有一种颜色、平淡无味的一片荒野。但无论从文化相对主义立场，还是从狭隘民族主义立场，坚持不可译性的概念就在实际上阻止我们在欧洲主要传统之外，了解世界上其他许多文学；也就限制了那些文学，使之不能得到翻译，也不能在自身文化之外为人所知，得到读者的欣赏；也就

111

41　John Milton, *Paradise Lost*, V.490, *Complete Poems and Major Prose*, (ed.) Merritt Y. Hughes (Indianapolis: Bobbs-Merrill, 1957), 313.

使西方文学成为在世界上广泛流通的唯一"世界文学"，维持了西方文学无可挑战的霸权地位。正是为了欣赏文化上多元而丰富的不同文学，我们才必须走出自己的"舒适圈"，超越种族中心主义和欧洲中心主义的偏见，扩大比较文学研究的范围，在本土和全球之间、特殊和普世之间、一与多之间，保持健康的平衡。我要提出，这就是21世纪比较文学和世界文学在当前的任务。

第九章

魔法之镜与迷惑之镜

对涉及中西比较的世界文学而言，重要的是不仅要有理论的阐述，而且更要有具体文本的实例来论证可比性，揭示在某一主题或观念上不同文学传统的契合。在这方面，钱锺书先生的著作可以说为我们提供了很好的典范。我们在第二章里已经提到过，他的文章《诗可以怨》指出了在文学创作和文学批评里普遍存在的一个现象，那就是"苦痛比快乐更能产生诗歌，好诗主要是不愉快、烦恼或'穷愁'的表现和发泄"。[1] 钱锺书引用了从司马迁《报任安书》和钟嵘《诗品序》以来中国古代大量的文献材料为例证，对"诗可以怨"作出了极有说服力的论证。其中也许令人印象尤其深刻的是刘勰《文心雕龙·才略》讲到冯衍说的一句话："敬通雅好辞说，而坎壈盛世；显志自序，亦蚌病成珠矣。"[2]

---

1 钱锺书：《诗可以怨》，《七缀集》，第102页。

2 刘勰著，范文澜注：《文心雕龙注》下册，第699页。

《才略篇》列举古来众多作家，不可能各尽其详，所以评冯衍也只是一句话轻轻带过，但"蚌病成珠"四字却大可玩味。此话来自《淮南子·说林训》："明月之珠，蚌之病而我之利；虎爪象牙，禽兽之利而我之害。"[3]《淮南子》是道家之书，而道家不同于以人为中心的儒家，往往会换个角度看问题，打破我们惯常的观念，不要从人的观点看待一切，而从不同观点来认识到万事万物的相对性。

在《淮南子》原文里，珍珠与虎爪、象牙并列，并未特出；在《文心雕龙》里，刘勰也是一句话带过，在文学批评中，似乎也没有特别引人注意。然而钱锺书指出，刘勰拣出珍珠这个意象，以"蚌病成珠"讲冯衍因为"坎壈盛世"才在文学上有如此创造，就以牡蛎害病产生珍珠比喻作者遭逢不幸而创作好的文学作品，正好说出了"诗可以怨"的道理。[4] 这样一来，我们对刘勰这句话便不能不特别注意。不仅刘勰有"蚌病成珠"的妙喻，北朝的刘昼在《刘子·激通》里也有同样的比喻："楩柟郁蹙以成缛锦之瘤，蚌蛤结疴而衔明月之珠。"苏东坡《答李端叔书》有句："木有瘿，石有晕，犀有通，以取妍于人，皆物之病。"钱锺书指出，东坡"虽不把'蚌蛤衔珠'来比，而'木有瘿'正是'楩柟成瘤'"。接下来，他又从西方文学中征引性质相同的文本例证：

　　西洋人谈起文学创作，取譬巧合得很。格里巴尔泽（Franz

3　刘安著，高诱注：《淮南子注》，上海：上海书店，1986年，第300页。

4　刘宝楠：《论语正义·阳货第十七》第九章，《诸子集成》第一册，第374页。

Grillparzer）说诗好比害病不作声的贝壳动物所产生的珠子
（ *die Perle, das Erzeugnis des kranken stillen Muscheltieres* ）；
福楼拜以为珠子是牡蛎生病所结成（ *la perle est une maladie
de l'huître* ），作者的文笔（ *le style* ）却是更深沉的痛苦的流露
（ *l'écoulement d'une douleur plus profonde* ）。海涅发问：诗之于
人，是否像珠子之于可怜的牡蛎，是使它苦痛的病料（ *wie die
Perle, die Krankheitsstoff, woran das arme Austertier leidet* ）。
豪斯门（A. E. Housman）说诗是一种分泌（a secretion），不管
是自然的（natural）分泌，像松杉的树脂（like the turpentine
in the fir），还是病态的（morbid）分泌，像牡蛎的珠子（like
the pearl in the oyster）。看来这个比喻很通行。大家不约而同
地采用它，正因为它非常贴切"诗可以怨""发愤所为作"。[5]

钱锺书举出古今中外许多文学作品具体文本的例子，使我们
看到，《文心雕龙》里"蚌病成珠"这个具体意象，不仅出现在中
国的诗文评里，而且也出现在完全不同的英、法、德文的诗歌传
统里。这就不仅使我们对刘勰这句话刮目相看，有更深入的理解，
也使得"诗可以怨"这个观念，在中西比较和世界文学的广阔领
域里，有了极具说服力的论证。在比较文学和世界文学的研究中，
文本可以打好比较的基础，为理论的阐述提供最坚实的支持，没
有文本的支持，理论的阐述就会显得空洞而抽象，也正是引述具
体的例证使理论具有说服力和效力。

115

5　钱锺书：《诗可以怨》，《七缀集》，第104页。

　　钱锺书《诗可以怨》这篇文章可以在方法论意义上作一个有用的典范。我以下就依据这样的典范，通过具体文本，从比较的角度讨论镜或鉴这一具体意象在中西文学和文化中的意义。美国文论家艾布拉姆斯（M. H. Abrams）著有《镜与灯》（*The Mirror and the Lamp*）一书，论述西方文学批评到19世纪浪漫主义时代产生了一个重大转折，由强调文艺为摹仿自然，转而主张文艺为艺术家心灵之独创。卷首题辞引用了爱尔兰著名诗人叶芝（W. B. Yeats）的诗句："It must go further still: that soul must become / its own betrayer, its own deliverer, the one / activity, the mirror turns lamp."（必须更进一步：灵魂必须变成 / 自己的背叛者，自己的解救者，那同一 / 活动，镜变而为灯。）[6] 这里的镜与灯都是心灵的象征。镜的比喻将心的活动理解为反映事物，可以代表从柏拉图至18世纪之摹仿观念；而灯的比喻则以心为光之来源，向外发射而映照事物，可以代表19世纪之浪漫派理论。由镜变而为灯，则可比拟西方文论由摹仿到表现的转折。

　　中国也早已有镜与灯之比喻，而且宋人范温《潜溪诗眼》正是用此比喻来谈论文学。他指出这乃是"古人形似之语，如镜取形，灯取影也"。[7] 镜取形即应物象形，摹写自然；灯取影则感物吟志，抒发心声。所以，镜与灯正是摹写与表现之比喻。《坛经·行

6　W. B. Yeats, Introduction to *Oxford Book of Modern Verse* (Oxford: Oxford University Press, 1936), xxxiii. Quoted in M. H. Abrams, *The Mirror and the Lamp: Romantic Theory and the Critical Tradition* (Oxford: Oxford University Press, 1953), the title page.

7　转引自周振甫：《诗词例话》，北京：中国青年出版社，1962年，第253页。

由品》讲六祖惠能故事，尤其强调内心而不注重外物，关键也在
镜的比喻。这个有名的故事说大和尚神秀半夜秉烛作偈，题写在
墙上，其辞曰："身是菩提树，心如明镜台。时时勤拂拭，莫使惹
尘埃。"然而悟性更高的惠能却另作一偈，意谓领悟佛性全在本
心，不假外物。偈曰："菩提本无树，明镜亦非台。本来无一物，
何处惹尘埃？"[8] 这是说佛性空无，不必如明镜之须随时拂拭。此
处虽未用灯之比喻，但佛教说传佛法正是"传灯"。例如《维摩诘
经·菩萨品》即用燃灯来比喻教化弟子，以千百灯相燃喻传承佛
法："汝等当学，无尽灯者，譬如一灯燃百千灯，冥者皆明，明终
不尽。"[9] 这里的比喻正是镜变而为灯，其含义也正是由外物转而注
重内心。禅宗对中国文学艺术产生过不小的影响，或者从镜与灯
的这一比喻中，我们能看出一点道理来。在某种意义上，佛教禅
宗理解中的镜与灯也类似艾布拉姆斯使用的比喻，讨论在西方文
学批评史上由摹仿向表现的转变。

　　镜像是一点一点从反面对一个形象的重复或反映，体现了两
面对称的概念。菲利普·卡克尔（Felipe Cucker）在他论述艺术与
数学之关系那本非常有趣的书里解释说，维特鲁威把对称作为建
筑的首要原则；他虽然没有准确的定义，但选择了"一个身体健
全的人"为例证，说明人体比例和各部分完美的对称。卡克尔说：
"这一套经典性的比例就是列奥纳多·达·芬奇一幅最有名的素描
的来源。"更有趣的是，列奥纳多不仅在1487年左右的一本日记里

8　冯国超编：《坛经》，长春：吉林人民出版社，2006年，第38、41—42页。

9　冯国超编：《维摩诘经》，长春：吉林人民出版社，2006年，第94页。

画了维特鲁威人，他还"在素描旁边写了几句话，而且和他写的许多私人记录一样，是用所谓'镜像文字'写成的。换言之，这些文字是反着写的，要放在一面镜子前面，才变成正规文字的样子。那就是说，镜像文字是普通文字（对一个垂直的轴而言）的反映"。[10] 所以，列奥纳多画的维特鲁威人和他在画旁边写的话，都使用了镜像反映的概念。其实列奥纳多的维特鲁威人并非完全对称，因为左脚是一个侧视图，而右脚是一个正面图；但正如卡克尔所说，忽略这不重要的细节：

> 这幅图就展示了我们将称为两面对称的概念。如果我们跟着想象中一条垂直线移动，结果分成的两半就是互相对称的镜像。这一分开的结果就是身体左右两边有一比一的比例。这种比例也许太明显了，所以维特鲁威没有明白说出来。然而正是这一特点，使维特鲁威人给人以平衡的感觉。[11]

平衡和对称的概念在诗中也很重要，有趣的是，刘勰也用人体来解释文学中对偶的结构原则。他在《文心雕龙·丽辞篇》说："造化赋形，支体必双；神理为用，事不孤立。"[12] 文学的对偶在此得到一种生理和宇宙论的解释，追溯到"神理"。依据此理，世界和人的身体都是生来就有对称的平衡。列奥纳多的维特鲁威人就

---

10 Felipe Cucker, *Manifold Mirrors: The Crossing Paths of the Arts and Mathematics* (Cambridge: Cambridge University Press, 2013), 39.

11 Ibid., 40.

12 刘勰著，范文澜注：《文心雕龙注》下册，第588页。

是用绘画对这个观念作出精彩的说明。

　　然而镜子并非只是被动摹写自然，却有各种功用。玻璃能照　　118
人，平滑的金属表面也能照人，而镜之为物从来就使人着迷，并
激发人的想象。对于博尔赫斯这位感觉敏锐、想象力极为丰富的
作家来说，镜子是含义非常丰厚的象征，使人不仅想到肉眼所
见，而且联想到心智所见，即物理意义上和心理意义上的看与理
解的问题，联想到人之存在的复杂问题或存在之困惑。博尔赫斯
说，人的行动都在"上演上帝预先决定和周密思考过的一部秘密
的戏剧"，人的一生直到其细枝末节都"有无法算清楚的象征价
值"。镜子可以是人的工具，用来看清世间万物并理解上帝的"秘
密戏剧"；但这个工具又并不完美，因为镜子既可照人，又可能
扭曲所照的影像。保罗在《新约·哥林多前书》13章12节就说
过："我们如今仿佛对着镜子观看，模糊不清。"（*Videmus nunc
per speculum in enigmate: tunc autem facie ad faciem.*）博尔赫斯
认为这句话是极具权威性的论断，说明人的理解力很有限，起码
在人的现世生活中，人的认识和理解能力都相当有限。[13] 法国作家
列昂·布洛瓦（Léon Bloy）受到保罗这句话的刺激，去探讨和思
考人世间的各种问题，最后得出结论，认为"人并不知道自己是
谁"。博尔赫斯认为这个结论最明白地说出了人"深沉的无知"。[14]
他在晚年写的一首诗里，又用镜子这个意象来象征人之渺小和
谦卑：

13　Jorge Luis Borges, "The Mirror of Enigmas," trans. James E. Irby, in Donald A. Yates and James E. Irby (eds.), *Labyrinths* (New York: Modern Library, 1964), 209.

14　Ibid., 212.

God has created nighttime, which he arms

With dreams, and mirrors, to make clear

To man he is a reflection and a mere

Vanity. Therefore these alarms.[15]

上帝造出黑夜，又辅以梦

和镜子，使人认识到

他不过是幻影，是虚妄，

也就明白上帝发出的警告。

在这里，镜子及其空虚的反映似乎在提醒人是多么渺小，他们的期待又是多么虚妄。

可是博尔赫斯往往描述人如何作出英勇不懈的努力去探索上帝的秘密，哪怕那是最终不可能成功的努力，他也正是通过这种描述来表现人之尊严和价值。在这种描述中，博尔赫斯最喜欢使用的就是镜子和图书馆的比喻。图书馆有分类系统，象征人决心把秩序强加于变化而且多元的世界之上，但世界之复杂与精微又似乎非人所能控制，也非人所能完全了解。镜子和图书馆或书籍的关联，在欧洲有很久远的历史，可以追溯到流行于中世纪的"自然之书"的比喻。恩斯特·罗伯特·库尔提乌斯（Ernst Robert Curtius）就曾引用很多文本例证来讨论"自然之书"。其中第一

---

15 Borges, "Mirrors," in *Dreamtigers*, trans. Mildred Boyer and Harold Morland (Austin: University of Texas Press, 1964), 61.

个例子就是中世纪作家里尔的阿兰（Alan of Lille）说的话："世间万物对我们／都像是一本书和一幅画／或是一面镜子。"（*Omnis mundi creatura / Quasi liber et pictura / Nobis est et speculum.*）[16] 这里"书"（*liber*）和"镜子"（*speculum*）相连，就为博尔赫斯另一篇故事《巴别的图书馆》（*The Library of Babel*）的复杂结构 119 奠定了基础。这篇故事一开头就说："宇宙（也有人称之为图书馆）是由数不清的甚至是无限量的八角形陈列馆构成的。"这图书馆结构宏伟，宽敞的大厅里有无数书架，排列得井然有序，上面放满了书籍，贮藏着人类智能的结晶。接下来就出现了我们已经熟悉的意象："在廊道里有一面镜子，忠实地复制出一切面相。"博尔赫斯说："人们往往由这面镜子推论说，这图书馆并不是无限的（如果真是无限，那又何须这样虚幻的复制呢？）；然而我却宁愿梦想那打磨得很光滑的镜面再现的是无限，或者让人觉得是无限的。"[17] 知识的无限可能性及复杂性，和图书馆无数陈列出来而且整齐分类的书籍之井然有序，就形成一种张力，甚至是一种对立。在这当中，人的智力不断努力把宇宙系统化；但无论怎样努力，人们都只能获得有限度的成功，却永远不可能达到完全理解的目的。值得注意的是，这不是一般的图书馆，甚至不是古代亚历山大里亚那传奇式的图书馆，而是巴别的图书馆；而巴别正是《圣经》中野心勃勃的人类想要建造直通天庭的高塔，却最终受到上帝诅咒，产生混乱而失败的象征。图书馆当然是把人类已经获得的全

16 Ernst Robert Curtius, *European Literature and the Latin Middle Ages*, trans. Willard R. Trask (Princeton: Princeton University Press, 1953), 319.

17 Borges, "The Library of Babel," *Labyrinths*, 51.

部知识都整理得有条不紊。如果像图书馆那样的宇宙复杂而令人困惑，就像一个迷宫（"迷宫"也正是博尔赫斯喜欢采用的又一个比喻），那么"那是人设计的迷宫，也是注定要让人去破解的迷宫"。[18] 图书馆里对着无数陈列的书架的那面镜子，把所有书籍中贮藏的内容都摄入镜中，也把镜前的一切都变成反面的镜中之像。

镜子复制它面对的一切，但所复制的却不是真实的。正由于这个原因，柏拉图反对画家或诗人的摹仿。柏拉图说，"如果你拿起一面镜子，到处走动"，你可以造出世上一切事物的图像，但那只是"事物的外表，并非实际，并非真实"。[19] 在古希腊哲学与诗，或哲学与荷马的权威之争当中，作为哲学家的柏拉图当然是站在哲学家的立场上，对诗抱有偏见，于是他否认镜子或再现有象征的功能。但诗人的看法则完全不同。莎士比亚在《哈姆莱特》中就说，文艺应该："向自然举起一面镜子，让美德展现其华美，让丑恶暴露自己的嘴脸，让这已成熟的时代表露其形形色色的世态人情。"（to hold, as 'twere, the mirror up to nature; to show virtue her own feature, scorn her own image, and the very age and body of the time his form and pressure.）[20] 莎士比亚的镜子绝非机械地复制一切外表面相，而是一面具有魔力的镜子，可以显现事物的真相和本质。莎士比亚悲剧《麦克白》中，麦克白谋杀了国王邓肯，

18 Borges, "Tlön, Uqbar, Orbis Tertius," *Labyrinths*, 17–18.

19 Plato, Republic X, 596e, trans. Paul Shorey, in Edith Hamilton and Huntington Cairns (eds.), *The Collected Dialogues, including the Letters* (Princeton: Princeton University Press, 1961), 821.

20 William Shakespeare, *Hamlet*, III.ii, 20–24. *The Riverside Shakespeare*, 1161–1162.

因自己犯下弑君之罪而心中受到煎熬，对未来也充满疑虑，于是
去找三位女巫启示未来。女巫们作法，让他预见到未来八位苏格
兰国王的幻象。麦克白见状不免惊恐地说："那第八位出现了，带
着一面镜子，／给我展示了许多。"（And the eighth appears, who
bears a glass, / Which shows me many more.）[21] 在这出悲剧中，这
是剧情转折（peripeteia）重要的一刻，也是悲剧主角认识到真相
（anagnorisis）的一刻。在这关键的一刻，魔镜显示出苏格兰王室
的未来世系，使麦克白认识到在这世系当中，他自己的血脉完全
无份。在这之后，余下的剧情都无非表现麦克白如何竭尽全力，
抗拒魔镜已经为他预示的定命，但无论他怎样努力挣扎，都只是
把自己拖入绝境，推向那不可避免的悲惨结局。那面魔镜在麦克
白悲剧中起了预示的作用，而悲剧就在于麦克白不愿接受这预示
的真实。

120

　　在文学作品中，用镜或鉴都往往具有象征意义，而这样的用法
早已出现在最古老的文学作品中。《诗·邶风·柏舟》"我心匪鉴，
不可以茹"，就把烦乱的心和镜子相比。[22] 照镜可以看清人的面目，
于是可以引申出辨认、考察等意义。白居易《百炼镜》诗云"太
宗常以人为镜，鉴古鉴今不鉴容"，就是用鉴的引申义。[23]《诗·大
雅·荡》更直接把镜子比成可以借鉴的历史："殷鉴不远，在夏后
之世。"郑玄笺："此言殷之明镜不远也，近在夏后之世。谓汤诛桀

21　Shakespeare, *Macbeth*, IV. i, 119–20, *The Riverside Shakespeare*, 1330.
22　《毛诗注疏》，阮元校刻：《十三经注疏》上册，第296页。
23　白居易：《百炼镜》，《白居易集》，北京：中华书局，1979年，第一册，第74页。

也，后武王诛纣。今之王者，何以不用为戒。"[24] 殷人灭夏，建立了商，而数十代之后，殷纣王无道，武王伐纣，又灭商而建立了周。此诗以"殷鉴"警示周人，应当以殷灭夏、周灭商为鉴，也就是说，历史好比一面镜子，可以审人度己，从中吸取教训。白居易《隋堤柳》以隋炀帝耗竭民力修建运河，导致隋之衰亡为例说："后王何以鉴前王？请看隋堤亡国树！"[25] 后来在中国传统中，鉴这种象征意义就变得十分常见。司马光编纂鸿篇巨制的史书，题为《资治通鉴》，意即历史可为吏治提供一面镜子。如果说在博尔赫斯描述的巴别的图书馆里，有一面镜子对着无数的书籍；在这里则是一部史书变成了镜子，其中包含了许多可贵的历史先例和教训。《资治通鉴》的书名和内容，恰好与数百年后英国16世纪初版，后来又不断补充再版的一部同类性质的书颇为契合。此书题为 Mirrour for Magistrates，正可译为《治者之鉴》。书中收集了许多过往君主衰落败亡的悲剧性故事，多为韵文。此书又有许多中世纪欧洲书籍为先导，如13世纪波维之汶森特（Vincent of Beauvais）所著《自然、历史、教义之镜》（Speculum naturale, historiale, doctrinale），库尔提乌斯曾说这是"中世纪最为卷帙浩繁的百科全书"。[26] 镜子于是成为知识的象征，尤其象征可以揭示隐匿秘密的、非一般人所能有的知识。就像《麦克白》剧中那一面魔镜，可以产生神秘的幻象，具有预示未来的魔力。

这样的魔镜价值连城，自然成为君王收集的宝物。东晋王嘉

24 《毛诗注疏》，阮元校刻：《十三经注疏》上册，第554页。

25 白居易：《隋堤柳》，《白居易集》第一册，第87页。

26 Curtius, *European Literature and the Latin Middle Ages*, 336, n. 56.

《拾遗记》记载苌弘给周灵王"献异方珍宝",其中"有如镜之石,如石之镜。此石色白如月,照面如雪,谓之月镜"。[27] 可见古时人们把镜子视为珍奇。不过这段记载太简略,除了说"月镜"色白可以照人,并未讲明此镜有何功用。西方的魔镜似乎多与巫术魔法相关,而中国传说里的魔镜,往往能使妖魔现形,即所谓照妖镜。另一位东晋人葛洪在《西京杂记》中记载,汉宣帝曾"系身毒国宝镜一枚,大如八铢钱。旧传此镜见妖魅,得佩之者为天神所福,故宣帝从危获济"。但这面宝镜后来不知去向,更增加了此镜的神秘性:"帝崩,不知所在。"[28] 李商隐《李肱所遗画松诗书两纸得四十一韵》"我闻照妖镜,及与神剑锋。寓身会有地,不为凡物蒙",就反其意而用之,说真正的宝物是不会永远埋没无闻的。[29] 汉宣帝所佩之镜能"见妖魅",来自"身毒国"即今印度,显然和佛教传入中国有关。《西游记》第六回写猴王大闹天宫后,天兵天将去捉拿,猴王善变,靠托塔天王李靖用"照妖镜"观望,才最终擒住孙大圣,把他变成保护唐三藏去西天取经的孙行者。[30] 这样具有魔力的镜子绝非如柏拉图所贬低的那样,只被动地让人照见自己虚幻的影子,却几乎成为灯那样的光源,能映照一切,并能显示事物的本质和真相。这就是说,镜子本身具有灯的力量,成为一种光源、一种照明和启蒙的有力工具。

---

27 王嘉:《拾遗记》,北京:中华书局,1981年,第74页。

28 葛洪:《西京杂记》,北京:中华书局,1985年,第4页。

29 李商隐著,叶葱奇疏注:《李商隐诗集疏注》下册,北京:人民文学出版社,1985年,第632页。

30 吴承恩:《西游记》,北京:人民文学出版社,1980年,第74页。

英国诗人乔叟《坎特伯雷故事集》里描述一位风度翩翩的骑士，来朝拜鞑靼君主Cambyuskan，很可能就是因为《马可·波罗游记》而驰名欧洲的元世祖忽必烈，而且要把一面镜子作为礼物，献给大汗的女儿。这面镜子具有非凡魔力，可以预先警告主人即将降临的灾难，分辨敌友。如果镜子的主人是女性，此镜则可以监视她的情人是否到处拈花惹草，对她有不忠之举，于是任何事情都逃不出她的眼睛：

122

> This mirour eek, that I have in myn hond,
>
> Hath swich a myght that men may in it see
>
> Whan ther shal fallen any adversitee
>
> Unto youre regne or to youreself also,
>
> And openly who is youre freend or foo.
>
>   And over al this, if any lady bright
>
> Hath set hire herte on any maner wight,
>
> If he be fals, she shal his tresoun see,
>
> His newe love, and al his subtiltee,
>
> So openly that ther shal no thyng hyde.[31]

我手中这面镜子有如此魔力，

人们可以在这镜中看见

---

31 Geoffrey Chaucer, "The Squire's Tale," *The Canterbury Tales*, in *The Works of Geoffrey Chaucer*, ed. F. N. Robinson, 2nd ed. (Boston: Houghton Mifflin, 1957), 129.

何时会有即将降临的灾难，

威胁你的王位或你的身体，

并告诉你谁是友，谁是敌。

除此之外，如有美丽的女士

心仪某个男人，如果他

有不忠之举，她可立即洞察，

知道他的相好，他的巧语花言，

没有任何事情逃得过她的双眼。

　　据传美迪奇的凯瑟琳（Catherine de Médicis）就有一柄预见未来的魔镜，巴尔扎克小说中曾加以描绘。文学中这样的魔镜绝不只是反映事物，还有透过外表甚至伪装洞察真相的识力。然而看镜之人是否愿意或者是否能够面对镜子揭示的真相，就成为一个颇有挑战性的问题。西方文学中著名的例子大概就是《白雪公主》。在格林童话这个故事里，妖冶的女王有一面魔镜，她每天都会对着这镜子问道："墙上的镜子，小镜子，／这世上谁是最美丽？"（*Spieglein, Spieglein an der Wand, / Wer ist die Schönste im ganzen Land?*）这面镜子回答她时讲了真话："女王陛下，您在这儿的确是最美，／但白雪公主要美过您一千倍。"（*Frau Königin, Ihr seid die Schönste hier, / Aber Schneewittchen ist tausendmal schöner als Ihr.*）[32] 这真话在邪恶而心怀嫉妒的女王那里，听来不

32　Brüder Grimm, "Sneewittchen," *Grimms Märchen: Vollständige Ausgabe* (Köln: Anaconda Verlag, 2012), S. 271.

仅刺耳，而且痛心。她三度想毒死白雪公主，都没有得逞，最后自己落得个惨死的下场。镜子无论显出真相还是说出实情，都真实可靠，但如果不能接受真理的人无视镜子所示，就只能使自己处于岌岌可危的险境。

麦克白和《白雪公主》中那个邪恶的女王可以作为西方文学里描写魔镜的著名例子；在中国文学中，《红楼梦》里也有一个可以相比的故事。《红楼梦》第十一回写贾瑞毫无自知之明，对王熙凤起了淫念，引来凤姐厌恨，被平儿讥讽为"癞蛤蟆想天鹅肉吃"。[33]他害单相思病倒，无药可治。后有一跛足道人带来一面镜子，"两面皆可照人，镜把上面錾着'风月宝鉴'四字"。道人说明这面镜子的来历："这物出自太虚幻境空灵殿上，警幻仙子所制，专治邪思妄动之症，有济世保生之功。"又一再告诫贾瑞："千万不可照正面，只照他的背面，要紧，要紧！"[34]这句话里的"太虚""空灵""警幻"等字，无不具有讽寓象征的意义，说明这面宝镜有揭示真理、破除幻象与妄念之功用。不过这宝镜的功用，还须看镜之人去实现完成。贾瑞看镜子反面，只见里面立着一个骷髅，吓得半死，再看镜子正面，却见凤姐在里面向他招手。他喜不自禁，觉得自己进到镜里，与凤姐翻云弄雨，终于咽了最后一口气。这一正一反，一面是吓人的骷髅，另一面是诱人的美女，似乎表现出传统意识一个根深蒂固的偏见，即以漂亮女人为红颜祸水，并指出红粉的实质即为骷髅。表面看来，这层意思好像很明显，但

---

33 曹雪芹：《红楼梦》，北京：人民文学出版社，1982年，第165页。
34 同上，第171页。

《红楼梦》并非宣扬伦常纲纪传统道德之书，而关注的是梦与幻、真与假，所以风月宝鉴强调的是真实与虚假、现实与自我欺骗的问题。书中所写贾瑞分明是自生邪念，自作自受。《红楼梦》开篇 124 早已明言，全书虽是满纸荒唐，却有深意存焉，故意"将真事隐去……故曰'甄士隐'云云。……用假语村言，敷演出一段故事来……故曰'贾雨村'云云。此回中凡用'梦'用'幻'等字，是提醒阅者眼目，亦是此书立意本旨"。[35] 稍后更有"太虚幻境"那副著名对联："假作真时真亦假，无为有处有还无。"[36] 如此看来，镜中之像正是梦，是幻。王熙凤对贾瑞并无情意，他在镜中见凤姐点头召唤，云雨交欢，不过是心中淫念幻化的虚象。镜里镜外的世界，亦真亦幻，亦实亦虚。那风月鉴，甚至那位跛足道人，都无非贾瑞"以假为真"的幻想，心猿意马的虚构。他病入膏肓，最后一命呜呼，也主要是他自我欺骗形成的后果。要人认得真实而破除虚念幻相，正是《红楼梦》本旨，也是《风月宝鉴》深刻的寓意。

保罗·策兰（Paul Celan）有一首诗，令人想到镜子、梦幻和真实等观念："镜中是周日，／ 我们在梦中睡去，／ 嘴里说的是 真 实。"（*Im Spiegel ist Sonntag, / im Traum wird geschlafen, / der Mund redet wahr.*）[37] 这几句诗的确切含义很难说明白，但诗中 *Spiegel*（镜子）、*Traum*（梦）和 *wahr*（真实）这几个字组合

35 曹雪芹:《红楼梦》，北京：人民文学出版社，1982年，第1页。
36 同上，第75页。
37 Paul Celan, "Corona," in Patrick Bridgwater (ed.), *Twentieth-Century German Verse* (Baltimore: Penguin, 1963), 266.

在一起，形成某种诗意的含混，似乎和我们上面所谈论的内容相
关联。如果我们说这与《红楼梦》那面风月宝鉴的意思有一点联
系，也许并非毫无道理。当然，镜子出现在不同的诗里，含义也
各个不同。镜子可以是照人的工具，例如波德莱尔在《人与海》
（*L'Homme et la Mer*）这首诗里，就把大海比为一面镜子："大海就
是你的镜子：在无穷的浪涛之中 / 你沉思你灵魂的波动。"（*La mer
est ton miroir: tu contemples ton âme / Dans le déroulement infini de
sa lame.*）[38] 波德莱尔诗中常以镜子为喻，含义也多变化。他称音
乐为"我的绝望 / 之镜"（*grand miroir / De mon désespoir*），[39] 诗
人变成"不祥之镜 / 那悍妇拿来端详自己"（*le sinister miroir / Où
la mégère se regarde*）。[40] 在波德莱尔另一首诗里，我们可以看到镜
子和真实又连在一起：

Tête-à-tête sombre et limpide   促膝对谈，严肃而明朗，

Qu'un cœur devenu son miroir!   心灵变成了明镜！

Puits de Vérité, clair et noir,   真实之泉，清朗而深沉，

Où tremble une étoile livide.[41]   颤动着一颗苍白的星星。

这里镜子的象征意义，很接近我们前面谈论过的魔镜。波德

---

38 Charles Baudelaire, "L'Homme et la Mer," *Complete Poems* (Manchester: Carcanet Press, 2006), 42.

39 Baudelaire, "La Musique," ibid., 180.

40 Baudelaire, "L'Héautontimorouménos," ibid., 208.

41 Baudelaire, "L'Irrémédiable," II, ibid., 212.

莱尔还有另一首诗，说诗人用整天整天的时间，在美的女神前面仔细观察她"丰美的姿态"（*grandes attitudes*），因为美神有"纯洁的明镜把一切变得更美：/ 我的眼睛，永远明亮的大眼睛！"（*De purs miroirs qui font toutes choses plus belles: / Mes yeux, mes larges yeux aux clartés éternelles!* ）[42]。这里美神的眼睛是"纯洁的明镜"，不只映照事物，而且会"把一切变得更美"，而那正是艺术的使命。诗人用那么多时间观察女神的丰姿，正是要把世界也变得更美；镜子由反映事物而产生影像，就使诗人思考如何由诗的语言产生美的意象。正如评论家米萧（Guy Michaud）所说，在法国诗人中，波德莱尔是"第一位语言的魔术师，他有意识地去思考诗的语言，而且是在我们周围世界的语言中去思考"，因此，"镜子成为打开《恶之花》的钥匙"也就毫不足怪了。[43] 法国象征派诗人注重人与世界之关联，把人视为小宇宙，与自然世界的大宇宙相联系；镜子作为象征可以产生世界的影像，甚至改进世界的影像，并具有预示未来的魔力，所以也就成为象征派诗人特别喜爱的意象。就像波德莱尔在他著名的《感应》（*Correspondances*）一诗里所说，大自然是一片"象征的森林"（*forêts de symboles*）；人在这片森林中行走，通过辨识事物之间的联系，来理解自然和世界的意义。[44] 米萧不仅引用波德莱尔的作品，而且引用他同时代及后来许多诗人和批评家的文本例证——如雷尼耶（Henri

---

42　Baudelaire, "La Beauté," *Complete Poems*, 48.

43　Guy Michaud, "Le thème du miroir dans le symbolisme français," *Cahiers de l'Association internationale des études françaises* (no.11, 1959), 199–200.

44　Baudelaire, "Correspondances," *Complete Poems*, 18.

de Régnier）、凡尔哈伦（Émile Verhaeren）、罗登巴赫（Georges Rodenbach），当然还有马拉美（Stéphane Mallarmé）——有力地论证了镜子这个意象，乃处在"象征派诗学理论的核心"（*Le miroir, centre de la doctrine symboliste*）。[45]

法国象征派的确可能特别注重镜子这一意象及其丰富的内涵，但从比较的角度看来，我们可以清楚看到镜或鉴具有跨语言和文化界限的普遍性。让我们再看一个把镜子作为具关键意义象征的文本，用镜子的意象来探讨外在表相与内在真实、人的相貌与内在道德核心之间对立而辩证的关系。奥斯卡·王尔德（Oscar Wilde）只写过一部小说，即《道连·格雷的画像》（*Picture of Dorian Gray*, 1890, 1891）。这部小说在文学的承传上，可以说颇受斯蒂文森（Robert Louis Stevenson）红极一时的小说《杰克尔博士与海德先生》（*The Strange Case of Dr Jekyll and Mr Hyde*, 1886）的刺激。不过王尔德的小说不是把善与恶写成性格完全相反的两个人，而是一个年轻人和一幅完美的肖像画中他的镜像。小说开始时，这年轻人和他的肖像都很完美；但随着年轻人走入歧途，犯下越来越可怕的罪恶，他的脸看起来仍然那么纯洁俊美，他的肖像画却逐渐变得衰老，越来越显出狰狞的面目。一开始，那还只是使道连略加注意："颤动的强烈的阳光照出嘴边一圈残忍的线条，清楚得就像他做了什么邪恶的事情之后，在镜子里看见的那样。"[46] 在这里，肖像画被说成像是一面镜子。到后来，

---

45 Michaud, "Le thème du miroir dans le symbolisme français," *Cahiers de l'Association internationale des études françaises* (1959), 209.

46 Oscar Wilde, *The Picture of Dorian Gray* (Oxford: Oxford University Press, 1998), 93.

道连又"拿着镜子站在巴塞尔·霍华德为他画的肖像前面，看看画布上那邪恶而愈加衰老的脸，又看看从光滑的镜面上回过来向他微笑的那张年轻漂亮的脸"。在那时，道连还没有对自己所做的坏事感到畏惧，反而"把自己白净的手放在画上那双粗糙而肿胀的手旁边，发出微笑。他还嘲笑那已经脱形的身体和衰弱无力的双臂"。[47] 道连后来做的坏事越来越多，也越来越严重，终于犯了杀人罪，心里受到负罪感的折磨。他在肖像画中看到那个真实的自我变成了镜子，但他的情感交集矛盾，仍然想否认自己的罪过，拒绝承认真理。于是在他看来，那肖像是"一面不公平的镜子，他在看那面现出自己灵魂的镜子"。[48] 这时候读者才意识到，那变得越来越凶恶丑陋的肖像画，正是揭示他真实面目的魔镜，"就像是他的良心。是的，就是他的良心。他却要毁掉它"。然而道连最终毁掉的是他自己，那面魔镜却完好如初。在小说戏剧性的结尾，仆人们跑到他房间里，"发现墙上挂着他们主人一幅完美的肖像画，就像他们最后一次见到他那样，年轻俊美，俨然风度翩翩一位美少年。地板上却躺着一个死者，身穿睡袍，手里拿着一把刀。他好像身体萎缩了，满脸皱纹，看起来令人厌恶"。[49] 这里又是真与假的交错，丑陋其实是真实的反映，俊美的脸却是虚假的欺骗。这不觉使我们又想起《红楼梦》中的魔镜，认识到对魔镜揭示的真理视而不见者，到头来都以惨剧告终。

127

本文首先介绍了钱锺书以文本实例来作具体论证的研究典

47　Wilde, *The Picture of Dorian Gray*, 117.

48　Ibid., 178–79.

49　Ibid., 179.

范；然后以阿根廷作家博尔赫斯开始，追溯到柏拉图、中国古人和《圣经》里采用镜子这一意象；随后谈到中世纪关于镜子（speculum）和"自然之书"的象征，再论及莎士比亚和近代的许多实例，讨论《红楼梦》里的"风月宝鉴"、法国象征派诗人波德莱尔和英国作家王尔德的小说作品。像这样在跨文化的广阔范围里，讨论镜子作为具象征价值的比喻和意象，超出中国文学和法国文学传统而及于其他文学，再返回到历史中的古代和中世纪文学，就可以使我们认识到，许多重要的概念性比喻和意象，远比我们在单一文学传统里能够认识到的要普遍得多。也许我们可以借用波德莱尔的话来说，那"象征的森林"远比很多作家和诗人认识到的还广阔得多。镜或鉴可以代表人的头脑和心灵，一方面像镜子反映事物那样认识世界，另一方面又像魔镜那样具有洞察世间的能力。镜子映照事物，又非实在的事物本身，这当中就存在虚与实、外表与本质的关系这类带哲理的问题。但柏拉图以此否定文艺为虚构，则对镜子的功用理解得过于直接简单。我们从文学的大量例子可以看出，镜子不仅仅被动地反映事物，而且在作家和诗人的想象中，具有透过表象揭示事物内在本质的魔力，甚至有预示未来、宣告真理的魔力。正是通过文学的想象和艺术的表现，镜与鉴才可能使人深入思考真假、虚实、过往与未来的问题，而且意识到在不同的语言文学和文化传统中，在世界文学广阔的领域里，对这类问题都有丰富多彩的体现。

比较和跨文化的视野可以让我们看到的，正是超越语言、文化和文学表现手法之差异，人的想象那种令人惊异的契合。在认识到契合的同时，在我们深刻的理解和鉴赏之中，又总是保留着世界上每一种语言和文学的独特性质。每一部文学创作都是独特的，但在无穷无尽的文学创作之上，能够探察而且欣赏人类心智和人之想象力那种内在的联系，又岂非享受一场想象的盛宴、得到智性的满足？通过具体文本的例证认识到东海西海、心理攸同，也岂非一种心智的快乐？

第十章

药与毒：文学与辩证转换

比较文学过去主要仅限于欧洲文学。当我们在世界文学的环境里阅读文学作品，也就是说，在比通常比较文学更开阔的环境里阅读，我们就会有新的、更广阔的视野来看所有的文学作品，包括早已确立了崇高地位的西方经典作品，这些作品也会呈现出令人兴奋的新面貌。正如丹姆洛什所说的，"世界文学的形态现在正在发生的变化，对我们阅读的方式正在产生重大影响，甚至包括阅读伟大作品中之最伟大者"。[1] 在这一章里，我们将阅读莎士比亚，特别是《罗密欧与朱丽叶》，在传统的莎士比亚批评或西方文学传统之内对莎士比亚的比较研究，都不可能有这种阅读方式。我们将首先讨论某些中国诗人和作家论药与毒及其辩证关联的功能和效用。在这个主题上，莎士比亚将加入他们，而这个辩证转换的主题将证明是打开莎士比亚名剧《罗密欧与朱丽叶》丰富内

1　Damrosch, *What Is World Literature?*, 135.

容宝库的钥匙。跨文化阅读世界文学的乐趣是发现的快乐。本来毫不相干的不同文本，转瞬之间在思想和表达方面却不期而遇，发生意外的契合。文本越是不同，那种契合给人带来的满足感也就越大。

　　此章中要探讨的主题，是表现人的身体以及身体的医治，是在文字本意上，也是在比喻和讽寓的意义上理解良药和毒药，尤其是这两者之间辩证的关系。让我先从一部说来不属于文学类的奇书说起。这是一部汇集观察、回忆、评论等各方面内容的笔记，作者一条条委婉道来，像是退处蛰居的独白，那就是北宋博学多识的沈括所著《梦溪笔谈》。研究中国古代科技史的著名学者李约瑟曾称赞沈括，说他是"中国历代产生的对各方面知识兴趣最广的科学头脑之一"。[2]《梦溪笔谈》共有六百余条笔记，所记者凡传闻轶事、世风民情、象数乐律、医药技艺、神奇异事，无所不包。沈括在自序里说，他退处林下，深居简出，没有人来往，"所与谈者，唯笔砚而已，谓之笔谈"。[3]

　　此书卷二十四"杂志一"有一条十分有趣的记载，说作者一位表兄曾和几个朋友一起用朱砂炼丹，"经岁余，因沐砂再入鼎，误遗下一块，其徒丸服之，遂发懵冒，一夕而毙"。对这一不幸事件，沈括评论说："朱砂至良药，初生婴子可服，因火力所变，遂能杀人。"他接下去思索这药物可变之性，意识到朱砂既有为人治

129

2　Joseph Needham, *Science and Civilization in China*, vol. 2 (Cambridge: Cambridge University Press, 1956), 267.

3　沈括著，胡道静校注：《新校正梦溪笔谈》，香港：中华书局香港分局，1975年，第19页。

病之效，又有杀人致命之力，于是总结说："以变化相对言之，既能变而为大毒，岂不能变而为大善；既能变而杀人，则宜有能生人之理。"[4] 沈括短短几句话的评论，说出了治病的药物和杀人的毒物，乃同一事物之两面，其性质完全视环境条件之改变而决定。这条笔记告诉我们，生与死、药与毒，不过是同一事物相反并存之两面，二者之间距离薄如隔纸，只需小小一步，就可以从一边跨到另一边。

《梦溪笔谈》另有一则故事，其要义也在说明同一物可以有相反功用，互为表里——既可为药，亦可为毒；既能治病，亦能致命。不过这一回却是一个喜剧性的故事，有个皆大欢喜的结局。沈括说："漳州界有一水，号乌脚溪，涉者足皆如墨。数十里间，水皆不可饮，饮皆病瘴，行人皆载水自随。"有一位文士在当地做官，必须过那条可惧之河，而他素来体弱多病，很担心瘴疠为害。接下去一段写得十分生动有趣，说这位当官的人到乌脚溪时，"使数人肩荷之，以物蒙身，恐为毒水所沾。兢惕过甚，睢盱蹩蹙，忽坠水中，至于没顶，乃出之，举体黑如昆仑，自谓必死，然自此宿病尽除，顿觉康健，无复昔之羸瘵。又不知何也"。[5] 这里发生的事又是完全出人意料，阴阳反转。如果说在前面那个故事里，至良的朱砂变为致命的毒药；在这个故事里，对健康者有毒的溪水，对一个通身有病的人反倒有神奇的疗效。在这两则故事里，正相反对的药与毒、善与恶，都并存在同一物里。辩证转换

130

4　沈括著，胡道静校注:《新校正梦溪笔谈》，香港：中华书局香港分局，1975年，第238页。
5　同上，第244页。

的思想在传统的中国医学理论中，和在中国哲学中一样，都是核心的理念。

"乌脚溪"故事之所以有趣，并不止于良药与毒药的转化，而且特别从跨文化研究的角度来看，这故事还有某种寓意或讽寓（allegory）的含义。在一部研究讽寓的专著里，安古斯·弗莱切尔（Angus Fletcher）说："感染是基督教讽寓主要的象征，因为那种讽寓往往涉及罪与救赎。"[6] 沈括所讲"乌脚溪"故事并没有宗教寓意，因为故事中那人是身体有病，而不是精神或道德上虚弱。但这个故事又确实和基督教讽寓一样，有污染、感染和最终得救这类象征性意象。那人坠入毒水之中，反而"宿病尽除"，全身得到净化。由此可见，"乌脚溪"故事虽然用意和基督教讽寓完全不同，却又有点类似基督教讽寓中的炼狱，因为二者都是描述通过折磨和痛苦而最终得到净化。西方又有所谓同类疗法（homoeopathy），即以毒攻毒，用引起疾病的有毒物品来治疗同种疾病；中国传统医药也有类似的观念。可见在观察到药与毒之辩证性质上，东西方的认识都颇有相通之处。

弗莱切尔引用研究医学史的专家奥塞·邓金（Owsei Temkin）的话，说"拉丁文的'感染'（*infectio*）这个字原义是染上颜色或弄脏"；而"这个字词根 *inficere* 的意义，则是放进或浸入某种液汁里，尤其是某种毒药里；也就是沾污，使某物变脏、有污点或腐败"。[7] 这些话听起来岂不正像是在描绘"乌脚溪"对正常人所起

6　Angus Fletcher, *Allegory: The Theory of a Symbolic Mode* (Ithaca: Cornell University Press, 1964), 199.

7　Ibid., 200, no. 23.

的作用，即染上颜色、弄脏、沾污、感染吗？沈括说，人们一到乌脚溪，"涉者足皆如墨"，而且"数十里间，水皆不可饮，饮皆病瘴"，就是说这里的毒水会使人染上疾病。不过这个故事在结尾却突然一转：有毒的溪水对一个通身有病的人，想不到却有神奇的疗效。沈括记叙这个故事如果说有什么道德或讽寓的含意，却并未在文中明白点出；关于致命与治病之辩证关系，也没有作更多的发挥。然而在中国文化传统中，对这一辩证关系却早已有认识，沈括写毒药与良药之转换，也并非前无古人的首创。

　　比沈括早大概两百多年，唐代著名诗人和作者刘禹锡有短文《因论七篇》，其中一篇题为《鉴药》，就是明白交代的一篇寓言。这里的"鉴"字，就是要读者以此为鉴而警惕之意。《鉴药》以自述的口吻，写他得了病，食欲不振，头晕目眩，全身发热，"血气交沴，炀然焚如"。有朋友介绍他看一位医生。这医生给他把脉，察看舌苔颜色，又听他的声音，然后告诉他说，这是由他生活起居失调、饮食不当而引发疾病，他的肠胃已经不能消化食物，内脏器官已经不能产生能量，所以整个身躯就像一个皮囊，装了一袋子病。医生拿出一小块药丸，说服用之后，可以消除他的病痛，但又说："然中有毒，须其疾瘳而止，过当则伤和，是以微其齐也。"就是说这药有毒，只能少量服用，而且病一好就必须立即停药，吃过量会伤害身体。刘子按照医生指点服药，很快病情好转，一个月就痊愈了。

　　就在这时，有人告诉他说，医生治病总要留一手，以显得自己医术精深，而且故意会留一点病不完全治好，以便向病人多收取钱财。刘子被这一番话误导，没有遵医嘱停药，反而继续服用，但五天之后，果然又病倒了。他这才意识到自己服药过量，中了药里的毒，便立即去看医生。医生责怪了他一番，但也给了他解毒的药，终于使他渡过了险关。刘子由此而深为感慨，不禁叹道："善哉医乎！用毒以攻疹，用和以安神，易则两踬，明矣。苟循往以御变，昧于节宣，奚独吾侪小人理身之弊而已！"[8] 他终于明白，用有毒的药治病，用解毒的药安神，两者不可改易，否则就会出问题。他由此还悟出一个更带普遍性的道理，即在变动的环境中如果固守老一套路子，不懂得因应变化和一张一弛的道理，最后带来的危害就不仅止于一个人身体的病痛了。在《鉴药》这篇文章里，突出的又是毒药和良药辩证之理：同一物既可治病，又可伤人，一切全在如何小心取舍和平衡。

　　刘禹锡此文从药物相反功能的变化引出一个道理，而那道理显然远远超出"吾侪小人理身之弊"的范围。在中国古代政治思想中，"理身"常常可比"治国"。刘禹锡要人懂得一张一弛的道理，不要"循往以御变，昧于节宣"，就显然是这个意思。刘禹锡文中点到即止的这一比喻，在三百多年之后宋人李纲的著作里，就得到了明确的表现。李纲出生时沈括已经五十多岁。金兵入侵时，李纲主战而受贬谪，后来高宗南渡，召他为相。他整军经武，怀着收复北方失地的抱负。可是南宋小朝廷一意偏安，他又受到主和派的排挤，终于抱恨而去。他有一篇文章题为《论治天下如治病》，其中就把人体、国家、药物等作为比喻来加以发挥，讨论他

8　刘禹锡：《因论七篇·鉴药》，《刘禹锡集》上册，北京：中华书局，1990年，第77页。

当时面临的政治问题。李纲首先肯定说："膏粱以养气体，药石以攻疾病。"然后发挥治天下如治病的比喻，认为"仁恩教化者，膏粱也；干戈斧钺者，药石也"。管理善良的臣民需要文治，"则膏粱用焉"，铲除强暴、镇压祸乱又需要武力，"则药石施焉。二者各有所宜，时有所用，而不可以偏废者也"。[9]

李纲还有一篇《医国说》，也是把治国和治病相联系。此文一开头就说："古人有言：'上医医国，其次医疾。'"然后把国家政体比喻成人体，而国家面临的各种问题也就像人体各部器官遇到的疾病。这是一个东西方都有带普遍性质的比喻。李纲说：

> 天下虽大，一人之身是也。内之王室，其腹心也；外之四方，其四肢也；纲纪法度，其荣卫血脉也。善医疾者，不视其人之肥瘠，而视其荣卫血脉之何如；善医国者，不视其国之强弱，而视其纲纪法度之何如。故四肢有疾，汤剂可攻，针石可达，善医者能治之。犹之国也，病在四方，则诸侯之强大，藩镇之跋扈，善医国亦能治之。[10]

李纲乃一代名相，他之所论是中国传统政治思想中对治国的一种比喻。早在汉代，董仲舒《春秋繁露》就把人的身体器官及喜怒哀乐与宇宙自然、阴阳四季一一对应，提出天人感应的理论。《为人者天第四十一》说：

133

9　李纲：《论治天下如治病》，《梁溪集》卷一百五十，《四库全书》影印本第1126册，上海：上海古籍出版社，1987年，第648a页。
10　李纲：《医国说》，《梁溪集》卷一百五十七，同上，第683b—684a页。

人之形体，化天数而成；人之血气，化天志而仁；人之德
行，化天理而义；人之好恶，化天之暖清；人之喜怒，化天之
寒暑；人之受命，化天之四时。人生有喜怒哀乐之答，春秋
冬夏之类也。喜，春之答也；怒，秋之答也；乐，夏之答也；
哀，冬之答也。天之副在乎人，人之情性有由天者矣。故曰
受，由天之号也。[11]

《人副天数第五十六》更说得很明确：

天地之符，阴阳之副，常设于身，身犹天也。数与之相
参，故命与之相连也。天以终岁之数，成人之身。故小节
三百六十六，副日数也；大节十二分，副月数也；内有五藏，
副五行数也；外有四肢，副四时数也；乍视乍瞑，副昼夜也；
乍刚乍柔，副冬夏也；乍哀乍乐，副阴阳也；心有计虑，副度
数也；行有伦理，副天地也。[12]

董仲舒提出这天人感应的观念，李纲以人的身体器官来描述国
家政体，把人体和政体与医生治病相关联，就不能不令人联想起
西方关于自然之大宇宙和人之小宇宙互相感应（correspondence）
的观念和关于政治躯体（body politic）的比喻。而这种观念和
比喻从中世纪到文艺复兴，乃至现代，在西方传统中都随处可

11　董仲舒著，凌曙注：《春秋繁露》，上海：商务印书馆，1937年，第175页。
12　同上，第205—206页。

见。[13] 西方关于政体的观念可以一直追溯到柏拉图，他曾"把一个治理得当的国家与人体相比，其各部分器官可以感觉到愉快，也可以感觉到痛苦"。[14] 12世纪著名政治哲学家萨里斯伯利的约翰（John of Salisbury, 1120—1180）比沈括晚生九十余年，比李纲晚四十余年。他曾概述古罗马史家普鲁塔克（Plutarch）的著作，也比喻说君主是"国家的头脑"，元老院是心脏，"各行省的法官和总督"则担负起"耳目和喉舌的任务"；军官和士兵是手臂，君主的助手们则"可以比为身体的两侧"。他接下去把管理钱财银库的官员比为肚子和肠胃，强调这是最容易腐败感染的器官：

> 司库和簿记官（我说的不是监狱里管囚犯的小吏，而是管理国库的财政官员）好像肚子和内脏。他们如果贪得无厌，又处心积虑聚敛搜刮起来的脂膏，就会生出各种各样无法治愈的疾病来，而且会感染全身，导致整个躯体的毁坏。[15]

13　弗莱切尔在论及人体和政体的比喻时说，法国作家加缪（Albert Camus）的现代讽寓小说《鼠疫》（La Peste）就是"以老鼠传播的疫疾来比喻侵略者军事占领（即纳粹占领奥兰）的瘟疫以及连带的政治疾病"。参见 Fletcher, Allegory，第71页。关于大宇宙和小宇宙的感应观念，尤其这种观念在16世纪至17世纪英国文学中的表现，蒂利亚德著《伊丽莎白时代的世界图景》（E. M. W. Tillyard, Elizabethan World Picture [New York: Macmillan, 1944]）仍然是很有参考价值的一本小书。

14　Plato, Republic V.464b, in Hamilton and Cairns (eds.), The Collected Dialogues, 703.

15　John of Salisbury, Policraticus: Of the Frivolities of Courtiers and the Footprints of Philosophers, 5:2, in Cary J. Nederman and Kate Langdon Forhan (eds.), Medieval Political Theory: A Reader: The Quest for the Body Politic, 1100-1400 (London: Routledge, 1993), 38–39.

134   西方关于政体比喻这一经典表述，和李纲治国如治病的比喻相当近似，两者都把社会政治问题比为人身上有待医生治理的疾病。由此可见，在中国和西方思想传统中，都各自独立地形成了类似的比喻，即以人体和人的疾病来比方国家及其政体之腐败。萨里斯伯利的约翰对肚子和肠胃的评论，认为那是容易腐化的器官，说明疾病不只有外因，而且有自我引发的内因。在西方，肚子和身体其他器官争吵是有名的寓言，最早见于古希腊伊索寓言，中世纪时由法兰西的玛丽（Marie de France）复述而广为流传，1605 年又由威廉·坎顿（William Camden）印在《余谈》（*Remains*）一书里，在莎士比亚《科利奥兰纳斯》一剧的开头（I.i.96），更有十分精彩的变化和应用。"有一次，人身上各种器官对肚子群起而攻之"，控诉肚子"终日懒惰，无所事事"，却无功受禄，吞没所有的食物。于是众器官都指责肚子贪得无厌，聚敛脂膏。肚子不仅以各有所司、各尽所能的观念作答，而且特别强调社会等级各有次序，说这对于秩序和统一至为重要。"我是全身的储藏室和店铺"（I am the store-house and the shop / Of the whole body），莎士比亚笔下的肚子不无自傲地宣布：

> I send it through the rivers of your blood,
>
> Even to the court, the heart, to th' seat o' th' brain,
>
> And, through the cranks and offices of man,
>
> The strongest nerves and small inferior veins
>
> From me receive that natural competency

Whereby they live.[16]

> 我把一切都通过你们血脉的河流
> 送到心脏的宫廷，头脑的宝座，
> 最强健的神经和最细微的血管
> 都由人身上大大小小的宫室管道，
> 从我那里取得气血精神，
> 才得以存活。

在这个寓言原来的版本里，手脚等器官不愿喂养肚子，拒绝工作，但整个身体也很快就垮掉了。于是政治躯体显出是不同器官的统一体，每个器官都各有其用处和职责，各守其位，形成井然有序、有一定尊卑等级的整体。一旦这等级秩序被打乱，遭到破坏，整个有机体就会虚弱而染病。莎士比亚《特洛伊罗斯与克瑞茜塔》（*Troilus and Cressida*）中尤利西斯（Ulysses）关于"等级"的那段著名的话，就相当巧妙地利用了这一观念，也利用了疾病和药物那十分鲜明的意象。尤利西斯采用医疗的比喻，把太阳描绘成众星球之王，"其有神奇疗效的眼睛可以矫正灾星的病变"（whose med'cinable eye / Corrects the ill aspects of planets evil），而"一旦动摇了等级"（O when degree is shak'd），"全部伟业就会病入膏肓"（The enterprise is sick）。[17] 要治疗政体的疾病，

135

---

16 Shakespeare, *Coriolanus* I.i.133, *The Riverside Shakespeare*, 1397-98.
17 Shakespeare, *Troilus and Cressida*, I.iii.101, ibid., 455.

毒药和良药都各有用处。《两亲相争》（*The Two Noble Kinsmen*）剧中公认为莎士比亚所写的一节，阿塞特（Arcite）向战神祈祷，把战神描绘成一个用暴烈手段来治病的医生。阿塞特呼唤战神说：

> O great corrector of enormous times,
>
> Shaker of o'er-rank states, thou grand decider
>
> Of dusty and old titles, that heal'st with blood
>
> The earth when it is sick, and cur'st the world
>
> O' th' plurisy of people![18]

> 啊，矫正时代错乱的大神，
>
> 你撼动腐败的大国，决定
>
> 古老家族的盛衰，用鲜血
>
> 治愈患病的大地，清除世间
>
> 过多的人口！

　　正如前面李纲说过的，"干戈斧钺者，药石也"，为治理一个有病的国家，就必须"聚毒药，治针砭"。西方政体之病，治疗起来也是采用暴烈的方法。阿塞特呼唤战神，就把战争比为放血，而那是中世纪以来治疗许多疾病的办法。在那种原始的治疗过程中，让人流血恰恰成了予人治病的手段。莎士比亚悲剧《雅典的泰门》（*Timon of Athens*）结尾，亚西比得（Alcibiades）带领军队向腐败

18　Shakespeare, *The Two Noble Kinsmen*, V.i.62, *The Riverside Shakespeare*, 1671.

的城市推进时，最后所说那段话也正是这样的意思：

> And I will use the olive with my sword:
> Make war breed peace, make peace stint war, make each
> Prescribe to other as each other's leech.[19]

> 我要把橄榄枝和刀剑并用：
> 以战争带来和平，让和平遏制战争，
> 使它们成为彼此治病的医生。

　　这里又是以医疗的语言和意象来取譬。战争与和平像医生开的处方，可以互相治疗彼此的疾病。于是我们在此又看到，致命与治病、毒药与良药、杀戮与治愈等相反复又相成。无论治国还是治人，这些都是同一治理过程使用的两种互相联系而又互相冲突的手段。莎士比亚原文里彼此治病的"医生"是 leech，也就是可以吸血的虫子"蚂蟥"。在西方，从中世纪直到19世纪，医生都常用这种虫子来放血治病，所以"蚂蟥"也就成为医生的代称。

　　有趣的是，在中国古代，《周礼·天官》为医生所下的定义早已经包含了这样相反的两个观念，说是"医师掌医之政令，聚毒药以共医事"。郑玄笺："药之物恒多毒。"[20] 在一定意义上，中国古代这个定义已涵盖了现代医学的基本原理。因为正如迈克尔·罗　　136

---

19 Shakespeare, *Timon of Athens*, V.iv.82, *The Riverside Shakespeare*, 1474.
20《周礼注疏》，阮元：《十三经注疏》上册，第666页。

伯茨（Michael Roberts）所说，现代医学把治疗理解为"一种控制性的施毒，其中有疗效的物品都有不可忽视的内在毒性"。[21] 从这一观点出发，我们就很能理解，沈括所记轶事中的朱砂何以会变质，刘禹锡所讲故事中过量的药何以会对人产生毒害。罗伯茨还说，现代治疗学基本上接受了"威廉·惠塞林（William Withering）1789年发表的权威性意见，即'小剂量的毒品是最佳的药物；而有用的药物剂量过大，也会变得有毒'"。罗伯茨又重述"帕拉切尔索斯（Paracelsus）的学说，认为'物皆有毒，天下就没有无毒的物品；只有剂量才使物品没有毒性'"。[22] 这和郑玄所谓"药之物恒多毒"，岂非异曲而同工吗？由此可见，东西方这些极不相同的文本说的都是同一个道理，这也就透露了中西文化传统在理解医药和治疗学的性质上，在认识良药与毒药之相对而又相辅相成的辩证关系上，有令人惊异的相通之处。

西方医药界正式承认的职业标志，也是世界卫生组织（WHO）的标志，是一条棍棒上面绕着一条蛇，这也暗示毒药和医疗之间密切的关系。那是希腊神话中的医神阿斯克勒庇俄斯（Asclepius）所执的手杖（caduceus），上面绕着一条大蛇。这和希腊神话中神的信使赫尔墨斯（Hermes）所执的魔杖（kerykeion）颇易混淆。赫尔墨斯的魔杖上面绕着两条蛇。这位神的信使行动神速，往返于冥界和阳界之间，既能让人生，也能让人死。古罗马诗人维吉尔曾在诗中描绘赫尔墨斯手中所持魔杖这种两重性，说它能够

---

21 Michael Roberts, *Nothing Is Without Poison: Understanding Drugs* (Hong Kong: The Chinese University Press, 2002), 8.

22 Ibid., 13.

summons

Pale ghosts from Hell, or sends them there, denying

Or giving sleep, unsealing dead men's eyes.[23]

唤起

地狱中苍白的鬼魂，或将其打入深渊，

让人睡去或者醒来，开启死者已闭的双眼。

  论者对此杖上两条蛇的寓意，曾有各种不同的解释，但这两条凶猛的蛇显然与治愈疾病的力量有关联。赫尔墨斯手执此杖，把死者的亡魂引入冥界，但他也能够让死者复活（"开启死者已闭的双眼"），带他们重返人间。这又指出生与死、致命和治病这样的两重性。作为一种爬行类冷血动物，蛇从来既令人恐惧，又引起人极大兴趣，令人着迷。唐人段成式《西阳杂俎》一书多记载一些怪异之事，其中就有一种"蓝蛇，首有大毒，尾能解毒，出梧州陈家洞。南人以首合毒药，谓之蓝药，药人立死。取尾为腊，反解毒药"。[24] 从现代科学的观点看来，这很难说是准确的观察；可是蛇能产生毒药，又能产生解毒药，却的确已为现代科学研究所证实。一位研究蛇蛋白的专家安德烈·米内兹（André Ménez）就认为，蛇毒很能成为"有效对抗各种疾病的多种药物之来

137

---

23 Virgil, *The Aeneid*, IV, trans. Rolfe Humphries (New York: Charles Scribner's Sons, 1951), 95.

24 段成式：《西阳杂俎》，第170页。

源"。[25] 有趣的是，米内兹借用中国古代一个观念来解释他所做医学研究的原理。他说："阴阳，古代中国这个二元理论完全适用于解释毒药。最初一眼看来，毒品对人有危害。然而毒物及所含成分却可能是一个金矿，从中可以开采出新的药物来。"[26] 药与毒就像阴阳一样，是相反相成的关系。《纽约时报》曾报道说，澳洲墨尔本大学的生物学家布莱恩·弗莱（Bryan Fry）发现，蛇毒在医学上很有价值。他说："如果你把蛇都杀死，你很可能就杀掉了即将发现的极具效力的良药。"[27] 现代医学，尤其药物学的研究，证明古人的观察往往包含了事物辩证之理。虽然从现代科学的观点看来，这类观察并不严密准确，但在今日仍然对我们有启迪的作用。

毒性和药性这一内在的二元性，在希腊文的 *pharmakon* 这个字里表现得很明确，因为这个字既表示医药，又表示毒药。德里达在解构柏拉图对话的文章里，在批评他所谓"柏拉图的药房"时，就拿这个希腊字的二元性来借题发挥。德里达论述说："*pharmakon* 这个字完全陷于表意的链条之中。"[28] 他又说："这个 *pharmakon*，这个'药'字，既是药又是毒药的这一药剂，已经带着它所有模棱两可的含混，进入话语的躯体之中。"[29] 德里达之

---

25 André Ménez, *The Subtle Beast: Snakes, from Myth to Medicine* (London: Taylor & Francis, 2003), 17.

26 Ibid., 139.

27 Carl Zimmer, "Open Wide: Decoding the Secrets of Venom," *New York Times* (April 5, 2005), F1.

28 Jacques Derrida, "Plato's Pharmacy," in *Dissemination*, trans. Barbara Johnson (Chicago: University of Chicago Press, 1981), 95.

29 Ibid., 70.

所以对这基本而内在的含混感兴趣，是因为这种含混有助于破坏意义的稳定，可以完全超出柏拉图作为作者本人的意图，也超出柏拉图作为作者对文本的控制。所以在*pharmakon*这个字被译成"药物"时，尽管在特定上下文的语境里完全合理，德里达也坚持说，那种翻译完全忽略了"实实在在而且能动地指向希腊文中这个字的别的用法"，也因此破坏了"柏拉图字形变动的书写"。德里达极力强调的是柏拉图文本中语言本身内在的含混性，并坚持认为"*pharmakon*这个字哪怕意思是'药物'时，也暗示，而且一再暗示，这同一个字在别的地方和在另一个层面上，又有'毒药'的意思"。[30] 对柏拉图的对话，德里达作了一次典型的、颇为冗长的解构式细读，他力求要打乱柏拉图对正反两面的区别，并且动摇柏拉图对同一个字相反二义的控制。德里达说柏拉图极力防止"药转为医药，毒品转为解毒品"，但是"在可以作出任何决定之前"，*pharmakon*这个字早已包含了那根本的含混性。德里达最后总结说："*pharmakon*的'本质'就在于没有固定的本质，没有'本来'的特点，因此在任何意义上（无论玄学、物理、化学或是炼金术的意义上），它都不是一种'物质'。"[31] 德里达此文是一篇典型的"解构"（deconstruction）文章，主旨在于动摇任何稳定的观念，而*pharmakon*以其本身包含相反二义，当然就为"解构"提

138

30　Derrida, "Plato's Pharmacy," *Dissemination*, 98.

31　Ibid., 125–26. 虽然德里达讨论 pharmakon 揭示出这个希腊字和概念的二重性，但他却并没有在他论莎士比亚《罗密欧与朱丽叶》的文章里，发挥他关于二重性的见解。因为他讨论此剧注重在命名和格言的问题。参见 Jacques Derrida, "Aphorism Countertime," in *Acts of Literature*, ed. Derek Attridge (New York: Routledge, 1992), 414–33.

供了一个很好的话题。

我们在前面讨论过的各种中西方文本，当然都处处在证明药物没有一个固定不变的本性。只不过这些文本不像高谈理论的文章那样，把语言文字弄得那么玄之又玄，晦涩难解。德里达的目的在于动摇任何物质的稳定性，但对我们前面讨论过的其他作者说来，恰好是事物一时相对稳定的性质可以形成治疗或者致命的效力。对于像 *pharmakon* 这样有相反两种含义的字，在语言的实际运用中以及在人生的现实境况中，都往往需要作出明确区分，而一旦决断，就无可反悔，而正是这样的后果会构成人生以及艺术当中的悲剧性（或喜剧性）。人们认识到同一物质有两重功用，不能就此瘫痪而丧失了区分辨别和作出决定的能力；而医学能够发展，恰恰就是利用了"致命的"和"治疗的"二者之间的相辅相成，可以有辩证的转换。

我们讨论了中国和西方关于人体、良药和毒药以及医术等的比喻，从中悟出一点道理，得出一些见解，就可以帮助我们从跨文化的角度来解读莎士比亚，尤其是读《罗密欧与朱丽叶》。因为我认为在这个剧中，政治躯体的观念以及良药和毒药的辩证关系，都是构成剧情并推进剧情发展的关键和主题。在这个悲剧行动的核心，有一连串迅速发生的事件：罗密欧被放逐；劳伦斯神父给朱丽叶一剂药，使她伪装死去；劳伦斯神父给罗密欧的信突然受阻，未能送到，最后造成悲剧性结局；罗密欧服毒而死，朱丽叶则用匕首自杀。药剂和毒药、神父和卖药者、爱与恨，我们在剧中到处发现这样的对立力量，正是它们使此悲剧得以一步步发展。悲剧的背景是蒙塔古和卡普勒两个家族的世仇，这世仇就好像维洛那城患的一场疾病，最终要牺牲两个恋人才能治愈。于是罗密欧与朱丽叶的爱，就不只是两个年轻恋人的私事，而是治愈一个有病的城邦和社群的手段，是给维洛那止血去痛的良药。劳伦斯神父同意为罗密欧与朱丽叶秘密主持婚礼，就正是看到了这一点。所以，他说："在有一点上，我愿意帮助你们，/ 因为这一结合也许有幸 / 把你们两家的仇恨转变为相亲。"(In one respect I'll thy assistant be. / For this alliance may so happy prove / To turn your households' rancour to pure love.)[32] 后来事情果然如此，却不是按照神父本来的意愿那样进行。罗密欧与朱丽叶的爱不仅有悲剧性，而且具有拯救和治病的性质；如果那只是两个年轻人的爱，没有救赎和化解世仇的重要社会价值，也就不成其为悲剧。因此，他们的爱是治疗两家世仇的一剂良药；对两位情人而言，却又是致命的毒药。但与此同时，对于维洛那城说来，那药又证明很有疗效。在此剧结尾，他们的爱情和牺牲的社会性质得到了公众的承认；因为在维洛那城，将"用纯金"(in pure gold) 铸造这两位情人的雕像，象征和睦和仇恨的化解，意味着城邦终将恢复和平与秩序。[33]

　　现在让我们考察一下此剧文本的细节。此剧开场，就有合唱队在剧前的引子里告诉我们说，这悲剧发生"在美丽的维洛那，我们的场景……公民的血使公民的手沾污不净"(In fair Verona, where we lay our scene... Where civil blood makes civil hands unclean)。[34] 蒙塔古和卡普勒两家的血仇使维洛那城流血不止，所

32　Shakespeare, *Romeo and Juliet*, II.iii.90, *The Riverside Shakespeare*, 1071.

33　Shakespeare, *Romeo and Juliet*, V.iii.299, ibid., 1093.

34　Shakespeare, *Romeo and Juliet*, The Prologue 2, *The Riverside Shakespeare*, 1058.

以政治躯体的观念在此为全剧的行动提供了一个带普遍性的背景。这里重复两次的civil一词，特别有反讽的意味，因为维洛那城流"公民的血"那场世仇，一点也不civil（"公民的""文明的""有礼貌的"）。正如吉尔·烈文森（Jill L. Levenson）所说，"在这里，这个重复的词就为维洛那城的各种矛盾定了基调，产生出概念的反对，一种词语的反转（synoeciosis or oxymoron）"。[35] 我们在良药和毒药相反而相成的关系中看到的，当然正是矛盾和反转。这里提到维洛那或特定的意大利背景，也自有特别意义。因为在伊丽莎白时代和詹姆斯王时代的英国，由于长期以来与罗马天主教会为敌，也由于误解马基雅弗里的著作，在一般英国人想象中和英国戏剧表演的套子里，都把意大利与放毒和阴险的计谋紧密相连。16世纪，一个与莎士比亚同时代的作家费恩斯·莫里逊（Fynes Moryson）就说："意大利人善于制造和使用毒药，早已得到证明，不少国王和皇帝都从那混合着我们救世主珍贵圣血的杯子里饮下毒药而亡。"他还说："在我们这个时代，施毒的技艺在意大利据说连君主们也会尝试使用。"[36] 这里说的好像正是《罗密欧与朱丽叶》中的维洛那，那是一个相当阴暗的地方，而正是在那个背景之上，特别是由朱丽叶所代表的光明的意象，才显得那么格外

---

35 Jill L. Levenson, "Shakespeare's *Romeo and Juliet*: The Places of Invention," *Shakespeare Survey* 49, ed. Stanley Wells (Cambridge: Cambridge University Press, 1996), 51.

36 Fynes Moryson, *Shakespeare's Europe*, ed. Charles Hughes (London: Benjamin Blom, 1903), 406; quoted in Mariangela Tempera, "The rhetoric of poison in John Webster's Italianate plays," in Michele Marrapodi, A. J. Hoenselaars, Marcello Cappuzzo and L. Falzon Santucci (eds.), *Shakespeare's Italy: Functions of Italian Locations in Renaissance Drama* (Manchester: Manchester University Press, 1997), 231.

突出。然而，在服用劳伦斯神父为她准备的药剂之前，甚至连朱丽叶也有过那么短暂一刻的疑虑，怀疑"万一那是神父调制的一剂毒药，要我在服用之后死去"（What if it be a poison which the friar / Subtilly hath minist'red to have me dead）。[37] 当然，朱丽叶很快就下定决心，与其被迫第二次结婚，因而背弃与罗密欧的婚姻，倒不如相信神父可以解救她脱离困境。然而神父的药剂并未能帮她逃出困境，反而出乎意料，最终造成两位情人悲剧性之死。因此最终说来，神父希望能救人的药剂，和最后毒死罗密欧的毒药并没有什么两样。

让我们重新回顾一下，古代中国为医师下的定义是"聚毒药以共医事"。莎士比亚同时代剧作家约翰·韦伯斯特（John Webster）在其描写阴谋与复仇的著名悲剧《白魔》（The White Devil）里，对医生的描述也恰好如此："医师们治病，总是以毒攻毒。"（"Physicians, that cure poisons, still work / With counterpoisons."III.iii.64-5）玛丽安杰拉·坦佩拉（Mariangela Tempera）评论此言说："以这句话，弗拉密诺便把医师的职业与施毒者的勾当，放在同一个阴暗的角落里。"[38] 在《罗密欧与朱丽叶》中，医师和施毒者之间界限模糊，正是一个重要的主题。而罗密欧在曼都亚一间破旧不堪的药铺买了剧毒的药剂之后说的一段话，更特别点出了这个主题。他对卖药人说：

37　Shakespeare, *Romeo and Juliet*, IV.iii.24, *The Riverside Shakespeare*, 1085.

38　Mariangela Tempera, "The rhetoric of poison in John Webster's Italianate plays," in Michele Marrapodi et al (eds.), *Shakespeare's Italy*, 237.

There is thy gold—worse poison to men's souls,

Doing more murder in this loathsome world

Than these poor compounds that thou mayst not sell.

I sell thee poison, thou hast sold me none.[39]

把你的钱拿去——在这令人厌倦的世界上，

比起那些禁止你出售的可怜的药剂，

这才是害人灵魂更坏的毒药，杀人更多。

是我卖了毒药给你，你并没有卖药给我。

罗密欧用这几句话，就颠倒了金钱与毒药的功用，也颠倒了卖毒的人和付钱买毒药的顾客之间的关系。

　　罗密欧的语言始终充满矛盾和词语转换，上面所引那几句话，不过是许多例子当中的一例而已。在此剧开头，罗密欧还没有上场，老蒙塔古已经把儿子的失恋描述成一种病，说"他这样幽暗阴郁绝不是什么好兆头，/ 除非良言相劝可以除掉他心病的根由"（Black and portentous must this humour prove / Unless good counsel may the cause remove）。[40] 罗密欧一上场第一番台词，就是矛盾和反语的典型，几乎把相反的词语推到了极点：

Why then, O brawling love, O loving hate,

---

39 Shakespeare, *Romeo and Juliet*, V.i.80, *The Riverside Shakespeare*, 1089.

40 Shakespeare, *Romeo and Juliet*, I.i.141, ibid., 1060.

O anything of nothing first create!

O heavy lightness, serious vanity,

Misshapen chaos of well-seeming forms!

Feather of lead, bright smoke, cold fire, sick health,

Still-waking sleep that is not what it is!

This love feel I that feel no love in this.[41]

啊，互相争斗的爱，互相亲爱的恨，

啊，无中可以生有的神秘！

啊，沉重的轻松，认真的空虚，

看似整齐，实则畸形的一片混乱，

铅重的羽毛，明亮的浓烟，冰冷的火，有病的强健，

永远清醒的沉睡，似非而是，似是而非！

我感觉到爱，却又没有爱在这当中。

　　正如弗兰克·凯慕德所说，"这里真是相反词语的家园"。[42] 所以，虽然这些夸张而自相矛盾的话表现的是罗密欧还没有遇见朱丽叶之前，自以为爱上罗莎琳而又失恋时混乱的情绪，我们却不应该把这些精心建构起来的矛盾词语轻轻放过，以为这不过表露年轻人对爱情的迷恋，缺乏感情的深度。罗密欧的语言后来也确实有所改变，更具有诗意的抒情性。凯慕德指出，罗密欧放逐曼

41　Shakespeare, *Romeo and Juliet*, I.i.176, *The Riverside Shakespeare*, 1060–61.

42　Frank Kermode, *Shakespeare's Language*, 54.

都亚，向卖药人购买毒药之前，在语言上更有值得注意的变化："他不再有关于爱情精心雕琢的比喻，也不再有关于忧郁的奇特幻想，却直接面对问题；他对仆人说：'你知道我的住处，给我准备好纸和墨，雇几匹快马；我今晚就要出发。'"（"Thou knowest my lodging, get me ink and paper, / And hire post-horses; I will hence tonight." V.i.25）[43] 可是我们在前面已看到，在这之后不久，罗密欧对卖药人讲话，就颠倒了卖毒和买毒之间的关系。所以哪怕他说的话变得更加直截了当，但在他的语言中，却自始至终贯串着矛盾和对立面互相转换的辩证关系。

　　修辞和文本的细节在改变，但在全剧中，爱与死、良药和毒药相反而又相成的二元性主题，却始终没有改变。对立的两面不仅相反，而且是辩证的，可以相互转换。正如弗莱所说："我们通过语言，通过语言中使用的意象，才真正理解罗密欧与朱丽叶的 *Liebestod*，即他们热烈的爱与悲剧性的死如何密不可分地连在一起，成为同一事物的两面。"[44] 在这个意义上说来，劳伦斯神父为朱丽叶调制的药剂与罗密欧在曼都亚购买的毒药，就并非彼此相反，却是"密不可分地连在一起，成为同一事物的两面"，和我们在前面讨论过的中国古代文本一样，都说明同一药物既有治病的疗效，又有致命的毒性。

142　　在《罗密欧与朱丽叶》中，劳伦斯神父出场时有一大段独白

43　Frank Kermode, *Shakespeare's Language*, 58.

44　Northrop Frye, "Romeo and Juliet," in Harold Bloom (ed.), *Modern Critical Interpretations: Shakespeare's Romeo and Juliet* (Philadelphia: Chelsea House Publishers, 2000), 161.

（II.iii.1-26），最清楚详细地讲明了世间万物相反复又相成，良药
与毒药可以互换转化的道理。他一大早起来，一面在园子里散步，
采集"毒草和灵葩"（baleful weeds and precious-juiced flowers）
放进手挎的篮子里；一面思索事物辩证转化之理，感叹大地既是
生育万物的母胎，又是埋葬万物的坟墓。善与恶在事物中总是密
切连在一起，稍有不慎，就会打破二者的平衡："运用不当，美
德也会造成罪过，/ 而行动及时，恶反而会带来善果。"（Virtue
itself turns vice being misapplied, / And vice sometime's by action
dignified.）他接下去又说：

> Within the infant rind of this weak flower
> Poison hath residence, and medicine power:
> For this, being smelt, with that part cheers each part;
> Being tasted, stays all senses with the heart.
> Two such opposed kings encamp them still
> In man as well as herbs: grace and rude will;
> And where the worser is predominant
> Full soon the canker death eats up that plant.[45]

> 这柔弱的一朵小花细皮娇嫩，
> 却既有药力，又含毒性：
> 扑鼻的馨香令人舒畅，沁人心脾，

45　Shakespeare, *Romeo and Juliet*, II.iii.23, *The Riverside Shakespeare*, 1070.

> 但吃进口中，却让人一命归西。
> 人心和草木都好像有两军对垒，
> 既有强悍的意志，又有善良慈悲；
> 一旦邪恶的一面争斗获胜，
> 死就会像溃疡，迅速扩散到全身。

　　神父在这里提到"这柔弱的一朵小花"，令人想起沈括所讲轶事中的朱砂和刘禹锡自叙故事中的药丸。因为它们都共同具有同一物质的二元性，都既是良药，又是毒药，既有治病的功效，又有毒杀人的相反效力。这些性质都不仅仅是相反，而且可以互换。而有趣的是，英国皇家莎士比亚剧团扮演劳伦斯神父极为成功的演员朱利安·格罗斐（Julian Glover），正是借助中国阴阳互补的观念，来理解神父那一长段独白，揣摩他如何思考自然及世间万物相反力量的微妙平衡。格罗斐在谈到劳伦斯神父的性格时，认为在那段长长的独白里，神父在赞叹"万物的多样性"，并且试图"用'柔弱的一朵小花'既有药力，又含毒性这样一个极小的例子，来说明一个更为宏大的主题：即阴阳互补，任何事物都包含完全相反的性质，所以世间才有平衡"。[46] 在一定意义上，我们可以说《罗密欧与朱丽叶》这整出悲剧都是建立在这个"宏大主题"的基础上，即一切事物都内在地具有相反性质，而且会互相转换，

---

46 Julian Glover, "Friar Lawrence in *Romeo and Juliet*," in Robert Smallwood (ed.), *Players of Shakespeare 4: Further Essays in Shakespearian Performance by Players with the Royal Shakespeare Company* (Cambridge: Cambridge University Press, 1998), 167.

良药和毒药的转化就是最令人惊惧的例证。我在前面已经说过，劳伦斯神父为朱丽叶准备了一剂药，他派人给罗密欧送信，却半途受阻而未能送达。这些都是关键，最终造成悲剧灾难性的后果。所以神父在花园里的独白，就带有悲剧性预言那种不祥的暗示意味。可是那预言的意义神父自己在当时也不可能知道，而且完全超乎他一心想做好事的本意。由于事情的进展阴差阳错，完全无法预料，神父最后竟然成了自己所讲那一通道理的反面例证，即他所谓"运用不当，美德也会造成罪过"。

143

然而莎士比亚的读者们、观众们和批评家们，都并不总能充分理解和欣赏良药和毒药之二元性这一中心主题。乔安·荷尔莫（Joan Ozark Holmer）就说，现代的读者们往往没有深思熟虑，就认为劳伦斯神父那一长段独白不过是老生常谈，不值得去深入分析；可是这样一来，他们就忽略了"莎士比亚设计这段话当中的独创性"。[47]甚至阿登版莎士比亚《罗密欧与朱丽叶》的编者布莱安·吉朋斯（Brian Gibbons）在论及神父的语言时，也贬之为"格式化的说教，毫无创意而依赖一些陈词滥调刻板的套子"。[48]可是把莎士比亚剧本和此剧所直接依据的作品，即亚瑟·布鲁克（Arthur Brooke）的长诗《罗密乌斯与朱丽叶》相比较，就可以看出莎剧里神父的形象显然扩展了很多，而他那段独白里表露出来

---

47 Joan Ozark Holmer, "The Poetics of Paradox: Shakespeare's versus Zeffirelli's Cultures of Violence," *Shakespeare Survey* 49 (Cambridge: Cambridge University Press, 1996), 165.

48 Brian Gibbons, Introduction to the Arden Edition of Shakespeare, *Romeo and Juliet* (London: Methuen, 1980), 66.

的哲理，也为我们理解这出悲剧的行动和意义提供了最重要的线索。正如朱利安·格罗斐认识到的，"柔弱的一朵小花"那个极小的例子，其实可以揭示阴阳互补的"宏大主题"，即良药与毒药微妙的平衡；在更普遍的意义上，这个例子也暗示出由幸运转向不幸、由善良的意愿导致灾难性后果的悲剧性结构。

亚里士多德早已指出，转化和认识是"悲剧打动人最重要的因素"。[49] 在《罗密欧与朱丽叶》一剧中，转化不仅是戏剧行动关键的一刻；而且在戏剧语言中，在随处可见的词语矛盾中，在令人挥之不去的预示性意象中，都一直有某种暗示。神父准备为罗密欧与朱丽叶主持婚礼这一"圣洁行动"时，他曾警告他们说："这样暴烈的快乐会有暴烈的结果，/ 就好像火接触火药，一接吻 / 就化为灰烬。"（These violent delights have violent ends / And in their triumph die, like fire and powder, / Which as they kiss consume.）[50] 这又像是极具悲剧意味的讖语，因为这两位恋人最后都以身殉情，在临死前说的话里都回应着"接吻"一词。罗密欧在饮下毒药之前，对朱丽叶说："这是为我的爱干杯！卖药人啊，/ 你说的果然是实话，你的药真快。我就在这一吻中死去。"（Here's to my love! O true apothecary, / Thy drugs are quick. Thus with a kiss I die.）朱丽叶醒来后想服毒自尽，说话时也重复了这一个意象："我要吻你的嘴唇。/ 也许上面还留下一点毒液，/ 好让我死去而重新与你会合。"（I will kiss thy lips. / Haply some poison yet doth hang

144

---

49 Aristotle, *Poetics* 50a, trans. Richard Janko (Indianapolis: Hackett, 1987), 9.

50 Shakespeare, *Romeo and Juliet*, II.vi.9, *The Riverside Shakespeare*, 1074.

on them / To make me die with a restorative.）[51] 当然，转化还显露
在聪明又一心想做好事的神父身上。他曾警告罗密欧："做事要慢
而审慎；跑得太快反而会跌倒。"（Wisely and slow; they stumble
that run fast.）[52] 可是到最后，正是他很快跑去坟地而跌倒："圣芳
济保佑！今夜我这双老腿 / 怎么老在坟地里跌跌撞撞！"（Saint
Francis be my speed. How oft tonight / Have my old feet stumbled at
graves!）[53] 由此可见，从整个悲剧的结构到具体文本的细节，世间
万物的二元性和对立面的转化都是《罗密欧与朱丽叶》一剧的核
心；而劳伦斯神父对"这柔弱的一朵小花"所包含的毒性与药力
的思考，最明确地揭示了这一核心的意义。

　　劳伦斯神父固然博学多识，深明哲理，可是却无法预见自己计
谋策划和行动的后果。然而到最后，众人却只能靠他来解释悲剧
为什么会发生，如何发生。神父在结尾的讲述并非只是重复观众
已经知道的情节，因为在剧中所有的人物里，在那时刻他是唯一
的知情人。他说的话又充满了词语的矛盾：

I am the greatest, able to do least,

Yet most suspected, as the time and place

Doth make against me, of this direful murder.

And here I stand, both to impeach and purge

51　Shakespeare, *Romeo and Juliet*, V.iii.119, 164, *The Riverside Shakespeare*, 1091.

52　Shakespeare, *Romeo and Juliet*, II.iii.94, ibid., 1071.

53　Shakespeare, *Romeo and Juliet*, V.iii.121, ibid., 1091.

Myself condemned and myself excus'd.[54]

> 我虽然年老体衰，却有最大嫌疑，
> 因为时间和地点都于我不利，好像
> 我最可能犯下这恐怖的杀人罪。
> 我站在这里，既要控告我自己，
> 也要为自己洗刷清白，证明无罪。

神父不能预见自己计划和行为的后果，其实正是产生悲剧的一个条件，因为这正显出人类必有的悲剧性的局限。而他最后认识到这类局限也非常关键，因为他由此而表现出悲剧中另一个重要因素，即认识。亚里士多德说："认识，正如这个词本身意义指明的，是由不知转为知。"[55]朱丽叶在坟墓里醒来时，神父力劝她离开那个"违反自然的昏睡，且充满瘴气的死之巢穴"（that nest / Of death, contagion, and unnatural sleep）。在那个时刻，他已经认识到"我们无法违抗的一种更大的力量 / 已经阻碍了我们的计划"（A greater power than we can contradict / Hath thwarted our intents）。[56]这些话就像此剧开场的引子里说的"命运多舛的情人"（star-cross'd lovers）一样，可能难以满足我们现代人的头脑。我们总希望寻求一个符合理性的解释，所以神父这句话很可能没有什么说服力。有些批评家也因此责怪劳伦斯神父，甚至责怪莎士

---

54 Shakespeare, *Romeo and Juliet*, V.iii.223, *The Riverside Shakespeare*, 1092.

55 Aristotle, *Poetics*, 52b, 14.

56 Shakespeare, *Romeo and Juliet*, V.iii.151, *The Riverside Shakespeare*, 1091.

比亚，认为他们太过分地用偶然机缘来解释悲剧的发生。然而对
于古典的和莎士比亚的悲剧观念而言，恰恰是"我们无法违抗的
一种更大的力量"把悲剧行动推向命运的转折，造成一连串阴差
阳错的事件，而这些事件"按照或然律或必然律"发展，自有其
逻辑线索可循。[57] 和古希腊悲剧家索福克勒斯（Sophocles）描绘的
俄狄浦斯王（King Oedipus）一样，悲剧主角为逃避厄运所做的
每一件事情，都恰恰把他自己推向那似乎命中注定的厄运，引向
必不可免的悲剧性结局。无论你怎样诚心做好事，你总是无法预
知自己行为的后果，也无法控制这些后果。神父在思考平衡与转
换、善与恶、良药与毒药之相反相成时，讲的岂不正是这样一个
道理吗？

《罗密欧与朱丽叶》成为莎士比亚最让人喜爱、最受欢迎的剧
作之一，当然是由于年轻恋人的爱与死，由于诗剧语言之美，由
于强烈的感情表现在令人印象深刻的意象和比喻里。不过我要指
出的是，对立面的相反相成，尤其是良药与毒药的含混与辩证关
系，构成整个的中心主题，才使悲剧成其为悲剧；而在剧中，是
劳伦斯神父把这个中心主题作了最令人难忘的表述。两个年轻恋
人遇到困难，总是找神父出主意，所以神父的一举一动，对剧情
的发展都有决定性影响。如果没有神父的祝福，罗密欧与朱丽叶
就不可能成婚；没有神父调制的药剂，朱丽叶就无法逃脱强加给
她的第二次婚姻。但另一方面，悲剧也就不可能像剧中那样发生。
所以从戏剧的观点看来，劳伦斯神父实在是处于戏剧行动的中心

57　参见 Aristotle, *Poetics*, 52a, 14.

位置，他所起的作用，也远比人们一般承认的要重大得多。

我在此要再强调的一点是，我们是从跨文化阅读的角度，才得以更好地理解和欣赏这一中心主题。因为我们把《罗密欧与朱丽叶》和沈括、刘禹锡、李纲等中国文人的著作一起阅读，才开始看出毒药与良药辩证关系的重要，才最明确地理解阴阳互补那"宏大的主题"，即同一事物中相反性质的共存和转换。让我们再看看沈括对朱砂既能杀人，又能治人之变化的本性所作的评论："以变化相对言之，既能变而为大毒，岂不能变而为大善；既能变而杀人，则宜有能生人之理。"这里突出的观念是药物既能治病又能毒杀人的二重性。我们可以把这几句话与劳伦斯神父的话并列起来，神父所说的是关于人与自然中相反力量的平衡、关于对立面的辩证关系：

> 这柔弱的一朵小花细皮娇嫩，
> 却既有药力，又含毒性：
> 扑鼻的馨香令人舒畅，沁人心脾，
> 但吃进口中，却让人一命归西。
> 人心和草木都好像有两军对垒，
> 既有强悍的意志，又有善良慈悲。

146　　　　我们的讨论从《梦溪笔谈》中两条记载开始，以莎士比亚的著名悲剧《罗密欧与朱丽叶》结束，当中涉及中国和西方许多不同性质、不同类型的文本。但把这些不同文本联系起来的，又是一个贯串始终的主题，那就是由药与毒所揭示出来的世间万物相反相成、阴阳互补的辩证关系。中西文本这样相遇就明显地证明，在很不相同的文学和文化传统中，有思想和表达方式上出奇的共通性。我们要深入理解不同文本，固然需要把它们放进各自不同的独特环境里，但超乎它们的差异之上，主题的模式将逐渐呈现出来，把差异放在它们适当的位置上，并且显露人们的头脑在运作当中令人惊讶的相似，揭示人类在想象和创造当中的契合。《罗密欧与朱丽叶》是西方文学中著名的经典作品，关于这部作品的评论可以说已是汗牛充栋。但把这部作品放在中西比较或世界文学更广阔的范围里，让莎士比亚与沈括、刘禹锡、董仲舒、李纲等中国古人去对话，大概是前人还没有尝试过的；而这样的尝试就有可能开拓一片新的批评领域，作出具有新意的解读。在这个意义上说来，中西比较和世界文学可以为我们打开新的视野，使我们甚至对已经有许多批评和解读的中西文学经典，也能从不同的角度，产生一些新的认识，加深我们对这些文本当中共同主题的理解和认识。

结　论

世界文学与普世精神

　　歌德关于诗是普世的观念使他不仅成为欧洲文学里的大诗人，而且是世界文学的大诗人。他当然认定自己植根于希腊罗马的古典传统之中，但他的目光和胸怀也的确超越了那个范围。与大多数他的同时代人相比，歌德对世界上文学作品的兴趣范围要广阔得多，不仅只关注欧洲主要的文学传统，也关注像塞尔维亚文学这样欧洲"小"的传统。他对欧洲以外的文学有强烈的兴趣，这不仅见于他阅读翻译的中国小说，也见于他喜爱印度诗人迦梨陀娑的戏剧《沙恭达罗》，欣赏波斯诗人哈菲兹，而且正是哈菲兹的诗刺激他创作了自己的《东西方诗集》。歌德不仅阅读非欧洲文学作品，而且常常采用来自非欧洲的形象。由于这些形象欧洲人并不熟悉而又引人瞩目，所以相对于欧洲古典主义文学或在他那个时代正在兴起的浪漫主义文学，这些形象会显得新颖而吸引人。例如，在诗剧《托夸托·塔索》里，歌德就用了颇不寻常的蚕的形象，写下令人难忘的诗句，来描绘塔索将自己的生命献给了诗：

Ich halte diesen Drang vergebens auf,

Der Tag und Nacht in meinem Busen wechselt.

Wenn ich nicht sinnen oder dichten soll,

So ist das Leben mir kein Leben mehr.

Verbiete du dem Seidenwurm zu spinnen,

Wenn er sich schon dem Tode näher spinnt:

Das köstliche Geweb' entwickelt er

Aus seinem Innersten, und lässt nicht ab,

148 *Bis er in seinen Sarg sich eingeschlossen.*

O, geb' ein guter Gott uns auch dereinst

Das Schicksal des beneidenswerten Wurms,

Im neuen Sonnental die Flügel rasch

Und freudig zu entfalten![1]

我无法止住我胸中

日夜变化不停的骚动。

如果我不思考，不再写诗，

生命就会失去生命的意义。

你岂能阻止蚕吐丝结网，

哪怕它把自己织向死亡。

它从体内织出珍贵的柔丝，

---

1 Johann Wolfgang von Goethe, *Goethe's Torquato Tasso*, ed. Calvin Thomas (Boston: D. C. Heath & Co., 1907), V.ii.3079–91, 123.

一息尚存决不停息，直至
把自己封进自制的棺材里。
哦，但愿上帝以他的仁心
赐我们这幸运之虫的命运，
让我们在阳光下的新谷之上，
迅速而欢快地展翅飞翔！

　　这里的 *Seidenwurm*（蚕）这个令人难忘的形象，无疑来自歌德读到的中国文学作品。由于丝绸在中国有很长的历史，蚕和桑树经常出现在中国古典诗词里。以下晚唐诗人李商隐的名句，就是写蚕最令人难忘的例子："春蚕到死丝方尽，蜡炬成灰泪始干。"[2]和在歌德作品里一样，蚕在此也是象征毕生的奉献、坚持和自我牺牲。歌德的世界文学观念从非欧洲传统吸取形象和思想，体现了普世主义的精神，包含了整个世界各种文学的表现，是一个全球的观念。我几次提到普世主义，在我看来，名副其实的比较文学和世界文学就应该是普世性宽广博爱精神最好的显现。

　　可是什么是普世主义（cosmopolitanism）呢？从词源上看，这个词来自希腊语的 *κόσμου πολίτης*，即"世界公民"；而根据第欧根尼·拉尔修斯（Diogenes Laërtius）的说法，第一个宣称自己是"世界公民"的人是锡诺帕的第欧根尼（Diogenes of Sinope），他和柏拉图是同时代的人。第欧根尼是个犬儒派哲学家，生活极为简朴，过着像乞丐一样的日子，但他却自视甚高，傲慢无礼，

149

2　叶葱奇：《李商隐诗集疏注》上册，北京：人民文学出版社，1985年，第173页。

而且非常独立。他羞辱过柏拉图和其他一些同时代的人，还有很出名的一件轶事，就是他在科林斯的科洛西姆竞技场晒太阳时，亚历山大大帝恰好从旁走过，问他想要什么样的赏赐，他却要亚历山大走开。"不要挡住我的阳光！"就是他的回答。[3] 作为一位哲学家，第欧根尼声望极高，他把"言论自由"视为"人最可贵的东西"。[4] 当有人问他属于哪个国家时，他回答说他是一个"世界公民"。[5] 对第欧根尼说来，宣称自己不属于任何国家或地方，实乃一个对抗的姿态。但正如玛莎·努斯鲍姆（Martha C. Nussbaum）所说，斯多葛派的哲学家们把他的"世界公民"或普世精神发展为一个"值得尊敬而且文化上十分丰富"的概念、一个超越狭隘定义的人之概念。普世主义原则规定我们必须平等对待世界上所有的人，不管在种族、语言、文化、社会、宗教、政治和其他任何方面有怎样的差异。"无论在什么地方，只要我们看见人——以及人的根本要素，即理性和道德能力——我们应该知道那就是人。"[6] 所以把全人类视为自己人，就是现代普世概念的核心。这个概念可以有各种各样的解释，但有一点是肯定的，即普世主义是本土主义、部落主义、种族中心主义和狭隘民族主义的对立面。夸米·安东尼·阿皮亚（Kwame Anthony Appiah）把普世主义界定为交织在一起的两个互相关联的概念：

---

3 Diogenes Laërtius, *Lives and Opinions of Eminent Philosophers*, trans. E. D. Yonge (London: G. Bell and Sons, 1915), 230.

4 Ibid., 243.

5 Ibid., 241–42.

6 Martha C. Nussbaum, *Cultivating Humanity: A Classical Defense of Reform in Liberal Education* (Cambridge, Mass.: Harvard University Press, 1997), 58–59.

一个概念是我们对他人负有责任。这一责任的范围超出了
血缘家族，甚至超出了同一国家公民这种更正式的关系。另一
个概念是我们不仅认真对待人之生命的价值，而且是个体人之
生命的价值，也就是说，我们要关心赋予他们的生命以意义的
具体实践和信仰。[7]

在某种意义上，普世主义这两个概念就代表了普遍和特殊、　150
全球和区域、总的原则和具体应用这样两个方面。这就很能够用
来理解世界文学，因为世界文学在概念上是全球的，同时在实践
中又是本土或区域性的。世界文学总体而言，是超出我们自己的
文学向外扩展的一个普遍原则；但在实际的呈现中，又总是当地
化的，使用在某一特定地方的文学资源。普世主义这个概念的核
心，就是把人的道德情感超越自己家庭、朋友、团体和国家的范
围，伸展出去的原则。换言之，普世主义意味着培养一种与陌生
人、外国人和在自己群体之外的人——一种人类共同体的情感。
了解其他民族的文学和文化，就可以有效地帮助我们了解世界，
培养我们同是人类的感觉。汤慕思·博格（Thomas Pogge）也说，
普世主义的核心“就是把所有人都视为平等”。[8] 这又可以说很好地
描述了比较文学和世界文学作为人文研究之目的，那就是超越一

7　Kwame Anthony Appiah, *Cosmopolitanism: Ethics in a World of Strangers* (New York: W. W. Norton, 2006), xv.
8　Thomas Pogge, "Cosmopolitanism," in Robert E. Goodin, Philip Pettit and Thomas Pogge (eds.). *A Companion to Contemporary Political Philosophy*. 2nd ed. Oxford: Blackwell, 1993, 312.

切差异，平等对待世界上的各种文学和文化。

我在第六章开头说过，所有的人都出生在一个特定的社会里，那里已经预先有语言文化存在，因此所有的人一开始都心胸狭隘、目光有限，要有普世的眼光几乎与我们出乎本性和自然的方面背道而驰。然而作为人，我们又都能够受教育，学会超越我们与生俱来的局限，获取更开阔的普世的眼光。这就使我们可以区别于其他一切动物。正如阿皮亚所说，虽然每一个人都有自己本地的关联和本土的忠诚，普世主义者的一个共同点就是"任何本土的忠诚都不能成为理由，使他忘记每一个人都对所有其他的人负有责任"。[9]歌德的世界文学是普世的观念，因为那不是限于他自己本地的德国或欧洲文学的传统，而是包含了全世界的文学，包括中国、印度、波斯和其他非欧洲的传统。

我在第一章里提到，有人对歌德颇有微词，挑战他的世界文学观念，指责他的观念有他们所批判的欧洲中心主义、民族主义，甚至商业化的缺陷；但歌德关于世界文学说的话都存在在那里，其意义十分明确，那是无论什么理论阐述都不可能歪曲得面目全非的。那些批判者的目的和动机都与歌德的思想格格不入。因此，在此书就要结束之时，我想把歌德的世界文学观念和普世精神重新连接起来——这对我们的时代之重要，正不亚于对他的时代——并理解世界文学为什么和如何受到挑战，我们又将如何回应对普世主义的抱怨。特奥·德恩很明确地论证了世界文学"绝不是象牙塔里的学者们隐秘难懂的学问"，而总是随着世界上远超

151

9　Appiah, *Cosmopolitanism*, xvi.

过纯粹审美和文学方面发生的变化，在争执和辩论中发展起来的。
"是什么构成世界文学，应该为谁，在什么时候，如何去描述它、
研究它，用它作教学内容，都反映出世界上不仅在文学和学术方
面，而也许首先是在经济、政治和军事方面不断变化的力量集结。
这也是为什么研究世界文学总是很有趣的原因。"[10] 世界文学作为
一种学术研究，会产生社会影响，对我们生活于其中的世界会起
作用，所以我们应该准备好不仅研究世界文学的美学，而且要参
与世界文学的政治。

　　"在此，中心的问题是位置，"罗芯茹·查都利（Rosinka
Chaudhuri）颇像德恩所说那样问道，"对世界文学是赞成还是反
对，是从什么观点立场出发去讨论世界文学呢？"[11] 的确，一篇批
评歌德世界文学观念的文章之标题——"哪个世界，谁的文学？"
表达的就正是德恩在前面提出的"为谁，在什么时候，如何"这
类问题。文章作者苏普莉亚·查都利（Supriya Chaudhuri）显然
站在后殖民的批判立场上说话，特别以印度的立场不同于，而且
更优于歌德作为一个19世纪欧洲人的立场。印度的大诗人泰戈尔
用 *viśva-sāhitya* 这个词来谈他关于世界文学的普遍观念，但苏普莉
亚·查都利强调这个词与歌德的观念不同。"虽然 *viśva-sāhitya* 这
个词可能像是歌德 *Weltliteratur* 的回响，"查都利坚持认为，"但泰
戈尔远更主张文学的普遍性，而不是文学通过翻译、作为商品在

10　D'haen, *A History of World Literature*, 4.
11　Rosinka Chaudhuri, "The World Turn'd Upside Down: Reflections on World
　　Literature," *Interventions: International Journal of Postcolonial Studies* 22: 2
　　(2020):147.

新的资本主义世界经济中去流通。"[12] 可是她却一点也不解释"文学的普遍性"如何能逃出那无处不在的"新的资本主义世界经济"。因为比起18世纪末和19世纪初歌德的时代，泰戈尔的时代肯定更受那"新的资本主义世界经济"的控制和影响。

至于"哪个世界"，苏普莉亚·查都利把今日世界描绘得相当幽暗。这个世界"我们生活在其中，却不能理解，其最典型的形象就是难民或移民。他们在一道栅栏后面等待，或挤在一个正在沉没的船上，或者也许没有那么普遍，但同样具有象征意义的形象，就是滞留在某处的旅客，等待着永不会起飞的航班"。她接下去说，这是一个"绝对悲观主义"的景象。[13] 以一种悲观的看法把世界描述得如此阴暗，在这样凄凉惨淡的世间，就很难有正面的普世主义景象的一席之地了。这也正是查都利自己的看法："在目前这个生态和环球危机的时代，眼看着全球陷入仇外心理、孤立主义，还有民族、种族或社群的暴力，世界的观念、世界文学的观念，就都很难再维持下去了。"[14] 如果真是这样，那又怎么可能维持泰戈尔的理想，"与他人去建立联系"，并且去体验"这种关联的快乐"呢？[15] 在我看来，当世界变得幽暗、令人沮丧的时候，我们就更有理由需要光明，需要正面的、健全的人生观把世界变得更好；而在那改变世界的努力当中，更重要，也更迫切需要的

152

12 Supriya Chaudhuri, "Which world, whose literature?" *Thesis Eleven* 162: 1, 76–77.
13 Ibid., 90.
14 Ibid., 89.
15 Rabindranath Tagore, "World Literature? (1907)," trans. Swapan Chakravorty, in Damrosch (ed.), *World Literature in Theory*, 48.

就是坚持世界文学那种开阔的普世主义观念，坚持普世主义对更美好的世界的愿景，在那里不同文化传统的人可以相互理解，共同努力。其实，在谈到 *viśva-sāhitya* 这个观念时，泰戈尔自己的话可以看成普世主义非常合适的定义："什么是这种快乐的关联呢？那就是认识他人就像我们自己，认识我们自己就像他人。"泰戈尔以极为诗意而优美的方式表达了那个观念："我的灵魂在全人类中得到实现。"[16]

令人觉得鼓舞的是，有其他一些印度学者以更具建设性的方式讨论泰戈尔与歌德，也作出更平衡公道的论述。阿弥亚·德夫（Amiya Dev）说，泰戈尔关于世界文学的观念"是最具包容性的"。他说：

> 那就像世界上各种文学共同来修建，而且会继续修建的一座大厦，永远看不到尽头。与其说它是一个产物，毋宁说更是一个过程。在过去的一百五十年中，很少人有像他那样有对世界的意识。他被称为"viśva-kavi"即世界诗人，他当之无愧，就像他的先驱歌德那样；不仅是 *Weltliteratur*（世界文学）的作者，而且也是《东西方诗集》的作者。[17]

因此，我们看见东方和西方的大诗人联合起来，共同修建世

16　Rabindranath Tagore, "World Literature? (1907)," trans. Swapan Chakravorty, in Damrosch (ed.), *World Literature in Theory*, 48, 49.

17　Amiya Dev, "Tagore as World Literature," in E. V. Ramakrishnan, Harish Trivedi, and Chandra Mohan (eds.), *Interdisciplinary Alter-Natives in Comparative Literature* (New Delhi: Sage Publications, 2013), 115.

界文学的大厦，世界上各文学传统都会为之作出贡献。这种包容的世界文学观念肯定是普世主义的，是把所有人都视为平等，把所有不同文学和文化都视为自己的那样道德上崇高的观念。正如阿弥亚·德夫所说，世界文学"与其说是一个产物，毋宁说更是一个过程"，可以努力去达到，却永远不会完结。汤慕思·博格也说，普世主义就是或者应该就是如此："和别的主义不同，普世主义关注的不仅是事物是如何，而更主要的是事物应当如何。"[18] 所以普世主义是面向未来的，正因为现在幽暗而不令人满意，就更要去争取其实现。在当前这样的时代，如苏普莉亚·查都利所描述的那样，一个"生态和环球危机的时代，眼看着全球陷入仇外心理、孤立主义，还有民族、种族或社群的暴力"，人文学者和普世精神的比较学者不应该觉得无能为力，却应该有勇气和充分的理由肯定他们工作的意义和价值——那就是促进国际和跨文化的理解，使我们的世界更加和平稳定。

作为"世界公民"，普世主义者不限于任何群组或社群。在那个意义上，普世主义者典型地是处在社群或民族认同的边界上，也认识到站在边界上的重要性，能够意识到不同群组或社群以及他们不同的文化传统。普世主义者会有包含本地视角，但又更为广阔的视野。比较文学和世界文学的研究者往往会趋于普世主义，或应该趋于普世主义，因为他们知道世界不同文学传统之丰富，这些传统都同样优美而吸引人，他们也欣赏这些传统的多元与相

---

18 Pogge, "Cosmopolitanism," in Goodin et al. (eds.). *A Companion to Contemporary Political Philosophy*, 312.

似。作为普世主义的比较学者，他们会在最不明显的地方找到契
合之处；在别人只看到根本差异和不可通约之处，他们会发现人
类共同的价值。文化的差异并非不重要，但差异不能推到极端，
成为只有某一种文化独有，其他文化都没有的东西。本土主义者
认为自己的语言文化就是最好的，优胜于他人的文化，那就构成
法西斯主义意识形态的核心；那就会引向冲突，会导致争执甚至
战争；那就是为什么对比较文学和世界文学说来，更重要的是采
取普世主义立场：看见人类文化互相之间深刻的联系，而不是强
调或过分强调文化差异和文化的独特性。

　　从一开始，比较文学就是要开放而自由，超越在语言文化上同
一的民族文学传统。在19世纪作为一个学科刚刚建立的时候，雨
果·梅泽尔建立比较文学就是针对民族主义的危险，那时候"每
个民族都以各种各样的原因，觉得自己比所有别的民族更优秀"，
而且"每一个民族今天都坚持最严格的单一语言，都认为自己的
语言最优越，甚至注定会成为至高无上的语言"。[19] 正如我们在第
六章里提到的，欧洲或西方比较文学及其多种语言要求的局限，
就在于把自己限制在欧洲主要文学传统的界限之内。在我们这个
时代，世界文学现在正努力改变这种情形，使比较文学符合其初
衷，达到普世和全球的理想。然而就是在世界文学研究中，仍然
难以摆脱欧洲中心主义强有力的影响。如我们在卡桑诺瓦《文学
的世界共和国》一书中看到的那样，那本书完全无视欧洲之外文

154

19　Meltzl, "Present Task of Comparative Literature," in Damrosch (ed.), *World Literature in Theory*, 39, 40.

化和文学资源的中心，如波斯和奥斯曼帝国，或早在欧洲文艺复兴之前在东亚就起到文化中心作用的中国。我们今天理解世界文学，就必须认真看待"世界文学"中的"世界"这个词。所以世界文学研究就应该涵盖跨越地区的广大疆域，平等思考不同洲际的文学作品。全球的文化地图就变得很重要，因为我们必须意识到我们谈论的不是某个本土或某一区域的传统，而是整个世界的文学。

普世主义是一种愿景和生活方式，是要超出与生俱来的局限，通过有意识而艰苦的努力与普天之下所有人联系起来，才可能形成。在中国传统中，仁的概念在孔子的思想里占有重要地位，其含义与普世主义的伦理观念很合拍。樊迟问老师，什么是仁，孔子就简单回答说："爱人。"[20] 孟子也说："仁者爱人。"[21] 所以仁这个概念指的是泛爱普天之下所有的人，非常近似于普世主义原则。孟子以主张人性善而知名，他在几处地方都说到人之本性是普遍而且内在的善。与他对话的告子把人性比方为水，说水之流动并无定向，依据地势可以东流，也可以西流；所以他提出说："人性之无分于善不善也，犹水之无分于东西也。"孟子机灵地拿过水的比方，把平行方向换成垂直方向，作出相反的论述问道："水信无分于东西，无分于上下乎？"于是他得出结论认为，"人性之善也，犹水之就下也。人无有不善，水无有不下"。[22] 这听起来不错，

155

---

20 刘宝楠：《论语正义·颜渊第十二》第二十二章，《诸子集成》第一册，第511页。
21 焦循：《孟子正义》卷八《离娄章句下》第二十八章，同上，第595页。
22 焦循：《孟子正义》卷十一《告子章句上》第二章，同上，第433—444页。

却不像是符合逻辑的论述。因为告子和孟子都没有首先说明，水和人性有什么可比性。但孟子在一个假设的情境中，却作出了一个更有说服力的论证。孟子说："今人乍见孺子将入于井，皆有怵惕恻隐之心。非所以内交于孺子之父母也，非所以要誉于乡党朋友也，非恶其声而然也。由是观之，无恻隐之心，非人也。"[23] 在那样一个假设的情境中，我们必须承认，去拯救溺水的孩子应该是一般人都会采取的行动。

　　有趣的是，阿皮亚在论述普世主义者的伦理行为倾向时，用了他称为彼得·辛格尔（Peter Singer）的"著名类比"来说明人类行为的道德原则，而那个类比是放在一个与孟子的论述非常相像的假设情境之中。"如果我走过一个浅的池塘，看见一个儿童正溺于其中，我就应该涉水去把那个小孩拖出水来，"阿皮亚引用辛格尔的话说，"这会把我的衣服弄得满是泥水，但这微不足道，而小孩的死大概会是一件很坏的事情。"[24] 把"拯救溺水的小孩"作为在紧急情况下一个普遍的人之行动，辛格尔的类比听起来非常像是在复述孟子假设的情境。在这里，阐述一种伦理观点之相似令人惊异。我们发现处在很不相同的时代和传统的哲学家们，都使用几乎同一个类比来阐发一条伦理原则。孟子理解人之"性"是与生俱来的，是生命中固有的，就和希腊人 phusis 的概念一样。当他说"人无有不善"，他是把人性比为自然中发生的事情，即必然的事情，犹如水之流动。同样，任何人都会本能地、不假思索地

23　焦循:《孟子正义》卷三《公孙丑章句上》第六章,《诸子集成》第一册, 第138页。
24　Appiah, *Cosmopolitanism*, 158.

去拯救溺水的孩子。对于人性善这样一种乐观而正面的观点，就像普世主义要人将道德同情超越自己家庭和社群延展到所有其他人的愿景，可能都会被那些看破红尘的或持现实政治观念的人嗤笑为理想主义，太过天真。但是面对我们世界上许多的问题，那么多人对人的残暴，我们就既需要对现实清醒的认识，也需要一个原则性的伦理立场，可以带出人类善的方面。我们必须认识到，我们需要普世主义的愿景，那是平等对待一切人的愿景，不仅要看世界的现实如何，而且要问世界应该是如何。

我们以形成于19世纪欧洲的歌德的世界文学观念开始我们的讨论，再以讨论世界其他地区另外两位诗人和作家来结束，应该就十分恰当。观念和愿景当然会互相关联。"人们常说歌德于1827年，在拿破仑欧洲帝国的雄心破灭之后，造出了（或强调了）'世界文学'这个词；突出文学作为一种工具，其作用是促使和平与各民族国家之间的联系，"巴维亚·迪瓦里（Bhavya Tiwari）这样说，"在印度，提出'世界文学'这个词的荣誉归于泰戈尔，他用'viśva-sāhitya'这个术语主张普遍性，呼吁跨越民族，也在同一民族之内文学的互动。"[25]差不多在歌德呼唤世界文学到来一百年之后，泰戈尔在1907年论"viśva-sāhitya"即世界文学的文章里，强调了普遍性或所有人结为一体的观念。"我们身上所以有各种能力存在，其唯一的目的就是与他人建立起联系。只有通过这种联系，我们才是真实的，也才成就我们的真理。否则，说'我是'

---

25 Bhavya Tiwari, "Rabindranath Tagore's Comparative World Literature," in D'haen et al. (eds.) *The Routledge Companion to World Literature*, 2nd ed., 31.

或'某物是'就都毫无意义。"[26] 与他人这种普遍的连接，可以看成泰戈尔表述的我们在上面讨论过的那同一个普世主义原则。而且他还赋予这个观念以本体论的要素——人之潜在性的充分完成；也就是说，如果我们没有与其他人连接起来，我们就并不完全，或者说并没有完全成为人。他讨论世界文学，认为那是人类创造性最好的表现，那个想法就是他的支撑。因为他认为"人生命中崇高的和永恒的一切，超越人之需要和劳作的一切，都自然会倾于文学，自动形成人类最伟大的形象"。[27] 在下面这段话里，泰戈尔表述了他那包含一切的普遍主义观念。和歌德普世主义的世界文学观念一样，两者都表现出了同样的精神：

> 现在是时候了，我们宣布我们的目的是摆脱乡野的偏狭，在普遍的文学中去看普遍的人类；我们将在每一位个别作者的作品中，认识到全体；而在这全体之中，我们将感觉到人的一切努力都是表现，而且互相之间有密切的关联。[28]

强调超越泰戈尔称之为"乡野的偏狭"之普遍的文学，即超越部落主义、地方主义和狭隘民族主义的局限，也正是博尔赫斯强调不同文学和文化之普遍契合时所呼唤的。博尔赫斯读书极广，知识鸿富。他总是在不同的文化传统之间，寻求相互的联系，而不是寻找差异。因为差异往往把不同国家的人彼此分隔，而且危

157

26　Tagore, "World Literature?" in Damrosch (ed.), *World Literature in Theory*, 48.
27　Ibid., 54.
28　Ibid., 57.

险地引向对抗和冲突。他说："我们总喜欢过分强调相互间小小的差异，即我们的仇恨，而那是错误的。人类若想得救，我们就必须集中注意我们的相同之处，我们和一切人的共同点。我们必须尽一切办法避免扩大我们的差异。"[29]

从歌德到泰戈尔再到博尔赫斯，我们听见他们明智而急切的告诫：不要自我封闭，目光狭隘；不要把世界的东方和西方、南方和北方，看成互相孤立而且根本不同的文学和文化。他们普世主义的观念鼓励我们以开放的胸怀和眼光，去看待世界上人类思想感情的一切表现，去发现非西方和欧洲"小"传统中那些大多尚不为人知的文学作品，使它们能在全球流通，得到读者普遍的理解和赞赏。如果说普世主义的愿景不是现实情形如何，而是事情应该如何，那么世界文学也是面向未来的，是去分享世界上尚待发现、尚需翻译的伟大文学作品，使它们广为人知，而那就是比较文学和世界文学的研究者和学者们以勤奋和奉献的精神，要去努力实现的愿景。

---

29 Jorge Luis Borges, "Facing the Year 1983," *Twenty-Four Conversations with Borges, Including a Selection of Poems*, trans. Nicomedes Suárez Araúz et al. (Housatonic, Mass.: Lascaux Publishers, 1984), 12.

参考文献

中文文献

曹雪芹:《红楼梦》,北京:人民文学出版社,1982年。

段成式著,方南生点校:《酉阳杂俎》,北京:中华书局,1981年。

冯国超编:《坛经》,长春:吉林人民出版社,2006年。

——《维摩诘经》,长春:吉林人民出版社,2006年。

葛洪:《西京杂记》,北京:中华书局,1985年。

郭庆藩:《庄子集释》,《诸子集成》第三册,北京:中华书局,1954年。

黄子平、陈平原、钱理群:《二十世纪中国文学三人谈》,1988年。

蒋伯潜:《十三经概论》,上海:上海古籍出版社,1983年。

焦循:《孟子正义》,《诸子集成》第一册,北京:中华书局,1954年。

李纲:《梁溪集》卷一百五十,《四库全书》影印本,上海:上海古籍出版社,1987年。

李商隐著,叶葱奇疏注:《李商隐诗集疏注》,北京:人民文学出版社,1985年。

刘安著,高诱注:《淮南子注》,上海:上海书店,1986年。

刘宝楠:《论语正义》,《诸子集成》第一册,北京:中华书局,1954年。

刘勰著,范文澜注:《文心雕龙注》,北京:人民文学出版社,2006年。

刘禹锡著,卞孝萱校订:《刘禹锡集》,北京:中华书局,1990年。

柳宗元著,王国安笺释:《柳宗元诗笺释》,上海:上海古籍出版社,1993年。

陆九渊:《陆象山全集》,北京:中国书店,1982年。

鲁迅：《鲁迅全集》，北京：人民文学出版社，1981年。

《毛诗正义》，阮元校刻：《十三经注疏》，北京：中华书局，1980年。

钱锺书：《诗可以怨》，《七缀集》，上海：上海古籍出版社，1985年，第101—116
页。［张隆溪英译，载《世界文学学刊》第3卷第4期（2018年），第475—
496页］

阮元校刻：《十三经注疏》，北京：中华书局，1980年。

沈德潜：《古诗源》，北京：中华书局，2006年。

——《唐诗别裁》，北京：中华书局，1964年。

沈括撰，胡道静校注：《新校正梦溪笔谈》，香港：中华书局香港分局，1975年。

陶渊明著，袁行霈笺注：《陶渊明集笺注》，北京：中华书局，2003年。

王弼：《老子注》，《诸子集成》第三册，北京：中华书局，1954年。

王嘉：《拾遗记》，北京：中华书局，1981年。

吴承恩：《西游记》，北京：人民文学出版社，1980年。

萧统：《文选序》，郁沅、张明高编选：《魏晋南北朝文论选》，北京：人民文学出
版社，1999年，第328—330页。

严羽著，张健校笺：《沧浪诗话校笺》，上海：上海古籍出版社，2012年。

杨宪益：《译余偶拾》，济南：山东画报出版社，2006年。

元稹：《元稹集》，北京：中华书局，1982年。

《周礼注疏》，阮元校刻：《十三经注疏》，北京：中华书局，1980年。

周振甫：《诗词例话》，北京：中国青年出版社，1962年。

《诸子集成》，北京：中华书局，1954年。

外文文献

Abedinifard, Mostafa, Omid Azadibougar, and Amirhossein Vafa (eds.). *Persian
Literature as World Literature*. New York: Bloomsbury Academic, 2021.

Abrams, M. H. *The Mirror and the Lamp: Romantic Theory and the Critical Tradition*.
Oxford: Oxford University Press, 1953.

Ahmad, Aijad. "The Communist Manifesto and 'World Literature.'" *Social Scientist* 28:7–8 (2000): 3–30.

Alter, Robert. *The Pleasure of Reading in an Ideological Age*. New York: Simon and Schuster, 1989.

Appiah, Kwame Anthony. *Cosmopolitanism: Ethics in a World of Strangers*. New York: W. W. Norton, 2006.

Apter, Emily. *Against World Literature: On the Politics of Untranslatability*. London: Verso, 2013.

——— . *The Translation Zone: A New Comparative Literature*. Princeton: Princeton University Press, 2006.

Aristotle. *Poetics* (Trans. Richard Janko). Indianapolis: Hackett, 1987.

Auden, W. H. *Selected Poems*. New York: Vintage, 1979.

Auerbach, Erich. *Mimesis: The Representation of Reality in Western Literature* (Trans. Willard R. Trask). Princeton: Princeton University Press, 1953.

——— . "Philology and Weltliteratur" (Trans. Marie and Edward Said). *The Centennial Review* 13:1 (1969): 1–17.

Augustine, St. *On Christian Doctrine* (Trans. D. W. Robertson, Jr). Indianapolis: Bobbs-Merrill, 1958.

Azadibougar, Omid. "Peripherality and World Literature." *Journal of World Literature* 3:3 (2018): 229–238.

Baudelaire, Charles. *Complete Poems* (Trans. Walter Martin). Manchester: Carcanet Press, 2006.

———. *Les Fleurs du mal*. Paris: Éditions Ligaran, 1961.

Baudrillard, Jean. "The Illusion of the End." in Keith Jenkins (ed.), *The Postmodern History Reader*. London: Routledge, 1997, pp. 39–46.

Beecroft, Alexander. *An Ecology of World Literature: From Antiquity to the Present Day*. London: Verso, 2015.

Birus, Hendrik. "Debating World Literature: A Retrospect." *Journal of World Literature* 3:3 (2018): 239–266.

243

Borges, Jorge Luis. *Dreamtigers* (Trans. Mildred Boyer and Harold Morland). Austin: University of Texas Press, 1964.

———. *Labyrinths*. Eds. Donald A. Yates and James E. Irby. New York: Modern Library, 1964.

Bottigheimer, Ruth B. *Fairy Tales: A New History*. Albany: State University of New York Press, 2009.

Bridgwater, Patrick (ed.). *Twentieth-Century German Verse*. Harmondsworth: Penguin, 1963.

Brooks, Peter. *Reading for the Plot: Design and Intention in Narrative*. New York: Vintage, 1984.

Buber, Martin. *Ecstatic Confessions* (Trans. Esther Cameron). New York: Harper & Row, 1985.

Burns, Robert. *Poems by Robert Burns*. Ed. Ian Rankin. London: Penguin Books, 2008.

Casanova, Pascale. *The World Republic of Letters* (Trans. M. B. DeBevoise). Cambridge: Harvard University Press, 2004.

Chaucer, Geoffrey. *The Works of Geoffrey Chaucer*. Ed. F. N. Robinson, 2nd ed. Boston: Houghton Mifflin, 1957.

Chaudhuri, Rosinka. "The World Turn'd Upside Down: Reflections on World Literature." *Interventions: International Journal of Postcolonial Studies* 22:2 (2020): 145–171.

Chaudhuri, Supriya. "Which World, Whose Literature?" *Thesis Eleven* 162:1 (2021): 75–93.

Cucker, Felipe. *Manifold Mirrors: The Crossing Paths of the Arts and Mathematics*. Cambridge: Cambridge University Press, 2013.

Curtius, Ernst Robert. *European Literature and the Latin Middle Ages* (Trans. Willard R. Trask). Princeton: Princeton University Press, 1953.

D'haen, Theo. "J. J. Slauerhoff, Dutch Literature and World Literature." in Jobim (ed.), *Literary and Cultural Circulation*. Oxford: Peter Lang, 2017, pp. 143–157.

—— . "Major/Minor in World Literature." *Journal of World Literature* 1:1 (2016): 29–38.

—— . *The Routledge Concise History of World Literature*. London: Routledge, 2012.

—— . *World Literature in an Age of Geopolitics*. Leiden: Brill, 2021.

——, David Damrosch, and Djelal Kadir (eds.). *The Routledge Companion to World Literature*, 2nd ed. London: Routledge, 2023.

——, David Damrosch, and Djelal Kadir (eds.). *The Routledge Companion to World Literature*. London: Routledge, 2012.

Damrosch, David. *Comparing the Literatures: Literary Studies in a Global Age*. Princeton: Princeton University Press, 2020.

—— . "La République mondiale des lettres in the World Republic of Scholarship." *Journal of World Literature* 5:2 (2020): 174–188.

—— . "Toward a History of World Literature." *New Literary History* 39:3 (2008): 481–195.

—— . *What Is World Literature?* Princeton: Princeton University Press, 2003.

—— . "World Literature and Comparative Literature." in D'haen et al. (eds.), *The Routledge Companion to World Literature*, 2nd ed. London: Routledge, 2023, pp. 101–110.

—— (ed.). *World Literature in Theory*. Chichester: Wiley Blackwell, 2014.

David, Jérôme. "Of Rivalry and Revolution: Pascale Casanova's World Republic of Letters." in D'haen et al. (eds.), *The Routledge Companion to World Literature*, 2nd ed. London: Routledge, 2023, pp. 85–90.

Davidson, Donald. *Inquiries into Truth and Interpretation*, 2nd ed. Oxford: Clarendon Press, 2001.

Derrida, Jacques. *Acts of Literature*. Ed. Derek Attridge. New York: Routledge, 1992.

—— . *Dissemination* (Trans. Barbara Johnson). Chicago: University of Chicago Press, 1981.

Dev, Amiya. "Tagore as World Literature." in E. V. Ramakrishnan, Harish Trivedi, and

Chandra Mohan (eds.), *Interdisciplinary Alter-Natives in Comparative Literature*. New Delhi: Sage Publications Pvt. Ltd., 2013, pp. 107–116.

Durão, Fabio Akcelrud. "Circulation as Constitutive Principle." in Jobim (ed.), *Literary and Cultural Circulation*. Oxford: Peter Lang, 2017, pp. 55–71.

Eagleton, Terry. *Figures of Dissent: Critical Essays on Fish, Spivak, Žižek and Others*. London: Verso, 2005.

Echtermeyer, Benno von Wiese (eds.). *Deutsche Gedichte*. Düsseldorf: August Bagel Verlag, 1956.

Eliot, T. S. *The Complete Poems and Plays, 1909–1950*. New York: Harcourt Brace Jovanovich, 1980.

Ermarth, Elizabeth. "Sequel to History." in Keith Jenkins (ed.), *The Postmodern History Reader*. London: Routledge, 1997, pp. 47–64.

Étiemble, René. "Faut-il réviser la notion de Weltliteratur?" in *Essai de littérature (vraiment) générale*. Paris: Gallimard, 1975, pp. 15–36.

———. "Should We Rethink the Notion of World Literature? (1974)." (Trans. Theo D'haen) in Damrosch (ed.), *World Literature in Theory*. Chichester: Wiley Blackwell, 2014, pp. 85–98.

Etlin, Richard A. *In Defense of Humanism: Value in the Arts and Letters*. Cambridge: Cambridge University Press, 1996.

Fletcher, Angus. *Allegory: The Theory of a Symbolic Mode*. Ithaca: Cornell University Press, 1964.

Fokkema, Douwe. *Perfect Worlds: Utopian Fiction in China and the West*. Amsterdam: Amsterdam University Press, 2011.

Frye, Northrop. *Anatomy of Criticism: Four Essays*. Princeton: Princeton University Press, 1957.

———. "Romeo and Juliet." in Harold Bloom (ed.), *Modern Critical Interpretations: Shakespeare's Romeo and Juliet*. Philadelphia: Chelsea House Publishers, 2000, pp. 151–167.

Gabel, John B., and Charles B. Wheeler. *The Bible as Literature: An Introduction*, 2nd ed. Oxford: Oxford University Press, 1990.

Gadamer, Hans-Georg. *Truth and Method*, 2nd revised ed. (English translation revised by Joel Weinsheimer and Donald G. Marshall). New York: Crossroad, 1991.

———. *Wahrheit und Method: Grundzüge einer philosophischen Hermeneutik. Hermeneutik I. Gesammelte Werke* (Band 1). Tübingen: J. C. B. Mohr, 1986.

Gálik, Marián. "Concepts of World Literature, Comparative Literature, and a Proposal." *CLCWeb: Comparative Literature and Culture* 2:4 (2000).

Gibbons, Brian (ed.). *The Arden Edition of Romeo and Juliet*. London: Methuen, 1980.

Glover, Julian. "Friar Lawrence in Romeo and Juliet." in Robert Smallwood (ed.), *Players of Shakespeare 4: Further Essays in Shakespearian Performance by Players with the Royal Shakespeare Company*. Cambridge: Cambridge University Press, 1998, pp. 165–176.

Goethe, Johann Wolfgang von. "Conversations with Eckermann on *Weltliteratur* (1827)." (Trans. John Oxenford) in Damrosch (ed.), *World Literature in Theory*. Chichester: Wiley Blackwell, 2014, pp. 15–21.

——— . *Essays on Art and Literature* (Trans. Ellen von Nardroff and Ernst H. Nardroff). Ed. John Gearey. Princeton: Princeton University Press, 1994.

——— . *Goethe's Torquato Tasso*. Ed. Calvin Thomas. Boston: D. C. Heath, 1907.

Graham, A. C. *Poems of the Late T'ang*. Harmondsworth: Penguin, 1977.

Grant, Robert M., with David Tracy. *A Short History of the Interpretation of the Bible*, 2nd ed. Philadelphia: Fortress Press, 1984.

Grimm, Brüder. *Grimms Märchen, Vollständige Ausgabe*. Köln: Anaconda Verlag, 2012.

Guillén, Claudio. *The Challenge of Comparative Literature* (Trans. Cola Franzen). Cambridge: Harvard University Press, 1993.

Guillory, John. "It Must Be Abstract." in Kermode, *Pleasure and Change*. Oxford: Oxford University Press, 2004, pp. 65–75.

Hoffmann, Alexandra. "Cats and Dogs, Manliness, and Misogyny: On the Sindbad-nameh as World Literature." in Abedinifard et al. (eds.), *Persian Literature as*

247

World Literature. New York: Bloomsbury Academic, 2021, pp. 137–152.

Holmer, Joan Ozark. "The Poetics of Paradox: Shakespeare's Versus Zeffrelli's Cultures of Violence." in Stanley Wells (ed.), *Shakespeare Survey 49. Romeo and Juliet and Its Afterlife*. Cambridge: Cambridge University Press, 1996, pp. 163–179.

Horta, Paulo Lemos. "Tales of Dreaming Men: Shakespeare, 'The Old Hunchback,' and 'The Sleeper and the Waker.'" *Journal of World Literature* 2:3 (2017): 276–296.

Hutchinson, Ben. "Comparativism or What We Talk about When We Talk about Comparing." *Journal of Foreign Languages and Cultures* 6:1 (2022): 15–25.

Irani-Tehrani, Amir. "The Birth of the German Ghazal out of the Spirit of World Literature." in Abedinifard et al. (eds.), *Persian Literature as World Literature*. New York: Bloomsbury Academic, 2021, pp. 17–34.

Jahn, Otto. *Life of Mozart* (Trans. Pauline D. Townsend), 3 vols. London: Novello, Ewer & Co., 1882.

Jameson, Fredric. *Postmodernism, or, the Cultural Logic of Late Capitalism*. Durham: Duke University Press, 1991.

Jobim, José Luís (ed.). *Literary and Cultural Circulation*. Oxford: Peter Lang, 2017.

John of Salisbury. "Policraticus: Of the Frivolities of Courtiers and the Footprints of Philosophers." in Cary J. Nederman and Kate Langdon Forhan (eds.), *Medieval Political Theory — A Reader: The Quest for the Body Politic, 1100–1400*. London: Routledge, 1993, pp. 30–60.

Jullien, François, with Thierry Marchaissse. *Penser d'un Dehors (la Chine): Entretiens d'Extrême-Occident*. Paris: Éditions du Seuil, 2000.

Keightley, David. "Epistemology in Cultural Context: Disguise and Deception in Early China and Early Greece." in Steven Shankman and Stephen W. Durrant (eds.), *Early China/Ancient Greece: Thinking through Comparisons*. Albany: SUNY Press, 2002, pp. 119–153.

Kennedy, George A. "Classics and Canons." in Darryl J. Gless and Barbara Herrnstein Smith (eds.), *The Politics of Liberal Education*. Durham: Duke University Press,

1992, pp. 223–232.

Kermode, Frank. *Shakespeare's Language*. London: Penguin, 2000.

Kermode, Frank, with Geoffrey Hartman, John Guillory, and Carey Perloff. *Pleasure and Change: The Aesthetics of Canon*. Oxford: Oxford University Press, 2004.

Kirby, John T. "The Great Books." in D'haen et al. (eds.), *The Routledge Companion to World Literature*. London: Routledge, 2012, pp. 273–282.

Kuhn, Thomas S. *The Road since Structure: Philosophical Essays, 1970–1993, with an Autobiographical Interview*. Eds. James Conant and John Haugeland. Chicago: University of Chicago Press, 2000.

———. *The Structure of Scientific Revolutions*, 2nd ed. Chicago: University of Chicago Press, 1970.

Laërtius, Diogenes. *Lives and Opinions of Eminent Philosophers* (Trans. E. D. Yonge). London: G. Bell and Sons, 1915.

Lakoff, George, and Mark Turner. *More than Cool Reason: A Field Guide to Poetic Metaphor*. Chicago: University of Chicago Press, 1989.

Levenson, Jill L. "Shakespeare's Romeo and Juliet: The Places of Invention." in Stanley Wells (ed.), *Shakespeare Survey 49. Romeo and Juliet and its Afterlife*. Cambridge: Cambridge University Press, 1996, pp. 45–55.

Lloyd, G. E. R. *Demystifying Mentalities*. Cambridge: Cambridge University Press, 1990.

Lovejoy, Arthur O. "The Chinese Origin of a Romanticism." in *Essays in the History of Ideas*. Baltimore: The Johns Hopkins University Press, 1948, pp. 99–135.

Marvell, Andrew. "To his Coy Mistress." in Louis L. Martz (ed.), *English Seventeenth-Century Verse*, vol. 1. New York: Norton, 1969, pp. 301–303.

Marx, Karl, and Friedrich Engels. *The Communist Manifesto*. New York: The Seabury Press, 1967.

McDonald, Rónán. *The Death of the Critic*. New York: Continuum, 2007.

Meltzl, Hugo. "Present Task of Comparative Literature (1877)." (Trans. Hans-Joachim Schulz and Philip H. Rhein) in Damrosch (ed.), *World Literature in Theory*.

Chichester: Wiley Blackwell, 2014, pp. 35–41.

Ménez, André. *The Subtle Beast: Snakes, from Myth to Medicine.* London: Taylor & Francis, 2003.

Michaud, Guy. "Le thème du miroir dans le symbolisme français." *Cahiers de l'Association internationale des études francaises* 11 (1959): 199–216.

Miller, Barbara Stoler (ed.). *Masterworks of Asian Literature in Comparative Perspective: A Guide for Teaching.* Armonk: M. E. Sharpe, 1994.

Milton, John. *Complete Poems and Major Prose.* Ed. Merritt Y. Hughes. Indianapolis: Bobbs-Merrill, 1957.

Miner, Earl. *Comparative Poetics: An Intercultural Essay on Theories of Literature.* Princeton: Princeton University Press, 1990.

Moretti, Franco. "Conjectures on World Literature (2000) and More Conjectures (2003)." in Damrosch (ed.), *World Literature in Theory.* Chichester: Wiley Blackwell, 2014, pp. 159–179.

Mufti, Aamir. "Orientalism and the Institution of World Literature (2010)." in Damrosch (ed.), *World Literature in Theory.* Chichester: Wiley Blackwell, 2014, pp. 313–344.

Nagy, Gregory. "Early Greek Views of Poets and Poetry." in George A. Kennedy (ed.), *The Cambridge History of Literary Criticism*, vol. 1, *Classical Criticism.* Cambridge: Cambridge University Press, 1989, pp. 1–77.

Needham, Joseph. *Science and Civilisation in China*, vol. 2. Cambridge: Cambridge University Press, 1956.

Nussbaum, Martha C. *Cultivating Humanity: A Classical Defense of Reform in Liberal Education.* Cambridge: Harvard University Press, 1997.

Pathak, R. S. *Comparative Poetics.* New Delhi: Creative Books, 1998.

Perkins, David. *Is Literary History Possible?* Baltimore: The Johns Hopkins University Press, 1992.

Pizer, John. "Johann Wolfgang von Goethe: Origins and Relevance of *Weltliteratur.*" in D'haen et al. (eds.), *The Routledge Companion to World Literature.* London:

Routledge, 2012, pp. 3–11.

——— . "The Emergence of *Weltliteratur*: Goethe and the Romantic School (2006)." in Damrosch (ed.), *World Literature in Theory*. Chichester: Wiley Blackwell, 2014, pp. 22–34.

Plato. *The Collected Dialogues, Including the Letters*. Eds. Edith Hamilton and Huntington Cairns. Princeton: Princeton University Press, 1961.

Pogge, Thomas. "Cosmopolitanism." in Robert E. Goodin, Philip Pettit, and Thomas Pogge (eds.), *A Companion to Contemporary Political Philosophy*, 2nd ed. Oxford: Blackwell, 1993, pp. 312–331.

Pollock, Sheldon. "Sanskrit Literary Culture from the Inside Out." in Sheldon Pollock (ed.), *Literary Cultures in History: Reconstructions from South Asia*. Berkeley: University of California Press, 2003, pp. 39–130.

Putnam, Hilary. *Realism with a Human Face*. Ed. James Conant. Cambridge: Harvard University Press, 1990.

Raphals, Lisa. *Knowing Words: Wisdom and Cunning in the Classical Traditions of China and Greece*. Ithaca: Cornell University Press, 1992.

Remnick, David. "The Translation Wars." *The New Yorker* 81:35 (2005).

Rilke, Rainer Maria. *Sämtliche Werke*. Ed. Ernst Zinn, 12 vols. Frankfurt am Main: Rilke Archive, 1976.

Roberts, Michael B. *Nothing Is Without Poison: Understanding Drugs*. Hong Kong: The Chinese University Press, 2002.

Russell, Bertrand. Introduction to Wittgenstein, *Tractatus Logico-Philosophicus*. Oxford: Basil Blackwell, 1983, pp. 7–23.

Rutherford, Markella, and Peggy Levitt. "Who's on the Syllabus? World Literature According to the US Pedagogical Canon." *Journal of World Literature* 5:4 (2020): 467–480.

Sainte-Beuve, Charles-Augustin. "What Is a Classic?" (Trans. A. J. Butler) in Hazard Adams (ed.), *Critical Theory Since Plato*. New York: Harcourt Brace Jovanovich, 1992, pp. 567–573.

Sallis, John. *On Translation*. Bloomington: Indiana University Press, 2002.

Sapiro, Gisèle, and Delia Ungureanu. "Pascale Casanova's World of Letters and Its Legacies: Introduction." *Journal of World Literature* 5:2 (2020): 159–168.

Saussy, Haun. "Exquisite Cadavers Stitched from Fresh Nightmares: Of Memes, Hives, and Selfish Genes." in Haun Saussy (ed.), *Comparative Literature in an Age of Globalization*. Baltimore: The Johns Hopkins University, 2006, pp. 3–42.

Schmitz-Emans, Monika. "Richard Meyer's Concept of World Literature." (Trans. Mark Schmitt) in D'hean et al. (eds.), *The Routledge Companion to World Literature*. London: Routledge, 2012, pp. 49–61.

Shakespeare, William. *The Riverside Shakespeare*. Boston: Houghton Mifflin, 1974.

Shklovsky, Victor. *A Sentimental Journey: Memoirs, 1917–1922* (Trans. Richard Sheldon). Ithaca: Cornell University Press, 1970.

——— . "Art as Technique." in *Russian Formalist Criticism: Four Essays* (Trans. Lee T. Lemon and Marion J. Reis). Lincoln: University of Nebraska Press, 1965, pp. 3–24.

Soothill, William Edward, and Lewis Hodous. *A Dictionary of Chinese Buddhist Terms*. Richmond, Surrey: Curzon Press, 1995.

Stockwell, Peter. *Cognitive Poetics: An Introduction*. London: Routledge, 2002.

Śūrangama Sūtra (Trans. Charles Luk). London: Rider & Co., 1966.

Tagore, Rabindranath. "World Literature? (1907)." (Trans. Swapan Chakravorty) in Damrosch (ed.), *World Literature in Theory*. Chichester: Wiley Blackwell, pp. 47–57.

Tempera, Mariangela. "The rhetoric of poison in John Webster's Italianate Plays." in Michele Marrapodi, A. J. Hoenselaars, Marcello Cappuzzo, and L. Falzon Santucci (eds.), *Shakespeare's Italy: Functions of Italian Locations in Renaissance Drama*. Manchester: Manchester University Press, 1997, pp. 229–250.

Thomsen, Mads Rosendahl. *Mapping World Literature: International Canonization and Transnational Literatures*. New York: Continuum, 2008.

Tihanov, Galin. "Beyond Circulation." in Galin Tihanov (ed.), *Universal Localities: The Languages of World Literature*. Berlin: J. B. Metzler, 2022, pp. 233–246.

Tillyard, E. M. W. *Elizabethan World Picture*. New York: Macmillan, 1944.

Tiwari, Bhavya. "Rabindranath Tagore's Comparative World Literature." in D'haen et al. (eds.), *The Routledge Companion to World Literature*, 2nd ed. London: Routledge, 2023, pp. 29–35.

Trivedi, Harish. "*Panchadhatu*: Teaching English Literature in the Indian Literary Context." in *Colonial Transactions: English Literature and India*. Calcutta: Papyrus, 1993, pp. 229–251.

Vafa, Amirhossein, Omid Azadibougar, and Mostafa Abedinifard. "Introduction: Decolonizing a Peripheral Literature." in Abedinifard et al. (eds.), *Persian Literature as World Literature*. New York: Bloomsbury Academic, 2021, pp. 1–14.

Venuti, Lawrence. *Contra Instrumentalism: A Translation Polemic*. Lincoln: University of Nebraska Press, 2019.

————. "World Literature and Translation Studies." in D'haen et al. (eds.), *The Routledge Companion to World Literature*, 2nd ed. London: Routledge, 2023, pp. 129–139.

Virgil. *The Aeneid* (Trans. Rolfe Humphries). New York: Charles Scribner's Sons, 1951.

Voltaire. *Essai sur les moeurs et l'esprit des nations et sur les principaux faits de l'histoire depuis Charlemagne jusqu'à Louis XIII*. Ed. René Pomeau, 2 vols. Paris: Editions Garnier Frères, 1963.

Waley, Arthur. "The Chinese Cinderella Story." *Folklore* 58:1 (1947): 226–238.

Wanberg, Kyle. *Maps of Empires: A Topography of World Literature*. Toronto: University of Toronto Press, 2020.

Waters, Lindsay. "The Age of Incommensurability." *Boundary 2* 28:2 (2001): 133–172.

Webster, John. *The White Devil*. Ed. John Russell Brown. London: Methuen, 1966.

Wellek, René. "The Fall of Literary History." in *The Attack on Literature and Other Essays*. Chapel Hill: University of North Carolina Press, 1982, pp. 64–77.

White, Hayden. "The Fictions of Factual Representation." in *Tropics of Discourse: Essays in Cultural Criticism*. Baltimore: The Johns Hopkins University Press, 1978, pp. 121–134.

Wilde, Oscar. *The Picture of Dorian Gray*. Oxford: Oxford University Press, 1998.

Wittgenstein, Ludwig. *Culture and Value* (Trans. Peter Winch). Ed. G. H. von Wright in collaboration with Heikki Nyman. Chicago: University of Chicago Press, 1980.

———. *Philosophical Investigations* (Trans. G. E. M. Anscombe), 3rd ed. Oxford: Basil Blackwell, 1968.

———. *Tractatus Logico-Philosophicus* (Trans. C. K. Ogden). London: Routledge & Kegan Paul, 1983.

Yip, Wai-lim. *Diffusion of Distances: Dialogues between Chinese and Western Poetics*. Berkeley：University of California Press, 1993.

Zhang Longxi. *A History of Chinese Literature*. London: Routledge, 2023.

———. *Mighty Opposites: From Dichotomies to Differences in the Comparative Study of China*. Stanford: Stanford University Press, 1998.

———. *The Tao and the Logos: Literary Hermeneutics, East and West*. Durham: Duke University Press, 1992.

———. "The Yet Unknown World Literature." *Revista Brasileira de Literatura Comparada* 32 (2017): 53–57.

Zimmer, Carl. "Open Wide: Decoding the Secrets of Venom." *New York Times*, April 5, 2005. https://carlzimmer.com/open-wide-decoding-the-secrets-of-venom/.

索　引

阿贝迪尼法德，莫斯塔法（Abedinifard, Mostafa），57

阿尔特，罗伯特（Alter, Robert），14—15，20

阿赫玛德，艾吉兹（Ahmad, Aijiz），10

阿勒格里，格里戈利奥（Allegri, Gregorio），95

阿利吉耶里，但丁（Alighieri, Dante），53—54，77，83

阿皮亚，夸米·安东尼（Appiah, Kwame Anthony），149—150，155

阿普特尔，艾米丽（Apter, Emily），67—71，75

阿扎迪布伽，奥米德（Azadibougar, Omid），xiii，57，67

埃特林，里查·A.（Etlin, Richard A.），34

艾布拉姆斯，M. H.（Abrams, M. H.），115—116

艾略特，T. S.（Eliot, T. S.），53，75

艾田朴（Étiemble, René），2，9，76—77，104

爱克曼，约翰·彼得（Eckermann, Johann Peter），3，6，9，55

昂古雷阿努，蒂利亚（Ungureanu, Delia），55—56

奥德修斯（Odysseus），106—109

奥登，W. H.（Auden, W. H.），101—102

奥尔巴赫，埃里希（Auerbach, Erich），6，65—66，92，110

巴尔特，罗兰（Barthes, Roland），14，35，87

巴塞尔，吉安巴蒂斯塔（Basile, Giambattista），61—62

《白雪公主》（*Snow White*），122

柏拉图（Plato），74，115，119，121，127，133，137，149

贝里，约阿希姆·杜（Bellay, Joachim du），56

本努瓦-杜萨索伊，安妮克（Benoit-Dusausoy, Annick），84

比克洛夫特，亚历山大（Beecroft, Alexander），xiii，37，54，76

波比亚，费兹（Boubia, Fawzi），8

波德莱尔，夏尔（Baudelaire, Charles），53，98，124—125，127

波德里亚，让（Baudrillard, Jean），84

波拉克，谢尔顿（Pollock, Sheldon），37

波提海默，露丝·B.（Bottigheimer, Ruth B.），61

波维之汶森特（Vincent of Beauvais），120

博尔赫斯，豪尔赫·路易斯（Borges, Jorge Luis），118—119，127，157

博格，汤慕思（Pogge, Thomas），150，153

不可通约性（incommensurability），68，71—75，106；另见：库恩，托马斯；不可译性（see also Kuhn, Thomas; untranslatability）

不可译性（untranslatability），xii，68—69，73—74，106，111；坚持非西方文学的不可译性（keeping non-Western literature untranslated），75—76，93，111；追溯到托马斯·库恩（originated in Thomas Kuhn），71，73—74；反对世界文学（against

255